野口米次郎と「神秘」なる日本

堀 まどか

和泉書院

目　次

第三章　新大陸アメリカのなかの「神秘」志向

第四章　野口米次郎の英詩と宗教性

第五章　「神秘」とその展開

凡例

引用文の旧字体は、新字体にする。

固有名詞や書籍名は、旧字体のままとする。

はじめに

日本文学は世界の主要な文学？

　日本文学は現在、世界の読書人のなかで主要な文学の位置を得ている。『ニュー・エンサイクロペディア・ブリタニカ』（百科事典）には、日本文学が〈主要な文学（major literrtures）〉の一つであると記されている。では、世界の人々の頭のなかにはどのような作品やどのような作家たちが思い浮かべられているのだろうか。いったい、いつごろから日本文学は世界の〈主要な文学〉となったのだろうか？

　たとえばハイク（俳句）は、日本文学の形態として国際的によく知られ、現在では、世界のあちこちで愛されているものの一つである。しかし俳句は、その形式が西欧で紹介されはじめた19世紀後半の当初は、それほど高く評価されていたわけでもなかった。まず導入として、次の二つの俳句の英訳をみてみよう。

1) I am burnt out. Nevertheless,

　　The flow'rs have duly bloom'd and faded.

2) It has burned down:

　　How serene the flowers in their falling!

この二つのどちらにどのような印象を感じるだろうか？　どちらが詩的だと思うだろうか。詩とは何か、詩的とは何か、詩の評価や

詩の読み方などが分からないので一概にはいえない、また何に文学的価値をおくのかには時代的な変遷があるのではないか、といったように様々な疑問も湧いてくるだろう。ただ、ここではシンプルに、どちらが好きか、直感的に考えてほしい。

　このオリジナルの俳句「焼けにけりされども花は散りすまし」は立花北枝という松尾芭蕉の弟子の一句で、火事で自分の家が燃え落ちていくさまを詠んだ句である。この北枝の句をみて、松尾芭蕉が絶賛したことがよく知られている。

　1）の訳では、主語の〈I〉や〈the flower〉によって「私が焼け出された」ことと「花が散る」ことの描写が単純に確定されている。オリジナルをそのままの語順で訳している。一方、2）はオリジナルの忠実な訳ではないが、主語を非人称の〈it〉でとらえて「焼け落ちてゆく」ものの主体に抽象性を残している。このため、俳句のもつ省略表現の可能性を十分に発揮させる効果をもつといえるだろう。また〈How serene…!〉（なんと静かな…！）と感嘆的に続く構成は、重層的な、余韻のある詩的空間を作っているように感じられる。また2）では、1）のように〈Nevertheless〉（それにもかかわらず）という説明的な強い言葉は用いられておらず、二つのセンテンスをコロン〈：〉で続けることにより、「焼けにけり」と「花は散りすまし」が同質性を帯び、視覚の中に同時に重なりゆく詩情をもたらすことに成功している。

　この1）の訳者は、バジル・ホール・チェンバレン。1873年にお雇い外国人として来日し、1911年まで38年間日本に滞在した。そのチェンバレンが『日本の詩歌』（1910）のなかで発表していた訳である[1]。2）は野口米次郎という日本の詩人が、英国での講演録

1）　チェンバレンが『日本の詩歌』 *Japanese Poetry*（1910）の "additional select

『日本詩歌の精神』（1914）に発表している訳である[2]。

　2）の野口は、この訳を示したあとに、立花北枝の句を賞賛した松尾芭蕉の手紙の内容を紹介している。火災という悲惨な状況下でも狼狽せず、静かな心持ちでこの句を詠んだ北枝の態度に、師匠の芭蕉は感動したのだ、と。そして、これこそ絶対的境地に立つ真の詩歌だ、自然を外から鳥瞰しながらも自然を忘れずに、自己を芸術化する姿勢が重要だ、と説いた。野口はこの北枝の一句を通して、日本の俳人たちが自らを自然の中に滅却して、自意識を形象化する美意識を讃美していることを説こうとしたのだ。

　1）のチェンバレンがこの句を解説したときには、家を焼失した北枝は心配する友人たちに、《真のボヘミアンのようにただ笑って》このエピグラムを送ったとだけ付記していた。この句を芭蕉がいかに讃美したのか、どのような見解を示したのかなどについては、チェンバレンは触れていなかった。初めて俳句や日本人の生活に触れた欧米の読者に、この句はどれくらい理解できただろうか。自由奔放な放浪的な生活者を意味する〈ボヘミアン〉という言葉では、芭蕉が認めていた北枝の清廉な達観した態度は表現しきれていないといえよう。芭蕉が讃美したのは北枝の無我の境地であり、万物流転の普遍的現象の中に自己を滅却して歌を詠んだその精神であった。自由奔放さの〈ボヘミアン〉とは、少しずれがある。一方、野口は、芭蕉がこの句をうたった北枝をいかに評価したか、芭蕉はこの句の評価を通して何を伝えようとしたのかを念入りに論じた。

　そもそも野口は、チェンバレンが俳句を〈エピグラム〉（警句的

　　epigrams" で、205句のうちの1332番目に訳していたもの。

　2）Y. Noguchi, *The Spirit of Japanese Literature*, London; John Murray, 1914, pp. 27
　　-28,『日本詩歌論』白日社、1915年10月、22-23頁。

表現、短い風刺詩）という言葉で紹介していることからして反発していた。そこで俳句がより思想的で生き生きとした魅力のある詩であり象徴芸術であるということを説明するために、翻訳や解説に力をいれていたのだ。

俳句の価値を転換？

　英国詩人のシェラド・ヴァインズ（1890-1974）は、2）の野口の訳文と解説を例にして、野口が同時代の欧米人の詩的開眼に影響を及ぼし、東洋美学の体系を理解させるに至らしめた、と述べている。ヴァインズは、野口の1914年の英国講演やその影響について述べ、野口の語った美学は現在ようやく深く理解されるようになったと説明したうえで、〈簡潔さ〉〈節約〉〈沈黙〉といった美意識と詩的空間を日本文化の特徴に敷衍して解説した詩人、として野口を評価した。[3]

　では、1914年当時、野口米次郎という日本の詩人は、海外でどのようなことを語っていたのか？　日本詩歌の短詩形、つまり俳句の特徴について、次のように表している。

> When our Japanese poetry is best, it is, let me say, a searchlight or flash of thought or passion cast on a moment of Life and Nature, which, by virtue of its intensity, leads us to the conception of the whole; it is swift, discontinuous, an isolated piece.[4]

　われわれの日本詩歌がもっとも優れている時、それはいうなればサーチライト、あるいは思考の閃光、あるいは人生と自

3）　Sherard Vines, "The Literature of Yone Noguchi", *The Calcutta Review*, Nov., 1935, p. 126.

4）　Y. Noguchi, *The Spirit of Japanese Poetry*, p. 19.

　然の一瞬間の上に投げかけられた情熱である。緊張の力によって、われわれを全体という観念に導くものである。それはすばやい不連続の、孤立した断片である。（訳文、著者）

　日本の短詩は、人生と自然の瞬間的時間を閃光のように照射したもので、〈全体（the whole）〉である。つまり〈全宇宙〉的な観念を表象できるということである。これは、それまでのチェンバレンらの外国人日本紹介者による俳句や短詩の認識とは、大きく異なるものだった。この一人の日本人の主張には、どのような目的が秘められていたのか。

　極東の小国である日本といえども、西洋詩の改革や発展に対して、精神面のみならず形式面でも意義ある提言ができると野口は考えていた。つまり、俳句のように極度に制限された詩形態の中に、西欧詩壇の将来や改革にも有益となる価値がある、と問題提起しているのである。

　彼は無知蒙昧だったわけでも無謀だったわけでもない。彼が確信犯的に挑発的な講演をすることができたのは、アメリカでの生活や欧米の文化人らとの交流、自分の出版物への評価の実態を知っていたからだった。

　本書でも少し触れるが、彼は俳句をフランス発の象徴主義理論と対照させて論じていく。これは、日本の浮世絵がフランス印象派の画家達にインスピレーションを与えたように、俳句も英詩の改革をめざす人々の文化的起爆剤になりうるという確信があったからだった。そして、当時の欧米で強く関心をもたれていた東洋の精神性や宗教性や神秘性を引き合いに出すことにより、日本文学の価値に意味づけをしていった。野口は次のようにいう。

　私は今文学上にも世界意識を論じて因襲的な一地方を一掃し
たい。私は日本人である。故に当面の直接問題は日本の文学
である。即ち日本文学の進歩は一に世界意識の有るか無いか
で定る。日本文学は過去に於て、或は現在に於て、宇宙を一
貫して永劫に流れる不変の生命を摑んでゐるであらうか、即
ち世界心に触れてゐるであらうか。日本文学は現在に於て、
或は過去に於て、世界共通の新しい感性に生きてゐるであら
うか。日本文学は世界意識から批判して価値があるであらう
か。日本内地に於て価値がある如くに倫敦や巴里に持つて行
つても同価値を主張し得るであらうか。[5]

結論からいえば、彼は日本文学には世界的価値のあるものが多い
と考え、その国内外への解説と詩作実践に人生を捧げた人である。

日本の詩人、東洋の詩人

　この野口米次郎という詩人はどのような人物なのか。実は戦前
には国際派詩人としてヨネ・ノグチの名前でよく知られており、
アジア人で初めてのノーベル文学賞を受賞したインドのラビンド
ラナート・タゴールとも比較されていた。インドでは現在でも、
タゴールと政治論争をした日本人として知られる。
　野口が日本の詩や芸術について講演するためにオックスフォー
ド大学から招かれて英国に向かったのは、1913年晩秋。タゴール
のノーベル文学賞受賞が決定して間もない時期だった。タゴール
が欧米で評価されるきっかけとなり、ノーベル賞をもたらしたのは

---

5)　野口米次郎「世界に於ける日本文学の地位」『日本文學講座』第一巻、新潮
　　社、1934年10月、325-326頁。

英詩集『ギタンジャリ』*Gitanjali*
(1912)[6]である。その序文を書い
たのはウィリアム・バトラー・
イェイツで、野口とも1903年か
ら親交のあったアイルランド詩
人であった。イェイツは『ギタ
ンジャリ』序文のなかで、タゴ
ールの抒情詩が《最高の文化》
でありながら《雑草のように》
見える点に興奮しており、次の
ように述べていた。

ラビンドラナト・タゴールと
野口米次郎　東京、1913年。
【出典：雑誌『**Nippon**』28号、1941年】

A tradition, where poetry
and religion are the same
thing, has passed through the centuries, gathering from learned
and unlearned metaphor and emotion, and carried back again to
the multitude the thought of the scholar and of the noble.[7]

　詩と宗教とが同じものであるような伝統は、学問的・非学問
的を問わず、比喩や感動を集めながら、何世紀にもわたって
経過してきた。そしてその伝統はふたたび大衆に、学者や高

---

6)　タゴールのノーベル賞授与はイェイツの序文と詩集『ギタンジャリ』に対し
てあたえられたが、同時代的な思想潮流の相互影響関係を考える場合には、
タゴールの『サーダナ』*Sādhanā: The Realisation of Life*（1913, London &
New York; Macmillan）などに示された東洋思想も重要であった。『サーダナ』
は1912年にアメリカのハーバード大学で行った連続講演をまとめたもので、
宇宙生命論、宇宙と個人の調和、魂の意識、万物照応の理念、そして自我の
滅却と自己実現を説いたものである。

7)　W. B. Yeats, "Introduction" (Sep., 1912), *Gitanjali*, Santiniketan; UBS
Publishing, 2003, p. 263.

　貴な人々の思想を還元してきたのであった。(訳文、著者)

伝統そして詩歌とは、さまざまな階層からメタファーや感情を集めながら時を重ね、その培われた知性を大衆に還元していくことである。このイェイツの認識を、野口自身も強く意識していた。

　この時代の英米社会はどのような時代風潮だったのか。野口米次郎という日本の詩人にとって詩と宗教はどのようなもので、どのように受容されていたのか。本書では、野口米次郎を中核にして、その前後にアメリカに渡った日本人たちの姿も含めながら、詩と宗教が注目されていた時代を眺めていく。つまり、20世紀転換期の宗教性と東洋の神秘的なものへの憧れを大きなテーマとして、野口米次郎とその周辺の若者たちが生きた時代の様相を概説したい。はじめに確認しておきたいのは、本書は〈物質文明＝アメリカ／精神文明＝日本〉とか〈戦前の日本人たちが英米社会に精神文明で対抗した〉といった単純なステレオタイプの図式を瓦解させることをめざしている。文化の伝播とは、右から左へと受け渡される単純な移項では決してなく、じつにインタラクティブな受容と発信と摩擦と融合のなかで、国際的な文化思想の潮流がうごめいているものなのである。

　本書は、1914年から10年ごとに時代をさかのぼっていくという構成にした。それゆえ、野口米次郎の人生総体を考えるためには、ごく一部を切り取っているといえるだろう。1914年以降1947年に病没するまでの野口は、2回の世界大戦の時代を体験して、日英バイリンガル詩人として、また国際派ナショナリストとして、葛藤の時間（後世からみれば議論の余地のある〈葛藤〉といえるのだろうが、）を過ごすことになる。だが、その戦争下の活動と思想につ

いては本書では扱わずに、彼の前半生と、神秘への憧憬が地域性
や地域文化の近代的再定義の中で強まっていた時代の様相とを眺
めることとする。ただし、野口米次郎の前半生の英米経由で受容
され開発された〈神秘〉への志向が、1930年代40年代の日本主義
思想や日本的自然礼讃の思想に大いに繋がっていくことは最初に
述べておきたい。

　本書では細かなデータやその分析については極力省略したが、
若い読者に英語と日本語の両方を楽しんでいただけるように、な
るべく原文を残して引用している。これが新しい関心やさらなる
疑問点を発見するきっかけになるならば嬉しい。さらに野口米次
郎の人生の全体像に関心がある方には、拙著『「二重国籍」詩人
野口米次郎』（名古屋大学出版会、2012年）やその他を参照してい
ただきたい。そちらは、野口米次郎の人生全体を、国際的な象徴主
義思想や象徴詩運動から地域主義運動へと変動してゆく文化潮流
のなかで再定義したものである。一方、本書の特徴は、野口米次
郎の生まれる少し以前の、神秘主義や心霊主義や東洋の宗教性に
関心がもたれた時代にも着目して、より若い読者に向けて書いて
いる点である。また、当然ながら同時代の神秘主義に注目するこ
とで発見できた野口米次郎についての新情報も加えていく。

第一章　野口米次郎の日本紹介のなかの神秘性

1-1　英国における俳句についての講演

神秘的な会場での講演

　1913年12月29日の夜——。ロンドンのホルボーン・サーカス近くの書店に設けられた講演室で、野口米次郎は日本詩歌についての講演をおこなっている。講演室は聴衆でいっぱいであった。会場には講演者が原稿を読むための蠟燭の灯りだけがともされ、その蠟燭の火も黒い布で聴衆から遮られて、神秘的な暗さに包まれた《沈黙の穴》のような空間であったという。クエーカー教徒の会議室か、まるで禅堂のようだった、と本人は回想している。[1]

　この講演会場となった書店ポエトリー・ブックショップは、野口の数年来の友人ハロルド・モンローが経営していた。モンローは当時ロンドンの文壇で影響力をもっていた詩雑誌『ポエトリー・レビュー』（1912年1月創刊）の初代編集長で、野口のロンドンでの最初の講演はモンローの主催で行うことが約束されていた。野口がロンドンに到着した直後から、モンローは詩歌の革新を企てる先鋭的な文学者や芸術家仲間たちをつぎつぎと野口に紹介している[2]。この夜の講演会をかわぎりに、1913年から1914年前半、野口

---

1) 野口米次郎『海外の交友』第一書房、1926年12月、270-271頁。
2) マルセイユ経由でロンドンに到着した1913年12月12日の到着後から、ハロルド・モンローに連れられてセントジェームズシアターでイブセンの劇「野鴨」

はあちこちで日本詩歌や文化・芸術に関する講演をおこなった。

　能楽に関する講演は、神智主義者G・R・S・ミード（1863-1933）が主催する探求協会で行われている。このときの会場も最初の講演時と同様、蠟燭の灯りのなかの神秘的な地下室だった。ミードは、神智学協会のメンバーでブラヴァツキーの秘書であったが、ブラヴァツキーの後を引き継いだアニー・ベサントに異を唱えて神智学協会を脱会し、1909年に探求協会を立ち上げていた。彼は英雄誌『ザ・クエスト』（1909年創刊）を主宰しており、野口も講演後に何度か寄稿した。野口の寄稿と同時期には、イェイツ、エズラ・パウンド、ローレンス・ビニョン、タゴール、アーナンダ・クーマラスワミ、またオックスフォード大学の比較宗教学者エリンストン・カーペンターらが寄稿している。日本やペルシャについての著作を書いていたハドランド・デイビスは、《ちょうどタゴールが多くの英国人にインド詩歌の見事さを突如あきらかにしたのと同じように、野口は神の国の魔力と魅惑を詩のなかで知らしめた》[3]と野口の詩について論じている。

─────────

　を観た野口は、その後ソーホーでT・E・ヒュームをはじめ、ロンドンの画家や文学者たちに紹介されている（401. Harold Monro to Yone Noguchi/16, Dec., 1913), *Yone Noguchi Collected English Letters*, p. 214.）。ハロルド・モンロー自身が、ジョージ王朝的伝統趣味と、ヒュームやフリントらの実験との融合を、自らの詩の中で実現しようと努力していた詩人だった。野口は彼らのことを「新ジョージ王朝の英詩界」と呼び（野口米次郎「最近文藝思潮──今日の英詩潮」『三田文学』1916年1月、272頁）、のちには、英国の近代詩はこの書店ポエトリー・ブックショップから生まれ、モンローは《詩の更正と革命を叫ぶ青年英国詩人に適当な舞台を与えた》人物であると説明している（野口米次郎『海外の交友』前掲注1、9頁）。

3)　[Just as Rabindranath Tagore suddenly revealed the splendor of Indian poetry to many English people in whom it had been a closed book before, so has Yone Noguchi make known in his poems something of the magic and glamour of the Land of the Gods.] F. Hadland Davis, "The Poetry of Yone Noguchi", *The Quest*, Jul., 1914, p. 727.

　野口の〈日本〉に関する一連の講演が、神秘的な演出のもとに
おこなわれていたことに注目したい。19世紀末から20世紀初頭に
かけて、象徴主義ブームと平行するように、欧米ではオカルティ
ズムへの関心が高まっていた。特にロンドンには神秘主義の会合
やクラブ、秘密結社が数多く存在した。（詩人イェイツのオカル
ティズムへの心酔は特に有名で、1888年11月には神智学協会に、1890年3
月には黄金の夜明け教団に入会して、〈神秘〉の研究に打ち込んだ。）な
ぜ科学的合理主義の近代社会でオカルト的なものがブームになっ
ていたのだろうか。それは簡単にいえば、当時、心霊や霊的世界
を科学的に研究し解明することに関心がもたれており、人間の精
神内部に潜む〈宇宙の根元と同質のもの〉を科学的に論理的に掘
り起こしたいという欲望があったからである。方法や組織形態は
多種多様であったが、超自然的存在、霊的体験、宇宙と個人の交
感などを探求する欲求が、このブームの根本にある。オカルティ
ズムや神秘主義への関心は、特定の組織や団体に限られるもので
はなく、20世紀初頭の時代の空気であり文化思想潮流の源泉であ
った。さらにそれは20世紀のモダニズムと深い連関を持っている。

　この超自然的存在、霊的体験、宇宙と個人の交感への関心は、
東洋やパガニズム（異教的、多神教的文明）への関心にも通底し
ており、〈日本〉やその宗教、文化は神秘なる異文化の体系として注
目されていた。野口が講演のために渡英した1914年当時は、日本
の詩歌や俳句形態については欧米人の滞日経験者たちによって多
少紹介されていた。日本人による英文の著述としても、すでに新
渡戸稲造が『武士道』（1899）、岡倉天心が『東洋の理想』（1903）、
『日本の覚醒』（1904）や『茶の本』（1906）、天心の弟の岡倉由三郎
が『日本精神』（1905）を著していた。ただし、日本の詩人による
英語講演は初めてだったし、俳句や日本文化の本質的な面につい

て魅力的に神秘的に語れる日本人は初めてだったのである。

英国滞在中の野口は当時のいくつかの文学グループと接触し、様々な英詩の変革の様相を目にしている。一つは、ヴィクトリア王朝的な雰囲気の旧派ともいえる大御所詩人たちのサロンである[4]。もう一つは、旧派を拒否して革新を探る若い世代の新鋭詩人達の一派、モダニズムの彫刻家やキュビズム画家、ヒュームやパウンドらの詩人たちがあつまる勉強会のグループである[5]。さらにこの二つ以外にも、野口は当時の英国の幾つかの詩人クラブを訪問した。なかでも、野口が重要視して注目していたのは、〈禅〉や〈日本〉への関心をもつグループ、サヴェジ・クラブ（Savage Club）であった[6]。そのサヴェジ・クラブの会員には、野口の *Lafcadio Hearn in Japan*（1910）をいち早く称賛した雑誌『ブックマン』の編集者アドコックがいる。このような詩人たちの集まるクラブから無条件で招待を受けることは《外国からの訪問者が支払はされる通行税》[7] みたいなものだったという。

繰り返すが、この1913年末とはインドのタゴールのノーベル文学賞受賞がきまった時期でもある。タゴールは1912年ごろからハ

---

4) ラファエル前派やスウィンバーンなどと親しかったゴスの自宅はヴィクトリア王朝的な文学者サロンになっていた。野口もリージェント・パーク近くのハノーバー・テラスにあったエドモンド・ゴスの自宅に招待され、当時著名なさまざまな文化人たちを紹介されている。（野口米次郎「文學的英国」『三田評論』1916年6月、"Literary England Before the War", *Japan Times*, 7, Aug., 1917.）

5) 野口は《ブリッ街》の一派と呼んでいる。これはフリート街のチェシャ・チーズ館でのライマーズクラブ（イェイツやシモンズらが19世紀末文学運動を展開した新進作家たちの集まり）か、あるいは1910年代にパウンド、エリオット、ウェイリーらが集まった「フリス・ストリート」の月曜日会だと考えられる（前掲注4）。

6) Y. Noguchi, "A Few English Clubs", *Japan Times*, 19, Aug., 1917.

7) 野口米次郎『印度の詩人』第一書房、1926年8月、75-76頁。

ーバード大学で一連の講演を行っており、イェイツらが称賛した
詩集『ギタンジャリ』に加えて、そのようなインド思想に関する
講演内容も注目されていた。ちょうどそのような時期に、日本の
詩人の代表として野口がロンドンやオックスフォードで講演活動
をおこなって注目されたのであった。

オックスフォードの詩人ブリッジズの要求

　野口が再び英国に渡った第一の理由は、オックスフォード大学
での講演に招かれたためである。オックスフォードに到着した1914
年1月23日の夕刻、駅で野口を出迎えたのは、詩人ロバート・ブ
リッジズだった。ブリッジズは当時イェイツと並んで英国の当世
詩人として注目を集めていた詩人で、1903年初めより野口が直接
に交流を持っていた一人である。鳥打ち帽と質素な襟飾りの服で
日本からの来客を出迎えたブリッジズは、まず自分が所属するコ
ーパス・クリスティ・カレッジを案内し、その夜は野口を自らの
家に招いた。[8]

　ブリッジズは野口をオックスフォード大学に招聘した立役者で
ある。彼はモーダレン・カレッジの総長トーマス・ハーバート・
ワーレンから依頼されて野口の招聘講演の準備をしていた。モー
ダレン・カレッジに残されている資料によると、ブリッジズはイ
ギリスに向かっている野口に対して何度も書簡を送り、旅の動向
や講演会の計画を確認している。モーダレン・カレッジは、ブリ
ッジズ自身のカレッジよりも古い歴史と権威をもつカレッジで、
ブリッジズ自身が非常に緊張していたことがうかがわれる。

8)　野口米次郎「オックスフォード大学（上・下）」『慶應義塾学報』1914年8月・
　9月。野口は渡英前にも「ロバートブリッヂス」（『ナショナル』1巻6号、
　1913年11月、93–97頁）を発表している。

　モーダレン・カレッジに残されているワーレン宛のブリッジズの書簡によると[9]、ブリッジズは野口が和服ではなく西洋式正装のフロックコートを着てきたということに対してひどく憤慨していた。その怒りの激しさはワーレンに宛てた手紙の筆跡からも明瞭である。当時のイギリス人にとって、19世紀に流行した古くさい服を着てきたという不満があったのか、あるいは異民族である日本人は異民族らしい日本風の装いをしてくるものだと想定していたのか。野口の洋装に憤慨しながら《ジャップの服も持ってきたようだが》と付け加えている[10]。このときの服装については野口自身も非常に気まずい気持ちにさせられたようである[11]。

　ブリッジズは、到着直後の野口にオックスフォード大学や大学知識人の悪口をさんざん聞かせたという。英国でオックスフォード大学の悪口を言おうものなら《直ぐに排斥されるから、何でも褒立てなければ》と考えていた野口は、非常に戸惑ったようである。ブリッジズはオックスフォードでの講演に際して、聴衆は難しいことを言っても分からないのでなるべく《卑近なことを言って呉れ給へ》、と野口に忠告した[12]。しかし、オックスフォードに現存している書簡などからは、日本人がうまく講演ができるのかと怪しんでいたようである。難しいことを言っても英国人の聴衆に

---

9)　The Brodie Collection on Papers of Sir Herbert Warren, Bridges-Warren Letters（MC: p414/C12/85）, 28, Jan., 1914. 野口の講演について語っている書簡が4通残っている。ちなみに、このモーダレン・カレッジに保存されているワーレンの書簡のなかには、ブリッジズとの書簡は152通、ローレンス・ビンヨンとの書簡が26通、日本の秩父宮との書簡は60通残っている。この資料は、新資料である。

10)　The Brodie Collection on Papers of Sir Herbert Warren, Bridges-Warren Letters（MC: p414/C12/85）, 28, Jan., 1914.

11)　野口米次郎「オックスフォード大学（上・下）」『慶應義塾学報』1914年8月・9月。

12)　野口米次郎「オックスフォード大学（上）」前掲注11。

MC: P414/C12/85

Corpus Christi College.
Oxford.

Wed.
9.pm

My dear Warren

　Noguchi will read. & he will has his lecture type written. we will call down tomorrow morn. & you can have the type written lecture before noon if that will do. . I don't see how to get it to you before _
I am sorry to say that YN is in a FROCK COAT ! but he has a Jap cloth with him _

ブリッジズからワーレン宛書簡（1914年1月28日）。
《（…）I am sorry to say that YN is in a FROCK COAT! but he has a Jap cloth with him.》
【出典：The Brodie Collection on Papers of Sir Herbert Warren (MC: p414/C12/85), Magdalen College Archives】

は分からないという忠告は不審である。異邦人が難しい詩論などを披露するのは避けた方が良いという意味の、英国人の皮肉だったのかもしれない。野口がブリッジズの言ったことの嫌みなニュアンスを受け止め切れてなか

ったのかもしれない。野口自身は、かつてウォルター・ペイターが在籍したクイーンズ・カレッジ（モーダレン・カレッジの隣に位置する）に真っ先に行ってみたいと考えていた。しかし、ブリッジズからペイターやオスカー・ワイルドについては講演であまり語らないようにと先に釘をさされて、訪問してみたいという希望が言いだせなかった[13]。

13）　野口米次郎『欧州文壇印象記』1916年1月、71-72頁。また『霧の倫敦』（1926年10月、54-55頁）に再録されている。

　それではオックスフォード大学の主催側のブリッジズらは、野口の講演に対して何を期待していたのだろうか。ブリッジズは事前に手紙を出して講演の具体的な方法を指示している。観客が興味を持っているのは、日本の詩歌がどんな音にきこえるのかということなので、講演を成功させるためには 4、5 篇の Lines（野口の俳句風の短詩）や俳句の17音（日本語）を繰り返し朗読するように、と要求している[14]。自らも詩人であるブリッジズにとって〈詩〉は、聴覚を通して精神を観照するための言語であり、そのため音声や朗読を重視していた[15]。イギリス国王から桂冠詩人の称号を与えられていたブリッジズは、韻律の技巧に優れた詩人であり、本人もとりわけ言葉の音楽美や純粋な英語の美しさに細心の注意を払っていたのである。英語の改良を目指した「純粋英語協会」の創設や、讃美歌を多く作ったことでも知られている。彼が〈無韻詩〉や〈短詩〉をリードする現代英国の詩界の中心人物であることは、日本でも1912年ごろには語られていた。[16]

　野口は講演のなかでブリッジズの要求を満たすのだが、ウォルター・ペイターについては語らないようにというブリッジズの忠

---

14)　402. Robert Bridges to Yone Noguchi (23, Dec., 1913), *Yone Noguchi Collected English Letters*, edtid by Ikuko Atsumi, Tokyo; Yone Noguchi Society, 1975, pp. 214-215.

15)　この音声重視や朗読重視には、親友の G・M・ホプキンズからの影響があった。ホプキンズは、生前には著作が出版されることもなく、ダブリンのギリシア語教師として無名のまま世を去ったが、ブリッジズは友人として彼の書いた原稿を大切に保存し、1918年に初めて詩集を出版している。敬虔なイエズス会士であり司祭であったホプキンズは、ペイターから直接指導を受けたものの、ペイターの歴史的相対主義、道徳的相対主義は受け入れなかった。ブリッジズの野口への朗読重視の忠告は、友人ホプキンズの志向をふまえていたものと考えられる。

16)　平田禿木が、新詩社の社友大会に招かれて「英国詩界の現状」と題する講演を行っており、その内容は1912年 5 月の『明星』に掲載されている（平田禿木「英国詩界の近状」『平田禿木選集』 2 巻、364頁）。

告には従わなかった。会場の雰囲気からその場で即座に判断して野口はペイターの理論について語っている[17]。ペイターの存在を重要視しないオックスフォードの思想や学問は《中世紀式》で、その伝統主義や権威主義は《改革》がなされるべき《時世後れの驕慢》であると野口は批判的にみていた[18]。野口は、先端的潮流のなかで活躍したイェイツらの文壇傾向と比べてみればブリッジズは〈旧派〉であり、より〈正統〉や伝統を重んじた詩人だと捉えていたのだ。

　一方、ブリッジズのほうも、和服ではなくフロックコートを着てきた日本詩人に失望したのだろう。野口が到着して出迎えた直後の、ワーレンへの私信メモのなかでは、野口が読み原稿を準備してきており、それを読むということに対しても憤慨した様子をみせている。外国人が下手な英語で原稿を読むということは想定外だったのだろうか。ワーレンへの私信のなかで、いったいこの講演会がどうなるか分からないと皮肉な口調で苦情のような言い訳のようなことを書きなぐっていた。

　ブリッジズにとって、モーダレン・カレッジの総長であるワーレンは、遥かに権威のある重要な存在だったようである。講演後にも、野口の下手な英語が講演のなかで問題であったかどうかと、ワーレンの意見を心配した手紙を書いている。ワーレンがどのような反応をしていたのかは分からないが、残されているブリッジズの手紙からすると、オックスフォードの権威者たちの反応が気になって仕方がなかった様子である。ブリッジズも当時はイェーツに並び称せられる――いやそれ以上に、公的な権威のある「桂冠詩人」の称号を1913年から与えられていた――詩人だったが、

---

17)　野口米次郎『欧州文壇印象記』前掲注13、81頁。
18)　野口米次郎「牛津思想の將來」『三田文学』1916年4月、119-123頁。

モーダレン・カレッジの総長には頭が上がらなかった様子である。ワーレン自身も詩人であり、詩についての教授であった。[19]

　ブリッジズは、1890年代からイェイツと交流があり、野口とも親しかったハロルド・モンローをはじめ、ローレンス・ビニョンやエドモンド・ブランドンら若い詩人たちを様々に支援していたことでも知られる。一方で、ブリッジズは、インドのタゴールについてはやや否定的だったといえる。1926年の秋ごろ、非西洋人初のノーベル賞受賞者タゴールに、オックスフォードの名誉修士号を与えようという動きが出ていたが、ブリッジズはこれに異を唱えて（婉曲的に反発して）、タゴールのオックスフォード来訪に首を縦に振らなかった。これは残された書簡から分かることである。[20]

　当時の英国のなかでも、革新と多文化混交の世界都市ロンドンの空気と、宗教を中心とする伝統的価値を核とした歴史的なアカデミック権威のオックスフォードの空気とでは、まったく様相が異なっていたといえる。権威や階級を重んじるオックスフォードの一部の威厳ある詩人たちにとっては、野口やタゴールらの存在とその評価はあまり快いものではなかったのかもしれない。では、野口はオックスフォードの講演で具体的に何を語ったのだろうか。

---

19) たとえば1914年3月7日には「キーツの友人」（"Benjamin Bailey, the Oxford Friend of Keats"）や6月には「テニソンとヴィクトリア朝」について講義を行っている。そこでは、アカデミックガウンの着用が不文律のもとに求められていた。アカデミックガウンを着用するのは学内の関係者や学生に限られる。

20) 1926年9月12日のGeorge Saintsbury宛、10月18日のC. S. Scott宛の書簡から、タゴールの学位授与に否定的であることがわかる。（Stanford, Donald Elwin, *The Selected Letters of Robert Bridges: With the Correspondence of Robert Bridges and Lionel Muirhead*, University of Delaware Press, 1984, pp. 870-872.）

披露された詩論

　1914年1月29日、木曜日の午後3時——。日本の詩人による講演は、当時のオックスフォード大学の中で最も大きな会場モーダレン・カレッジのホールで行われた。多数の立ち見が出て、全く隙間がないほどの盛況だったという。[21]

　その日のチラシには、関心のある者は誰でも聴講可能であり、アカデミックガウンは着用する必要はないと書かれていた[22]。一般的なオックスフォードの講演や講義では、カレッジごとにアカデミックガウンの着用が求められており、その場合には一般聴衆はホールに入ることができなかった。

　野口が講じた詩論を眺めてみよう。俳句紹介の導入として、ウォルター・ペイターの理論を挙げながら、抒情詩の完成は、題材をある程度まで《抑制 (suppression)》し、《あいまい化 (vagueness)》することから得られ、知的思考や理解力では明瞭に捉えられない部分に魅力が生まれる、と語った。また、老子の精神的で無政府主義的な倫理規範を用いて抒情詩を発展させたいとも述べて、《具体的な表現をせずに表現せよ (Expression in non-expression)》と論じた。そして、日本人にとっては暗示の芸術こそが芸術であり、その暗示の芸術の最たるものが行間を読む日本の俳句であり、世界最小の詩形であると説明した。[23]

　野口は英国の聴衆が多少理解しているはずのペイターの理論や道教思想（タオイズム）を示しながら、極度に言葉を制限し削ってゆく俳句の詩的な価値について述べ、沈黙の中にあらわされる情調や詩的感興

21）野口米次郎「オックスフォード大學（上）」前掲注8、36頁。

22）The Brodie Collection on Papers of Sir Herbert Warren, Bridges-Warren Letters (MC: p414/C12/86)、[1914？].

23）Y. Noguchi, *The Spirit of Japanese Poetry*, pp. 33-34.

の重要性を説明したのである。

That magic of the Hokku poems is the real essence of lyrical poetry even of the highest order. I do not see why we cannot call them musical when we call the single note of a bird musical; indeed, they attain to a condition, as Pater remarked, which music alone completely realizes, because what they aim at and practice is the evocation of mood or psychological intensity, not the physical explanation, and they are, as I once wrote: "A creation of surprise (let me say so)／Dancing gold on the wire of impulse."[24]

俳句の魔法とは、最上レベルの抒情詩の真髄である。鳥の声の音楽性ということがいわれるのに、なぜ俳句が音楽的とみなされないのか私にはわからない。実際、俳句は、ペイターがいう〈ひとり音楽のみが実現する〉状況に到達している。それというのは、俳句が目標とするところは、情調（ムード）や心理的強度を呼び起こすことで、物質的な説明ではないからである。俳句とは、私がかつて書いたように、いってみれば「驚嘆の創造であり、衝動の琴線の上で踊る黄金」である。（訳文、著者）

野口によれば、俳句は一枚の絵画のようなものではなくて、不思議な想像力にとみ、音楽性を持った最高の抒情詩である。最初に述べたペイターの詩論や、音楽性が立ち上がってくる芸術理論につながる形で、野口は俳句を説明したのだった。この「衝動の琴

24）　Y. Noguchi, *The Spirit of Japanese Poetry*, p. 35.

線の上で踊る黄金」とは、野口の英詩集 *The Pilgrimage*（以下、『巡礼』）（1909）の冒頭に収録された詩篇 "New Art" に使われていたフレーズでもある。

　モーダレン・カレッジの講演後には、野口を歓迎するレセプションが催されて、オックスフォードの名士らと晩餐を共にした[25]。そこでは、野口がアメリカで共に暮らした米詩人ウォーキン・ミラーについても話題にのぼり、ミラーの名が知られていたことに野口はたいへん喜んでいる。アメリカ英語話者の野口はかなり緊張を強いられたようだが、講演後のレセプションでの反応は野口に対してみな好意的で友好的だったという。

　オックスフォード大学は、一つの組織のなかに学部やカレッジ部門があるような一般的な大学組織とは異なる。それぞれ独立したカレッジが存在して、そのカレッジの集合体がオックスフォードというキャンパスを形成している。各カレッジごとに、チャペル、図書館、宿舎、大食堂／ホールを備えており、設立の時期も歴史も理念も異なる。つまり宗教（英国国教会）を中核にしたメンバーシップ体制であり、多くのカレッジでは近現代になるまでは異教徒の入学はゆるされなかった。

　ただ、20世紀転換期から東洋人や日本人が留学していたカレッジもあった。たとえばハリス・マンチェスター・カレッジは、比較的に設立の歴史が新しく、シカゴ万国宗教会議にも参加した比

25）　オックスフォードに到着した日の夕食時には、ヘーゲリアンのブラドレー教授、プラグマティストのシラー教授などがブリッジズと共に野口を歓迎する晩餐を催した。講演のあとのレセプションでは、モーダレン・カレッジの学長ワーレン博士やブリッジズの他、テニスンの孫であるミス・ウェルスと呼ばれるオールドミス、マックス・ミュラーの家に同居していたという老女、トリニティ・カレッジのレバー老博士らが招かれていた（野口米次郎「オックスフォード大学（上・下）」『慶應義塾学報』1914年8月・9月）。

較宗教学のエリンストン・カーペンター教授が在籍して日本やインドからの学生を積極的に受け入れていた。インド人留学生らもカルカッタのユニテリアンの推せんを受けて19世紀末から入学し、日本からは永井柳太郎、内ヶ崎作三郎らが学んでいる。（のちにインドで野口と会う国際的哲学者サルヴパッリー・ラーダークリシュナン（1888-1975）もここで比較宗教学を講義した一人である。）このハリス・マンチェスター・カレッジの蔵書配架記録を調査したところ、野口の講演集である1914年の *The Spirit of Japanese Poetry*（以後、『日本詩歌の精神』）や1915年の *The Spirit of Japanese Art*（『日本美術の精神』）は出版後すぐに購入されている。[26]

　一方、野口が1914年に講演したモーダレン・カレッジは、オックスフォード大学の中でも最も由緒正しく歴史や威厳も、広大な敷地や財力も、並々ならぬカレッジである。当時の英国の皇太子が学んだカレッジでもあり、そこで滞在して教育を受けた記録のある日本人は秩父宮（昭和天皇の弟）である[27]。ちなみに、秩父宮の家庭教師をしていたのは、本書の冒頭で紹介した英国詩人シェラド・ヴァインズである。彼はモーダレン・カレッジで学んだオックスフォード大学の卒業生で、1923年から慶應義塾で5年間教鞭をとり、野口の同僚であり友人でもあった。野口がモーダレン・カレッジで講演をした1914年初めには、ヴァインズはまだオックスフォードにいたはずである。ヴァインズは1914年の秋からベル

---

26) この1914年の英語講演集 *The Spirit of Japanese Poetry* は国際的に注目された一冊で、日本においても即座に邦訳版『日本詩歌論』（1915年10月）が出された。国内では賛否両論や激しい議論をうけつつも、初版は直ちに売り切れて版が重ねられた（『白日社出版消息』『詩歌』1915年12月、130頁）。

27) 野口米次郎は、秩父宮が入学した時期に、「秩父宮御入学のモーダレン大学」（『三田文学』353号、1927年1月、17-27頁）を執筆している。モーダレン大学の歴史や尊敬されている文学者たちの状況、また、自分が講演したときにどのような人物と会い、何を談話したか等についての回想が書かれている。

ファスト大学に籍を得たが、第一次世界大戦に英国軍として参戦して、その後日本にやってきて、日本滞在中に秩父宮の家庭教師をしたのである。

俳句の紹介のなかの神秘性

野口が1914年の英国でおこなった日本文学の精神を伝える講演の重要な部分は、俳句の価値を一転させるほどのものであった。日本詩歌の短詩形は、格言や諺のようなものではなく、人生と自然の瞬間を閃光のように照射したものである。《われわれを全体という観念に導くもの (leads us to the conception of the whole)》[28]、さらにいえば〈全宇宙〉的な観念を表象できる、深い意味と価値をもつ〈詩〉なのだと説明したのである。このような認識は、外国人日本紹介者による従来の俳句や短詩の認識とは大きく異なるものだった。

では芭蕉に重点を置いて日本詩歌を論じた野口の講演内容の独自性はどこにあったのか。海外での俳句の受容史における従来の芭蕉の評価と、野口がどのように芭蕉を論じたかについての詳細はここでは省略するが、芭蕉と宗教性に関しては触れておく。

欧米における俳句についての紹介・説明は、古くは1603年に遡る[29]が、初めて本格的な俳句紹介がなされたのはアストンの*A History of Japanese Literature*（以下、『日本文学史』）(1898) で、芭蕉が禅仏教や道教に通じて《俳諧の修行のために巡礼 (pilgrimage for the sake of practicing the art of Haikai)》の旅をしたことや、旅の道中の滑稽ともいえるエピソードが紹介されていた。ただしその説明は〈オ

---

28) 「はじめに」でも引用した（Y. Noguchi, *The Spirit of Japanese Poetry*, p.19）。
29) 前島志保「西洋俳句紹介前史——十九世紀西洋の日本文学関連文献における詩歌観」『比較文学研究』2000年、35頁。

リエンタル〉風味が強く、松尾芭蕉は自分の家の窓の側に《芭蕉
(banana-tree)》を植えていたので、《芭蕉＝バナナ (Bashô (banana)》
と名乗ったと説明された[30]。日本で考える植物の芭蕉は、バナナの
木に似てはいるが、平安時代から知られる観賞用の植物であり、
果物のバナナとは趣も語感も異なる。

　アストンの説明によると、俳句・俳諧は日本の漢学者らも低い評
価を与えている庶民の文芸であり、文学上の高い地位を与えようと
主張することは馬鹿げている、とされた。芭蕉のような俳諧の名
人の手によっても、《俳諧はその形式の範囲が狭すぎて文学としての
価値がない (too narrow in its compass to have any value as literature)》、
とし、芭蕉の句は外国人の理解を超えるほどに《分かりにくく暗
示的 (obscurely allusive)》であると指摘して、《暗示 (suggestiveness)》
の分かりやすい例として、「古池や」などの句を挙げている。[31] 芭
蕉を、俳諧文学における貢献者として紹介していたが、俳句その
ものの文学的価値を高く評価してはいなかったのである。当時の
日本人の常識においても、俳諧は庶民的な位置にあり、高尚な文
学ではなかったからであろう。この傾向はチェンバレンらの日本
紹介者たちに受け継がれてゆく。

　チェンバレンは1902年に "Basho and the Japanese poetical
epigram"（以下、「芭蕉と日本の詩的エピグラム」）という文章を書い
て、芭蕉や蕉門十哲、蕪村などの句を数多く翻訳した。チェンバ
レンも芭蕉の意味が〈バナナ〉であると記述しているが、アスト
ンが芭蕉を《偉大な旅人 (a great traveler)》としていた一方で、チ
ェンバレンは芭蕉を《巡礼者 (pilgrim (angya))》と捉えたいと述

---

30)　W. G. Aston, *A History of Japanese Literature*, London; William Heinemann, 1898, pp. 291-293.

31)　ibid., pp. 293-294.

べた[32]。芭蕉の旅の意識が、欧米の旅とは異なっており、より宗教
的な意味を持つというこの見解は、芭蕉および日本人の考え方に
禅仏教の思想が浸透していることに言及したものであった。後述
するが禅仏教の思想はこの時代の欧米文化人が関心を寄せる注目
株なのである。

　ただ、チェンバレンは俳句を〈エピグラム〉——警句、寸鉄詩
などと訳され、墓などの碑文や辛辣な格言を意味する——と呼び、
精緻な思考をあらわす韻文の小さな断片韻を持った詩行だと説明
していた。[33] 野口米次郎は、この〈エピグラム〉という呼び方に
も不満を持って明確に反抗していた日本人である。

　The word "epigram" is no right word (and there's no word at all)
for *Hokku*, the seventeen Syllable poem of Japan, just as overcoat
is not the word for our *haori*.[34]
　〈エピグラム〉という語は「発句」（俳句）を表すのに正しくな
い（まったく違う）、オーバーコートという語が日本の「羽織
り」を表していないように。（訳文、著者）

　アストンやチェンバレンの俳句理解や芭蕉の紹介は、内外に重

32）B. H. Chamberlain, "Basho and the Japanese poetical epigram", *Japanese Poetry*,
　　1910, pp. 180–183. この論文は "Basho and the Japanese poetical epigram", *Trans-*
　　actions of the Asiatic Society of Japan, vol. XXX part 2, 1902 に初出。

33）［Their native name is Hokku (also Haiku and Haikai), which in default of a better
　　equivalent, I venture to translate by "Epigram," using that term, not in the
　　modern sense of a pointed saying, ——*un bon mot de deux rimes orné*, as
　　Boileau has it, ——but in its earlier acceptation, as denoting any little piece of
　　verse that expresses a delicate or ingenious thought.］(ibid., p. 147). チェンバレ
　　ンが用いた〈エピグラム〉という俳句の呼称は、その後クーシュー、フロー
　　レンツ、ルボンによって継承されてゆく。

34）Y. Noguchi, "Again on Hokku", *Through the Torii*, p. 140.

要な役割を果たした。だが、彼ら西洋人の定義は〈俳句〉にぴったりと合っていなかったし、彼らの俳句の説明と翻訳には限界があった。俳句に限らないが、個々の外国作品の評価が、翻訳の巧拙、または当地の文化研究や紹介の成熟度によって左右されることは否定できない。

　アストンは芭蕉が俳諧という形式の大系化に貢献したことには言及しており、俳諧にも《真情ないし美しい幻想の本物の真珠（genuine pearls of true sentiment or pretty fancy）》や、《知恵と敬虔さ（wisdom and piety）》が認められることもあると述べていた。じつは野口は、この英国講演で、英語圏の詩人が詩的言語の使用に労力を使いすぎており、詩の本質をそこねる傾向にある、装飾的な言葉の使いすぎや修辞法は詩の自由を否定してしまう、ということを述べて、《「日本詩人」である私なら、最初の三聯を犠牲にすることによって、最後の一聯を完璧なダイヤモンドのように存分にユニークなものとして輝かせるだろう》[35]と述べている。〈真珠〉ではなく〈ダイヤモンド〉に変えうると主張したのだ。俳句をダイヤモンドに喩えたとき、〈知性〉と〈普遍性〉〈永遠性〉の象徴として聴衆に意識されるようにする意図があったと考えてよい。[36]

35）［I declared bluntly that I, "as a Japanese poet", would sacrifice the first three stanzas to make the last sparkle fully and unique like a perfect diamond.］Y. Noguchi, *The Spirit of Japanese Poetry*, p.19.

36）西欧文明における真珠とは、〈純真さ〉や〈清浄〉を表し、女性性と関連してイメージされる存在である。一方のダイヤモンドは、〈純粋性〉〈普遍性〉〈永遠性〉に加えて、堅固さや〈不屈の信念〉のイメージが強く、頭脳明晰、理性、洞察力を暗示する宝石で、〈光〉〈歓喜〉〈生命〉を象徴する存在である。なお、G・M・ホプキンズが〈不滅のダイヤモンド（immortal diamond）〉という言葉で、光、洞察力、永遠を表現していた。（アト・ド・フリース『イメージ・シンボル事典』大修館書店、1984年3月、173-174頁、487-488頁。）

　では、日本の詩人はどのように従来の俳句認識を変換させよう
としたのか、どのように日本詩歌の本質を翻訳の中で示したのか。

芭蕉「古池や」の評価と解説

　芭蕉の「古池や蛙飛び込む水の音」の句をあげてみよう。この
句は野口が1914年に英国講演で取り上げる以前に、すでに幾人か
の日本滞在者によって英語で紹介されていた。たとえばラフカ
ディオ・ハーンは "Frogs"（1898）と題したエッセイの中で、《蛙の歌
声（the chanting of Japanese frogs）》に《異国風の音調（exotic accent）》
があるとして[37]、蛙をテーマにした和歌や俳句を紹介し、「古池や」
を次のように訳出した。

　　Old pond――frogs jumped in――sound of water.

ハーンがこの句の〈蛙〉を複数で訳しているのは、これが〈蛙〉
に《自然の音（Nature's voices）》、《虫の音（the music of insects）》に
通じる情緒があることを説明するためだろう。1匹の蛙でなけれ
ば禅味が出ないという意見もあるだろうが、ハーンのように複数
で訳しても決して間違いだとはいえない。じつはこの句が発表さ
れた当時は、この句は冬眠から覚めた蛙が池の中に飛び込む音が
時折聞こえるという春の情景を詠んだものとされていたようであ
る[38]。その後、芭蕉が〈俳聖〉として位置づけられていく歴史的過
程において、この句が〈幽玄・さび〉の美を表した句、〈禅の悟り
の境地〉を示した句として〈正典化（カノン化）〉され、蛙は1匹

---

37)　L. Hearn, "Exotics and Retrospectives", *The Writings of Lafcadio Hearn*, vol. IX,
　　Boston & New York; Houghton Mifflin Company, 1898, p. 115.
38)　白石悌三「蛙――滑稽と新しみ」『俳句のすすめ』有斐閣、1976年1月。

であるとの認識が流布していったのである[39]。現在では、この句の
蛙は複数でもよいという捉え方が有力になっている。

　同じ句を、アストンやチェンバレンはどのように訳していたの
か。そして、野口米次郎は1914年の講演で、どのような訳で聴衆
の前に示したのか。

An ancient pond!

With a sound from the water

Of the frog as it plunges in.

　　　（アストン『日本文学史』1898）

The Old pond, aya! and the sound of a flog leaping into the water.

　　　（チェンバレン「芭蕉と日本の詩的エピグラム」1902）

The old pond!

A frog leapt into――

List, the water sound!

　　　（野口米次郎『日本詩歌の精神』1914）

野口が蛙を単数で訳したのはアストンやチェンバレンと同様であ
る。野口の訳の巧みである点は、原句の叙述の順序に忠実に、リ
ズムをつくって原句を再現しようとしており、とくに〈List,〉（聞
け、）と注意を呼び覚まして緊張感を持たせたところであろう。
〈list〉は16世紀頃によく用いられた英語の〈詩語〉だが、ここで

39)　堀切実「俳聖芭蕉像の誕生とその推移」『創造された古典――カノン形成・国
　　民国家・日本文学』新曜社、1999年4月、366-392頁。

は口語的な〈listen〉よりも〈list〉の方が韻律的にも空気の流れを
止めるような瞬間的な効果を出せる。静寂に対してその小さな蛙
の水音に精神を集中する緊迫した意識がこめられている。この句
を挙げて野口は次のように論を始める。

I should like, to begin with, to ask the Western readers what
impression they would ever have from their reading of the above;
I will never be surprised if it may sound to them to be merely a
musician's alphabet; besides, the thought of a frog is even absurd
for a poetical subject.[40]

始めに西欧読者諸君に、この「古池や」の一句を読んでどん
な印象を持つのかについて聞いてみたい。ある者にとっては、
単なる音楽家の記号（アルファベット）に聞こえるのかもしれ
ない。さらに、1匹の蛙を詩的テーマとして考えていること
が馬鹿馬鹿しいと思われているかもしれない。そんな風に思
われていたとしても、私は驚かないだろう。（訳文、著者）

野口がここで想定する《西欧読者》の印象とは、どのようなもの
を指しているのだろうか。単なる〈アルファベット〉として響く
のみかもしれないと捉えているのは、アストンの解説をふまえて
いた。アストンは『日本文学史』の〈俳諧〉の項目で《Furu ike
ya!....》と日本語音をアルファベットで示して、俳句の韻律が五
七五であることを説明していたからである。また、蛙をテーマに
することを馬鹿馬鹿しいと受け取られても驚かないと述べている
のは、チェンバレンの蛙についての言及を批判している。チェン

40）Y. Noguchi, *The Spirit of Japanese Poetry*, pp. 45–46.

バレンは、「古池や」の句を挙げて、欧米人から見れば〈蛙〉は《サルや間抜けなロバの部類に入る馬鹿げた生き物》だと述べていたからである[41]。ハーンもまた、日本人が蛙の〈冷たさ〉や〈ぞっとする感じ〉を詠まないことに驚きを感じていた[42]。野口はこの一句について、次のように説明していた。

　これが日本人にとつては不朽である。秋のもの寂びた閑寺の庭、そこに澱んだ古池が静かに沈黙してゐる。そして蛙が飛び込んだ刹那に音が起り、空間を流れる音波が波紋と同じやうに拡がつてゆく有様を、吾人は西洋人よりは、より早く頭に浮べることが出来る。そればかりではない。吾人はこの小さな光景のなかに、西洋人より以上に、深い神秘を補促することが出来る。静から動へ移る自然の微妙な運動、その運動に依つて醸成される不可思議な幻想、幻想から生れるところの宇宙的神秘感、さういふものを含んでこの十七字詩は、吾人の価値観の深奥な心情に訴へて来る。[43]

　野口は「古池や」の句を、哲学的傾向を持つ人ならば《禅仏教の神秘主義》から解釈すると述べて、次のように英国の聴衆に伝

41）　B. H. Chamberlain, "Basho and the Japanese poetical epigram" *Japanese Poetry*, p. 181. ただしチェンバレンは、このサルやロバに触れた説明の後に、「古池や」の句が日本人にとっては瞑想や人生の哀愁を暗示し、仏教的悟りの境地を示している、と説明していた。

42）　L. Hearn, "Exotics and Retrospectives" (1898), *The Writings of Lafcadio Hearn*, vol. IX, p. 125. ただしハーンは、西欧人が醜悪だとして無視する自然のもの（昆虫や石や蛙など）に、日本人が美や情趣を発見している点に憧憬の念や敬愛の情を示した。この点はハーンが当時の日本紹介者たちとは決定的に異なっている態度であろう。

43）　野口米次郎「日本の詩歌と西洋の詩歌との接触点」『短歌雑誌』1918年9月、7頁。

えた。

> Basho is supposed to awaken into enlightenment now when he
> heard the voice bursting out of voiceless-ness, and the conception
> that life and death were mere change of condition was deepened
> into faith. It is true to say that nobody but the author himself
> will ever know the real meaning of the poem; which is the
> reason I say that each reader can become a creator of the poem
> by his own understanding as if he had written it himself.[44]
> 芭蕉は（この一句を作ったその時）、〈悟りの境地〉を開いたの
> だと考えられている。それは、沈黙の中から突然現れる声を
> 聞いた時、そして生と死とは単なる状況の変動であるとの考
> えが信念にまで深められた時であった。真実として言えるこ
> とは、芭蕉本人以外には誰もこの句の真の意味を決して知る
> ことはできないだろうということである。だからこそ、個々
> の読者が、この句を自分で書いたかのように自らの力で理解
> する、詩の創造者になるのだ。（訳文、著者）

野口は「古池や」の句の中に思想や哲学があることを述べ、この
〈List, the water sound〉という緊迫した一瞬から、禅の〈悟り〉の
境地がひらかれたということを説明したのである。そしてその〈悟
りの境地〉は、読者が個々の解釈と理解をもって求めていくもの
であり、一句の詩の世界は読者によって様々に無限の解釈ができ
るという考えを示した。詩歌のもつ象徴性をその象徴のままに捉
えて、読者の〈読み〉にゆだねようとする態度を強調し、重要視

---

44)　Y. Noguchi, *The Spirit of Japanese Poetry*, p. 46.

したのである。このような観点が、当時の西欧の革新をもとめて
いた英詩人たちや読者たちに、大いに注目されたのであった。

読者によって完成する文学

　今日では、俳句の特徴が、絶えず複数の解釈を生み出す点、時
代や地域を超えたさまざまな読者の〈読み〉によって完成される
点にあることは当然のように国際的に知られているが、これらの
点は1914年当時には極めて新鮮なことであった。

　アストンは、松尾芭蕉が庶民の人気を得ていると述べていたも
のの、それを文学としての価値評価には結びつけていなかった。
西欧における〈詩人〉は孤高の天才的存在とみなされることが多
く、詩の読者と作者との間には明確な区分が存在していたからで
ある。作者と読者の境界が曖昧で、各地に庶民的詩人が遍在して
いるという日本の詩歌の状況は、西洋では驚きをもって受け取ら
れ、ある意味では否定的に捉えられていた[45]。俳諧が滑稽で通俗的
なものであり、かつ庶民にひろく親しまれる〈popular literature〉
であるという認識は、俳句の文学的価値を軽んじる評価に結び付
いていたのである。

　それに対して、野口による俳句の解説では、作者と読者の格差
を設けず、日本の詩歌では《読者が作家と等しく責任ある地位を
占めている（the readers assume an equally responsible place）》[46]と説
明された。テキストの持つ流動性や振幅性の価値を認め、読者の

---

45)　前島志保氏は、当時の日本紹介者たちが、日本詩歌そのものの価値をロマン
　主義的な西洋の詩歌観でもって判断して、天才的詩人の欠如を否定的にとら
　えていたことを論じている（前島志保「西洋俳句紹介前史」『比較文学研究』
　2000年、40-41頁）。

46)　Y. Noguchi, *The Spirit of Japanese poetry*, p.45.／野口米次郎『日本詩歌論』前
　掲注26、61頁。

力による文学の完成を説いたのである。このように、詩人の存在
を聖域にまつりあげずに一般大衆読者と平等とみなす態度や、作
品の芸術的完成に読者による力を意識するという態度は、当時の、
アメリカにおけるホイットマン人気にも通底しているだろう。

　また、この英国での講演で野口がウィリアム・ブレイクに言及
したことにも注目しなければならない。生前は無名であったブレ
イクは、19世紀末のイギリスの一部で再評価されていた詩人であ
る。日本においても1894年からその名前は知られつつあり[47]、野口
は1907年に「愛蘭土文学の復活」においてイェイツがブレイクの
専門家として認められていることを指摘していた[48]。野口はブレイ
クが暗示の詩句を用いた英詩人であり、彼が再評価されつつある
ことが、西洋と東洋の詩歌の本質に区別はないことの例証なのだ
と説いた[49]。

　現在においてもブレイクの神秘思想をあらわすものとして、次
の詩篇 "Auguries of Innocence"（無垢の予兆）の冒頭が有名だが、
野口はここを挙げている。

To see a World in a Grain of Sand

---

47)　ブレイクについては、1894年に大和田建樹が『欧米名家詩集』にブレイクを
　　挙げ、1895年5月の『帝国文学』に上田敏（無記名）が「故ペイタアの遺稿」
　　の中でブレイクに言及し、1908年に宮森桃潭（麻太郎）、小林潜龍が『英米百
　　家詩選』に "Tiger" の詩を紹介している。

48)　野口米次郎「愛蘭土文学の復活」『慶應義塾学報』1907年7月15日。（その後、
　　和辻哲郎（1889-1960）の、イェイツ等によるブレイク論の紹介があり（1911）、
　　『白樺』で柳宗悦らによってブレイク特集が組まれるのは、野口の英国講演後
　　の1914年4月であった。柳宗悦らはブレイクからホイットマンの研究に進み、
　　〈東洋的なるもの〉、〈日本的なるもの〉への問題意識に突き動かされて、民衆
　　芸術論を唱えて民芸運動を展開していった。）

49)　Y. Noguchi, The Spirit of Japanese Poetry, 1914.／野口米次郎「日本の詩歌と
　　西洋の詩歌との接触点」『短歌雑誌』1918年9月。

And a Heaven in a Wild Flower,

Hold Infinity in the palm of your hand

And Eternity in an hour.[50]

一粒の砂に世界を見

野の花に天国を見る

汝が掌に無窮は降り

かくて永遠はそこに憩ふ（訳文、野口米次郎）

これは実際に俳句の世界観に非常に近似している。野口はこのブレイクの《暗示の精神》が西欧詩人の一派に珍重されており、《単純な形による「歌はざる詩」を詠む時、往々にして優秀なるものを発見することが出来る》と解説した[51]。

　野口が芭蕉や俳句と比較する形でブレイクを対照させたことは重要だった。（現在、芭蕉を《一粒の砂と一茎の花に宇宙を見るといったウィリアム・ブレイクのような幻視の詩人》と考えている西洋人は多いといわれ、英語圏では両者を比較した論文が少なくない[52]。）では、野口はブレイクをどのように講演のなかで説明したのだろうか。

Our Japanese poets at their best, as in the case of some work of William Blake, are the poets of attitude who depend so much on the intelligent sympathy of their readers.[53]

---

50)　「無垢の予兆」（全132行）の冒頭の4行（『対訳ブレイク詩集――イギリス詩人選（四）』岩波書店、2004年6月）。翻訳は著者。

51)　野口米次郎「日本の詩歌と西洋の詩歌との接觸點」『短歌雑誌』1918年9月、9頁。

52)　佐藤和夫『俳句からHAIKUへ』南雲堂、1987年3月、34頁。

53)　Y. Noguchi, *The Spirit of Japanese poetry*, pp. 44–45.

　私たち日本の詩人たちは、そのもっとも優れた場合には、ウィリアム・ブレイクの幾つかの作品がそうであるように、読者の賢明な共鳴・共感を十分に信頼する姿勢をもった詩人たちである。（訳文、著者）

　この読者の力による作品の完成を説明してブレイクに触れていることは、大きな特徴である。野口はブレイクを素人臭い詩人で妖術性、単純性を備えており、それゆえに俗っぽさを脱却していて永遠に新鮮なのだと論じている。野口のこの〈素人〉性に対する認識と詩論は、《読者の賢明な共鳴・共感を十分に信頼する詩人》の姿勢を重視し、《詩に生きる（to live poetry)》ことを重視した野口本人が生涯目指していた態度でもあった。

　この読者による俳句芸術の完成という議論には、岡倉天心の著作『茶の本』[54]からの影響が考えられる。野口は1907年に『茶の本』に関する英文評論を発表し、茶道の中にみられる道教や禅についても触れている[55]。野口の詩論が同時代作品から影響を受けていた点に関してはさまざまな可能性が考えられるが、もう１点、野口が俳句を自己の存在を照射し沈思することのできる場所だと述べていたことにも触れておきたい。《you can reflect yourself to

---

54) 天心は1906年の『茶の本』*The Book of Tea* において、芸術鑑賞には《共感による心の交流（the sympathetic communion of minds)》が必要であり、芸術家がいかに伝えるかを知らねばならないように、観客（the spectator）はメッセージを正しく受け取る態度を養わなくてはならないとした。天心はこの論を、《琴ならし（Taming of the Harp)》という道教の物語を挙げて、交響曲を例にとって芸術作品と享受者との共鳴が傑作を生むことを説明している。例示の仕方や英語の語彙は異なるものの、天心と野口はともに読者による文学の完成を論じている。(Okakura Kakuzo, *The book of Tea*, New York; Fox duffield & Company, 1906, p.106.)

55) Y. Noguchi, "On Okakura's Book of Tea", *The Japan Times*, 2nd, Jun., 1907.

find your own identification》と説明し、俳句は単に説明的・描写的
な表現をする短い詩ではなく、自らの人間存在を問う哲学的で深
淵な抒情詩であることを主張していた点である。ここにはアメリ
カ詩人ホイットマンの重要なテーマが〈アイデンティティ〉であ
り、宇宙の中にある自己存在とは何かを思索することであったこ
とを思い出すことができよう。じつは野口自身の詩作のテーマも、
デビューの時から一貫してこの自己存在の追究にあった。そして
野口は〈俳句〉という日本の伝統詩が、自己の人間存在を見つめ
るための詩形態であったと主張したのだ。

　さらに、芭蕉をホイットマンに重ねた野口の比較文学的な手法
を紹介しておきたい。野口は、芭蕉の旅が《pilgrimage（巡礼）》で
あり、《人生の利己的な満足を探究しているわけではない》と述べ
た後に次のようにいう。

　　….it was a holy service itself, as if a prayer-making under the
　　silence of a temple; is there a more holy temple than the bosom
　　of Nature? He traveled East and West, again South and North,
　　for the true realization of the affinity of life and Nature, the
　　sacred identification of himself with the trees and flowers….[56]
　　旅とは、まるで静かな殿堂の下で行われる祈りのように、そ
　　れ自体が聖なる奉仕（神へのおつとめ）である。自然のふとこ
　　ろにまさる神聖な殿堂が、他に存在するだろうか。人生と自
　　然との親和融合の実現のために、樹木や花と自分自身との聖
　　なる一体化のために、芭蕉は東へ西へ、南へ北へと旅をした
　　のである。（訳文、著者）

---

56)　Y. Noguchi, *The Spirit of Japanese Poetry*, p. 38.

野口は芭蕉の旅の意味を、大自然の中での祈りであると説き、自己の存在と自然との一体融合を求める精神哲学であると捉えたのであった。そして、芭蕉の有名な「旅に病んで夢は枯野をかけ廻る」を次のように訳した。

> Lying ill on Journey,
> Ah, my dreams
> Run about the ruin of field.[57]

この句は、チェンバレンが次のように訳出していたものである。

> Ta'en ill while journeying, I dreamt
> I wandered o'er a withered moor.[58]

比較して感じられるのは、チェンバレンの訳の暗さに対して、野口の訳が明るく、爽快なことである。チェンバレンの訳では、〈withered（萎れた、みずみずしさを失った）〉、〈moor（原野、沼地）〉、そして〈wander（さまよう）〉という言葉の重苦しさ、じめっとした感性が表されているのに対して、野口の訳では〈ruin of field（荒廃した、廃墟となった野原）〉を〈Run about（駆け回る、飛び回る）〉という言葉の軽やかさ、思想の自由さが表現されている。チェンバレンは芭蕉をあえてワーズワス流に翻訳していたのかもしれないが、芭蕉の自然観や人生と自然を融合させるような解説には至らなかった。野口はこの「旅に病んで」の句を挙げた後に、《芭蕉

57）　ibid., p. 38.
58）　B. H. Chamberlain, *Japanese Poetry*, 1910, p. 191.（詩の中のTa'en = Taken、o'en = over の意味。）

を偲ぶと常にウオルト・ホヰットマン Walt Whitman を想ふ》と述べ、芭蕉の「旅に病んで」の一句を、ホイットマンの晩年の詩を対照しながら[59]、ホイットマンと芭蕉が共に「文学のための文学」を嫌い、ある人生の目的のための一手段として文学の意義を考えていたことを詳しく論じた。

　このように、野口による俳句の紹介は、日本詩歌における詩人と読者の近接した関係性を説いたり、自然と宇宙と人間との関係をうたう詩歌の価値観を強調したものであり、そこには、俳句に対する従来の価値認識——一般庶民にまで親しまれている俳句は文学としての芸術性が低いとみる認識や、俳句はエピグラムであると捉える認識——とは異なった基準の導入が狙われていた。野口の論述は、伝統的価値観や美意識を根本的に見直す風潮と、象徴主義を取り込んで新しい文学の創出を模索していた英国文壇に、新しい俳句の評価基準を提案したものだったのである。

野口の講演に対する英米における評価

　ではこれら一連の野口の講演活動は、当時の英米でどのように受けとめられたのか。もちろんすべてが肯定的に受け入れられたわけではなかった。詳細は省略するが、講演直後の質疑応答では批判的な感想もあった。しかし、ここでイギリスの日刊紙に掲載された肯定的な評価をひとつ紹介しておきたい。

---

59) 《I am an open-air man winged. I am an open-water man: aquatic. I want to get out, fly, swim——I am eager for feet again, But my feet are eternally gone.（余に翅あり、自分は外空を翔る人だ。余に蹼あり、自分は水中の人だ。余は起ち飛び泳ぎ——再び歩行したきを切望す。然し余の両脚は永久に失はれた。）》を挙げて、芭蕉とホイットマンの詩想の共通項を説明した。Y. Noguchi, *The Spirit of Japanese Poetry*, p. 38.

そこには、今まで日本人を《麗しい精霊的な花の国で、其国に住む人々は菊花のやうな蓮花のやうな無邪気》なものと考えていたが、野口の講演を聴いて、日本人が《黙想的非俗者の人種》だとわかったと書かれている。《孤独の権威を説き黙想の芸術を尊重》する野口の説明が、日本を《菊花の国》のイメージから、西欧のキリスト教主義的な《灰色で装飾される祈禱禁慾》のイメージへ変換した、と[60]。「古池や」の句の深淵な哲学性を重視する日本人の文化嗜好を説いた野口の主張が理解されようとしていた。野口の芭蕉紹介と日本の詩のもつ精神性についての解説が、英国における〈日本趣味〉に質的な転換をもたらしたといってよいのではないだろうか。

　実際、この英国での講演と『日本詩歌の精神』に対する関心と評価は、決して一時的な反応ではなかった。この著作はそれ以後の海外の詩人たちの間で日本文学を理解する 1 冊として重要視され、とりわけ英米の後輩詩人たちには大きな影響を及ぼした。例えば、英詩革新運動（この影響はアメリカ国内にとどまらない）を牽引したシカゴの詩雑誌『ポエトリ』（1915年11月）には、エイミー・ローウェルとともに雑誌編集に関わっていたアリス・ヘンダーソン（1881-1949）が野口の本についての詳しい書評を書く。《日本詩歌に対する浅薄で瑣末（trivial）でさえあった認識》が野口によって深められ、認識に変化を生んだと論じられた[61]。

　Japanese poetry is never explanatory, its method is wholly

60）Dixson Scott, "On the Japanese Hokku Poetry of Yone Noguchi", *The Liverpool Courier*, 19, Feb., 1914.

61）A. C. H., "Reviews: Japanese poetry; *The Spirit of Japanese Poetry* by Yone Noguchi, and *Japanese Lyrics* translated by L. Hearn", *The Poetry*, Nov., 1915, p. 89.

suggestive; yet in its power to evoke associations, or to appeal to the imagination, it is profound rather that trivial. Brevity is occasioned by intensity. Nor is the effort of the Japanese *hokku* at all similar to that of the epigram as commonly conceived, which, like the serpent with its tail in its mouth, is a closed circle.[62]

日本の詩はまったく説明的ではない。その方法は完全に暗示的である。連想を呼び起こし、想像力に訴える力を持つ。些細なものではなく深遠なものである。簡潔さは、緊張感によってもたらされる。(訳文、著者)

〈俳句は epigram とは異なる〉とみなす野口の俳句解説の要点が的確に示され、日本詩歌に対する認識に転換が起きた、と指摘された。また、《考えを表現するためにホックの例を多く示してくれており、その野口の表現には無駄がまったく無い》とも述べられている[63]。ヘンダーソンは、野口の著述のうちの1文を引いて次のように書いている。

"This gentle Zen doctrine, which holds man and nature to be two parallel sets of characteristic forms between which perfect sympathy prevails." We can then understand why, although we speak of Japanese poetry as suggestive, the word is not used, as in connection with certain French symbolist poets, to denote vagueness.[64]

「このおだやかな禅の教義は、人間と自然とを二つの平行する

---

62) A. C. H., "Reviews: Japanese Poetry", *The Poetry*, Nov., 1915, pp. 89-90.

63) ibid., p. 90.

64) ibid., pp. 90-91.

特徴的形式として把握する。そしてその両者の間には完全な
共感が支配する。」日本の詩歌は〈暗示的〉だといわれるが、
その言葉は、かのフランス象徴主義詩人らの場合のように、
〈曖昧さ〉を意味するために使用されているのではないことが
わかる。（傍線・訳文、著者）

人間と自然が感応する一対であるという認識、またそれを表現す
るためのことばが的確に選択されているのであり、単純な曖昧さ
ではないということが述べられている。ヘンダーソンは、野口の
本は比較詩学を研究する者にとって、《秘宝のつまった巨大な貯蔵
庫への鍵になるだろう》[65] と述べて、野口の著作を強く推薦した。

　また同詩雑誌1919年11月にはユーニス・ティーチェンツが野口
について論評して絶賛した。野口の『日本詩歌の精神』は、日本
の精神や思想を理解するための《扉》であり《手引き書》である、
と。欧米読者が、この著作に《愛情に充ち、鋭敏で、凝縮した、
心がうずくほどの日本の伝統詩歌の美しさ》[66] を感じていたこと
は特筆すべきであろう。同時代の英米の詩人たちの間で重要な位
置を占めていた様子がうかがえる。

　本書では扱わないが、英国講演の後、野口は1919年から1920年
にかけてはアメリカの各地を周遊して講演活動をおこない、1935
年から36年にかけてはインド各地で講演活動をおこなっている。
これらも野口による〈神秘なる日本〉の伝道とその社会的・政治
的な意味を考えるものとして、重大な意味をもつ。1920年代には
野口は、古今東西のアジアの偉大な詩人たちに並び称される存在

---

65) ibid., p. 95.
66) Eunice Tietjens, "Yone Noguchi", *The Poetry*, vol. 15, Nov., 1919, p. 98.

となっていた[67]。

　フランスの外交官であり詩人であったポール・クローデルは、野口の詩を論じるなかで、《禅の究極の真理とは教えられるものではなく、伝達されるもの（コミュニケートされるもの）である》と書いている。クローデルは、日本文化を〈空（空虚）の王国（le Royume of Vide)〉と捉え、詩とは〈空〉〈音楽〉〈霊魂の発現〉〈香り〉〈響き〉の中に〈伝わる〉ものであると述べて、野口の詩にもこれらがあてはまると論じたのだった[68]。野口の友人であったクローデルは、日本の能にたいへん造詣が深かったこともよく知られている。次に、俳句の解説とも大いに連関する野口の能の紹介についてもみることにしよう。

67）1926年に出版されたインド人プラン・シン（1881-1931）による『東洋詩歌の精神』では、野口が古今東西のアジアの偉大な詩人たちと対等にとり扱われ、とくに日本の詩に関する部分では野口の詩論を用いて説明がなされている。(Puran Singh, *The Spirit of Oriental Poetry*, London; Kegan Paul Trench Trubner, 1926, pp. 6-7, 30-34.) これについては、1928年に清水暉吉（「詩人ヨネ・ノグチ」『詩神』1928年2月、57頁）に言及されている。

68）[La philosophie Zen a pour doctrine que les vérités suprêmes ne s'enseignent pas, elles se communiquent. Et cette idée se retrouve partout dans la peinture et dans la poésie Japonaises. Ce qui est plein chez nous ici est le Royaume du Vide. La poésie n'est pas la poussée d'un monde fictif qui essaye de se faire place, d'interrompre de sa ride propre la marche continue de la musique de Dieu, elle est l'émanation sacrée d'une âme saturée de paix, de béatitude et d'amertume. Une seule respiration en a épuisé le parfum. Ainsi ces poëmes de Yoné Noguchi pareils à une touffe d'azalées toutes ruisselantes des pleurs de la nuit et le bruit en silence de quelques syllabes qui se désagrègent.] (Paul Claudel, "L'Introduction Des Poemes de Yone Noguchi",『日本詩人』1924 年 5 月、44頁)。これは野口の詩集『沈黙の血汐』の英語版に書かれた序文である。野口の英訳原稿は1924年頃には出来上がっていたが、刊行されぬまま原稿が焼失した。

1-2　神秘なる詩としての能

狂言と能の紹介

　20世紀初頭の欧米人達が、日本の伝統芸能である〈能／能楽〉に対して大きな関心を寄せたことはよく知られている。これも神秘なる東洋への関心、霊的な感性にすぐれた非西洋文化への関心を喚起させるものであったといえる。従来の西欧の能楽受容に関する比較研究では日本側からの発信はあまり重要視されてこなかった面がある。しかし、日本側の協力や発信を軽視することはできない。野口米次郎も海外に向けて能楽の紹介をおこなった一人であった。彼は俳句も能も、神秘なる日本の〈詩〉の一環として、つまり、神秘なる日本の美意識と精神哲学を説明するものとして、俳句と能をセットにして解説した。能の理解は俳句の理解を助け、俳句の理解が能の理解を助ける、といった具合である。このように日本の情緒や美学を訴えていったことは、欧米の文化的モダニズムや文化人たちの関心に共時的に直接的に連動していた。

　1914年1月、ロンドンの王立アジア協会で語られた講演内容をみてみよう。能に関する野口の講演内容はじつに濃密で、能の厳粛性、観客と役者の関係性、演者の構成、舞台装置と設定・演出の簡素さ、〈生〉と〈死〉や〈永劫〉を表す装置、仮面の意味など、能という演劇の様式が丁寧に説明された。〈面〉（Mask）は表情を節約して情緒を蓄積させ、また笑いにもなる〈沈黙の表現〉であるとも述べる。また、役者は詩歌と祈禱の美的価値によって、リアリズムのわざとらしい感傷に陥らないように自らを律しているのだと述べて、象徴主義演劇の作法に比較して論じた。西洋演劇は日本の能の簡素性（simplicity）に注目するだろうし、能の擬

古趣味（archaism）は神聖な暗示を与えるだろうと述べた。[69]

> The No is the creation of the age when, by virtue of sutra or the Buddha's holy name, any straying ghosts or spirits in Hadas were enabled to enter Nirvana; it is no wonder that most of the plays have to deal with those ghosts or Buddhism. That ghostliness appeals to the poetical thought and fancy even of the modern age, because it has no age. It is the essence of the Buddhistic belief, however fantastic, to stay poetical for ever.[70]
>
> 能とは、黄泉の国にさまよえる幽霊や精霊が、仏名や経典の功徳によって涅槃に入ることができると考えられていた時代の創作物であり、ほとんどの作品が幽霊や仏教を主題として扱っている。このような幽霊ものは、現代においても詩的思索や空想に訴えるものであり時代を限定しない。仏教信仰の真髄であるが、幻想的で、時代を超越した詩的精神を保っている。（訳文、著者）

このような野口の説明は、当時の神秘主義や東洋哲学に熱中していた欧米の知識人たちにどれほど刺激を与え、好奇心をそそっただろうか。（イェイツと再会した野口は、〈霊魂の不滅〉や祖先崇拝、英米の神秘主義思想などについても語り合っている[71]。）

　1913年12月から1914年3月にかけて野口が英国に滞在してあち

69）　Y. Noguchi, *The Spirit of Japanese Poetry*, 1914, pp. 59-60.

70）　ibid., p.66.

71）　イェイツと野口は、その他、日本とアイルランドにおける教育問題、日本社会の英国化・米国化の弊害、そして政治と文学についても語り合った。このことは、イェイツの *Ideas of God and Evil* (1903) の翻訳本『善悪の観念』（山宮允訳、東雲堂、1915年1月）の「序」（野口米次郎著）に詳しい。

こちで講演をしていたころは、まさにイェイツとパウンドがフェ
ノロサの遺稿を手にしていたころであった。アーネスト・フェノ
ロサは1909年にロンドンで急死し、遺稿整理をしていたマリー夫
人が彼の漢詩や能の講義記録をエズラ・パウンドに託したのが1913
年9月末ごろだった。当時のパウンドはロンドンに住むイェイツ
の秘書か書生のような立場で、1914年1月に野口がイェイツの家
でパウンドに紹介されたときは、パウンドがどこかの雑誌で発表
できないかと検討していた時期であった。パウンドがフェノロサ
の謡曲の翻訳を入手して謡曲の英訳「錦木」("Nishikigi") が最初
に発表されたのは、1914年5月（ハリエット・モンロー主宰のシカゴ
の詩雑誌『ポエトリ』誌上）[72] のことで、その後、パウンドのフェ
ノロサの遺稿編纂の仕事は、中国詩についての『キャセイ』
(1915)[73] の出版、翌16年7月には能に関する著作が出版される。
イェイツが能にインスピレーションを受けて戯曲「鷹の井戸」("At
the Hawk's Well") を書き、それを伊藤道郎が演じて大絶賛を受け
る（初演は1916年4月2日）。このイェイツの実験的な上演が、リア
リズムを中心とする西欧の近代演劇とは異なる潮流を生み出して、
その後のモダニズム芸術に大きな影響を与えたことはよく知られ
ている。能への関心は、〈演劇〉あるいは〈文学〉という枠の中に
止まらず、芸術表現の可能性をさぐるものとして、また諸芸術の
本質を貫くものとして示された。

---

72) "Nishikigi, A Play: Translated from the Japanese of Motokiyo", *The Poetry* (May,
　　1914), pp. 35-48. 主人公が旅に出て守護神や精霊に出会うといった全行程が、
　　一つの舞台装置の中で執り行われるという能の形式に、パウンドは関心を示
　　した。

73) E. Pound, *The Cathay: For the most part from the Chinise of Rihaku, from the
　　notes of the late Earnest Fenollosa, and the decipherings of the Professors Mori
　　and Ariga*, London; E. Mathews, 1915.

イェイツとの対話と詩的芸術の革新

　野口とイェイツの交流は1903年春から始まっており、同年11月、イェイツが講演旅行でニューヨークに滞在した際に再会し、近代演劇の改良運動について話しあっていた。イェイツは当時の劇場の商品化傾向に不満を唱え、観客が食事のあとの消化をうながす程度の意識で芝居を見ていることを嘆いた。劇場は文化人や知識人にとって学びや刺激をもたらす場所であるべきだとイェイツは語った。野口はイェイツとの会話について次のように記している。

> 　イーツは劇場をして<u>詩化せしめむ</u>とするなり。其演ずる所のものは、神話或は古昔の伝説、即ち彼が所謂「dreams are truth and truth is a dream」の時代を以てし、人の想像力を惹起し、少くも詩神に接近せしめむとするなり。之を演ずる俳優は、純然たる美を目的とし、舞台に於て用ひる言語は、単純麗雅にして<u>シンボリックならざる可からず</u>とするなり。彼はその主張に由りて、幾多の劇詩を作りぬ。曰く "The Land of Heart's Desire" 曰く "The Shadowy Waters" 曰く "The Hour-Glass" と。是等を読まば、其想像の優尚にして縄<ruby>繆<rt>ちゅうびゅう</rt></ruby>たる、また其<u>悲壮凄なる神秘</u>を知り得るなり。[74]（傍線・ルビ、著者）

劇場を詩的空間とし、より芸術性の高い、象徴的なもの、神秘的なものにしたいという意味である。当時のイェイツは既に有名な劇作家で、オカルトや心霊学や神秘思想に深い関心をもっており、また1902年にはアイルランド国民演劇協会を設立していた。1903年時点のイェイツとの対話が野口に与えた影響は大きい。

74）野口米次郎『英米の十三年』春陽堂、1905年5月、175-176頁。

　1904年秋の帰国後、野口はイェイツに関する論考をいくつも発表している[75]。たとえば、イェイツと中国の陶淵明（365-427）の作品を挙げて、アイルランドのケルト気質と古代中国（もしくは伝統的な東洋世界の詩歌）の詩的感性や自然観との共通項を詳細に比較して論じている。野口が1907年の時点で、〈東洋〉とアイルランドの詩的な文学世界や伝統を比較して論じたことは、その後の国内外への影響の面からも重要である。

　また、野口はイェイツの劇に関する実践と理論とを比較しながら日本の能の現代的価値を説明した。たとえば、イェイツが『モサダ・劇詩』Mosada: A *Dramatic Poem*（1886）のなかで近代劇の照明はランプにかわってしまったが、蠟燭の炎が美しいと論じていることを挙げた上で、野口は《宝生流や観世流の舞台が蠟燭のほのかな光の中で演じられており、電気のランプを使っている歌舞伎に劣るどころか強烈な美である》[76]と説いた。また近代劇が退化していると論じるイェイツが、アイルランドの伝説や歴史を背景に劇を改革しようとして独自の成功を収めていると説明した上で、イェイツが理想的なアイルランド演劇の要素として論じる〈地方性〉〈リズム〉〈音楽性〉〈誇りと生活〉などのすべてを日本の能という古典劇が備えていると述べた。

I feel happy to think that he would find his own ideal in our no performance, if he should see and study it. Our no is sacred and

---

75)　"Yeats and the Irish Revival"（*Japan Times*, 28, Apr., 1907.）、"Mr. Yeats and the No"（*Japan Times*, 3, Nov., 1907.）、"A Japanese Note on Yeats"（『太陽』1911年12月）などである。"Yeats and the Noh Play of Japan"（*Japan Times*, 2, Dec., 1917.）など、イェイツに関する執筆は多い。

76)　Y. Noguchi, "Mr. Yeats and the No", *Japan Times*, 3, Nov., 1907.

it is poetry itself.[77]

　もしイェイツが日本の能をみたり学んだりすれば、その上演の中に理想を見いだすだろう。それを思うと幸せである。日本の能は、神聖であり、詩そのものである。（訳文、著者）

能を《詩そのもの》だとみなして、《能ほど叙事詩としての全ての必要条件をみたすような、優れたものはない》[78]とも付け加えている。能は最もすぐれた流行の様式であり、現代劇理論に好都合にあてはまる実践的な様式だと宣言した。以上のような野口の英語での執筆は、1912年頃のイェイツや欧米人たちにおける東洋詩への関心と好奇心をさらに強くさせたと考えられる。

　日本においては、池内信嘉が1902年に創刊した雑誌『能楽』においても1905年から07年にかけて英文欄が設けられ、海外発信が意識されはじめていた。野口は1904年から狂言作品の翻訳をアメリカの新聞や雑誌で発表し始め、1906年には雑誌『歌舞伎』に「米国における滑稽劇」（5月号）、「演劇改良」（9月号）を寄稿している。能については1907年から紹介や解説、評論を発表していく。能の翻訳も「熊野」「山姥」「船弁慶」など積極的におこない、国内外で評価されている[79]。次第に狂言についての解説をしなくなるのは、神秘的な要素の強い能楽のほうが喜劇である狂言よりも欧米人の興味を惹きつけやすいことを意識していたためだろう。野口以前にもチェンバレンやアストンらが能の紹介をおこなっていたが、俳句と同様、野口が新しく神秘的な価値を加味していたこ

77）　ibid.
78）　ibid.
79）　野口の能の翻訳についての独自性や同時代評価については、拙著『「二重国籍」詩人　野口米次郎』第六章6節4-e〜fを参照。

と、そして能をモダニズム演劇や思想哲学の先端として位置づけていたことの革新性は否定できない。

　1910年の「日本の仮面劇」"The Japanese Mask Play" は、日本に住む西洋の批評家と能を見に行った時の対話を紹介しつつ、能の芸術的な説明や歴史を記述したものである。野口が説明したのは次のような点である。能は舞台も狭く、登場人物はわずか3人ほどで、演技も非常に単純で簡潔である。その〈簡潔さ（brevity）〉こそが偉大な芸術たるゆえんであり、制限はあらゆる芸術の秘訣である。簡潔で、かつ、生と死をテーマにした舞台劇でもある。野口が強調したのは、能の多くが幽霊や仏教思想を扱っているということだった。

　そして《能は、簡潔な劇芸術の極致である。ギリシア劇やイェイツらのアイルランド現代劇に比較される》といい、劇と観客が一体となる関係性や芸術観を説明した。《能は、最初はそのモノトーンで退屈に感じるが、じつは、教養ある精神を持つ人々には、かなりの歓びの源になる》と述べているのである。[80]

　このような視点が、イェイツやパウンドがフェノロサの能の遺稿を手にする以前に英米に発信されていた。これらの野口の能に関する一連の英文執筆は、野口が1914年に英国で講演する以前からすでに注目されつつあった。1912年には、野口とモダニスト演劇家ゴードン・クレイグとの交流が始まっている。1914年1月1日に野口が写真家コバーンと共にジョン・メスフィールドの自宅を訪問した際には、メスフィールド夫人までもが、野口の寄稿文

80）　Y. Noguchi, "The Japanese Mask Play", 『太陽』1910年7月、5-9頁。"The Japanese Mask Play", *The Nation*, 12, Sep., 1912, p. 231.

"The Japanese Mask Play"（『ネイション』所収）を褒めており、い
かに当時の文化人の間で広く読まれていたかがわかる。[81]

能の解説に対する評価

　野口は外国人による能の研究について、外国人が謡曲の詩的世
界を理解するのは難しい、と考えていた。彼はフェノロサの遺稿
整理をしたパウンドについて《独断的青年詩人パウンドが、能劇
の芸術価値を盛んに吹聴して居る》[82]と記した。またパウンドの、
能にはハムレットのような状況も問題もなく、独立した舞台芸術
としては不完全だが組み合わせられる番組の一部としての役割が
ある、といった見解を挙げて、パウンドの能楽論を批判している。
さらに野口は、西洋人は能の曲目のうちの優美な幽霊ものやゴー
スト・サイコロジーにしか興味をもっていない、霊魂の具現化に
ついての理解ができないようであると指摘してもいる[83]。これもじ
つはパウンドに対する批判である。パウンドが能の紹介をしたと
きに《These plays are full of ghosts, and the ghost psychology is
amazing.》と述べ、《最も高い秩序の劇や詩歌の興味とは結びつか
ない》と述べていたからである[84]。

　1920年前後には、野口は能の紹介者として海外でも認識され、
高く評価されていた。21年8月のロンドンの雑誌『ブックマン』
には次のように記されている。

---

81)　野口米次郎「最近文藝思潮——今日の英詩潮」『三田文学』1916年1月、270
　　頁。
82)　野口米次郎『能樂の鑑賞』富書房、1947年3月、130頁。
83)　同前、132-137頁。
84)　"Introduction" by Ezra Pound, *Noh or Accomplishment: A Study of the Classical
　　Stage*, London; Macmillan, 1916, pp.18-19.　ここで、能が仏教よりも神道に結
　　びつけられている点は興味深い（この点については、平川祐弘氏がアーサー・
　　ウェイリーの研究の中で指摘している）。

Mr. Noguchi remarks, by the way, in his essay that in the "Noh" plays Japan had anticipated the polyphonic prose of Miss Amy Lowell and her companions. It is not a thought that would occur to anyone familiar with the Noh plays in the English versions of Mrs. Stopes or Mr. Ezra Pound.[85]

野口が著述の中で示しているのは、日本の「能」がエミー・ローウェルやその仲間たちがいうところの〈多韻律散文（Polyphonic Prose)〉（多声音楽的な自由な散文）を先取りしていたという考えであり、これは、ストープスやエズラ・パウンドによる誰もが知っている英語バージョンの能の戯曲には、示されていなかった考えである。（訳文、著者）

つまり、野口の能の紹介には、ストープスやパウンドら外国人紹介者にない要素と独特の思想哲学があると評価されており、エミー・ローウェルら現代詩人の理論は、〈能〉の中にその実践をみることが出来る、と野口が特に主張している点が注目されているのである。また、野口を評価したこの批評記事の中では、アーサー・ウェイリーの能の翻訳（1921）は意味が分からない、ウェイリーの訳からは能が〈禅〉や〈幽玄の入り口〉であるという点が理解できない、と批判的に論じられてもいた。

　野口が〈能〉と〈霊〉と〈詩〉の関係をどのように捉えていたのかをみてみよう。

　　能楽が神仏幽鬼の出没を取扱つても取扱はなくても、その筋が荒唐無稽に類しても類しなくても、大部分の曲目は一種の

---

85) R. Ellis Roberts, "Things Japanese", *The Bookman*, London, Aug., 1921, p. 219.

神秘劇といつていい。仮令それ等に表徴と私共がいふ近代的
審美の価値をただ部分的にのみ認めるとしても、日本中世期
の譬喩的詩情がそのいづれにも溢れてゐる点を私は喜ばざる
を得ない。私共がこの綜合的舞台芸術の放散する詩的雰囲気
に触れてそのなかに吸込まれると、私共は理屈なしに『永劫
の生命』を感ずるやうな気がする……能楽に於てのやうに私
共が一度死んでも、現実世界に招かれて思出の多い痛ましい
追憶の場所を再び訪れることは自然であるやうに思はれる。
又能楽で幽霊を取り扱つた曲目のすべてが終るやうに、神仏
の功徳で『姿は見えずなりにけり』と終つても、又『我跡弔
ひて給び給へ』と終つても、私共に更にもう一つの続編がな
からねばならぬやうに感ぜられる。もとよりそれは神秘的迷
信に相違ないが、少くも私共日本人はこの迷信のため私共の
生命を拡大させることが出来るのではなからうか。[86]

　死者が追憶の場所を訪れることは自然であり、神仏の功徳で霊が
鎮魂されても、それは完全なる終わりというのではなく自然のな
かで輪廻転生していくようなものだと受け取っている。それは日
本人の神秘的な迷信だが、その迷信のおかげでより生命を現世に
しばられずに拡大させることができ、永劫に繋げることができる。
このような考えが、野口の語っていることであった。

　　そもそも幽霊とは如何なるものであらうか……私共はそれを
　　握り攫むことが出来ない。勿論それを分類解剖して説明する
　　ことが出来ないが、幽霊とはこんなものであらうと想像する

---

86)　野口米次郎『能樂の鑑賞』前掲注82、56頁。

　ことが出来る。私共共有の美に対する憧憬心、或は現実や不
平苦痛を恐れて逃れようとする恐怖心、或はまた所謂瞋恚の
焰が人格化したおのが幽霊に外ならない。世界いづこへいつ
ても美に対する憧憬の幽霊は少いが、殊に日本の物語には恐
怖心や怨恨が幽霊となつたものが多いが。然し能楽の幽霊が
『あら恨めしや悲しや』と暗黒のなかに顕れても、それはいつ
もその詩的一表象たることを忘れない。幽霊は実在でなくて
心理状態が人格化したものであるが故に、その世界は物質の
束縛を受けない。幽霊の世界は絶対的でその生命は宇宙を貫
いて飛動することになる。私が幽霊の価値は永劫であるとい
ふ理由はそこにある……実に幽霊は圧倒的に人間に迫る一つ
の大きな力だ。現実的存在の如何なるものよりも遥に精緻で、
その力は強い。[87)]

野口の語る「幽霊」は、目に見えて実在するものではなく、心理
状態が人格化したものであり、《詩的一表象》だという。つまり詩
的な象徴物であり、詩的なシンボルだといっているのだ。

　世界に所謂詩劇なるものは少くないが、わが能楽の如く詩的
陰影の面白いものはどこにもあるまい。能楽全体の構造は一
定の形式があつて千篇一律の感なきを得ないが、音楽に地謡
に調子をそろへて役者が舞ふといふ綜合芸術として能楽を見
ると、その創造的芸術価値は決して小なるものではない。詩
は発明であつて詩人は創造者である。詩人は想像力で人間本
来の感情と思想とを整理塩梅してゆく……彼は実感の世界の

87）　前掲注82、57-58頁。

上にもう一つ想像の世界を築く、即ち彼の仕事は現実世界を
更に一層拡大ならしめることである。私は能楽芸術のやうに
想像の世界を現実化し、言ひ替へると現実世界をかくも拡大
ならしめたものが他にあらうとは思はれない…[88]

　野口米次郎にとっての能楽、とくに「夢幻能」（シテが霊や精など
の超自然的存在で、ワキのみた夢か幻であるという構成の形式）の世
界は、詩世界そのものなのであった。本書では省略するが、野口
は1916年7月から翌年8月まで、丸岡桂が創刊した雑誌『謡曲界』
に英文欄を設けて毎号執筆している。例えば「殺生石」の翻訳で
は、石の霊魂や実体の定まらないさまよえる世界を表現するため
に主観的叙述と客観的叙述を互錯させるなど、細やかな文化翻訳
を試みている。このような野口の詩的世界は、おもに米国での11
年の生活のあとに、日本に帰国して国内で自分の美を再発見する
なかで形成された。

　では次に、すこし時間をさかのぼり、この英国講演の10年前の
状況を眺めてみたい。

---

88)　前掲注82、58-59頁。

第二章　帰国後の野口米次郎と神秘の関係

2-1　日本から発信する日本の神秘

11年ぶりの祖国

　1904年 9 月——1913年末から1914年春の英国講演に向かうちょうど10年前。野口米次郎は、英米での詩人としての評価を得てアメリカから凱旋帰国した。11年ぶりの祖国・日本社会は、29歳になっていた若者を大きな期待と好奇心をもって迎えた。欧米の文学・芸術に関心をもつ文化人や知識人たちも、英米の文化人が注目する日本人青年を意識しないわけにはいかなかった。

　長い海外生活のあとに故郷に帰国すると、見知っていたはずの光景や習慣がすっかり一変して見えるだろう。新鮮味ばかりでなく違和感や戸惑いが生じて、順応するのに苦労することもある。社会生活のなかで使用する言葉や用法も、数年たてば随分と変わっていたりもする。そんな現象は、変革の時代の明治大正期に西洋から帰国した者たちにとってはさらに強く感じられただろう。アメリカの生活に慣れてしまっていた野口の態度や言葉遣いは、1904年の日本社会では傲慢に見え、敬語が使えず無礼だと非難された。一方では、自由で率直な演説様式が革新的だとして擁護されることもあった。

　日本語がうまく使えなくなっていた野口は、帰国直後から英語による国外発信を精力的におこなっている。ちょうど1904年 9 月

26日にラフカディオ・ハーンが急逝し
てしまったこともあり、野口は日本文
学や文化を英語で海外に発信する、ハ
ーンの衣鉢を継ぐ者としての位置を得
たのである。(野口はハーンと面会する
ことになっていたのだが、タイミングを
逸してしまった。)[1]

1904年当時の野口の肖像。
【出典：野口米次郎『詩歌殿』
春陽堂、1943年】

　海外で発表される日本紹介に関する
言論は、日本国内においても注目され、
日本の文学史や文化社会に方向づけを
おこなって貢献した。つまり、国外で
何がいわれているのか、何に注目され
ているのかという点は日本国内におい
ても注目され、「伝統」の再発見につながった。外国人の日本紹介
者たちも自らのその日本社会への貢献を意識していたが、その最
も新しい世代として野口の登場は認識されていた。

　日本国内では、自国の伝統文化に対する評価や認識がまだ十分
に発展していなかった時代である。野口は日本文化全般に及ぶ多
様なテーマでの執筆をくりひろげた。野口の国外の新聞雑誌への
寄稿は、つぎつぎと書籍のなかにも収録されていく。その内容は、
自らの詩や俳句や和歌についての解説、狂言や能の英訳と評論、

1)　野口米次郎が1904年に帰国する際、アメリカで一種の〈ミステリー〉になっ
ているハーンについて報告するよう、ニューヨークの新聞雑誌から依頼を受
けていた。野口はもともとハーンに関心を寄せ、また敬愛の念を抱いていた
ので、帰国してすぐに、内ヶ崎作三郎(1876-1947)に面会の仲介を頼んでい
た。(拙稿「蝨屓のひきたおしか——野口米次郎のラフカディオ・ハーン評
価」『講座小泉八雲Ⅰ　ハーンの人と周辺』新曜社、2009年8月、538-549頁、
拙著『「二重国籍」詩人　野口米次郎』第九章など、参照のこと。)

浮世絵などの日本絵画の紹介など、文化・芸術を論じ紹介するものが中心である。しかし同時に、文化・芸術の紹介の中に政治的な立場からの主張もたびたび行っており、直接的に政治に関わる現代時評などもテーマとして取りあげている。そこには、既成の価値観をみなおす、とくに西欧のキリスト教的価値観を毀す、比較宗教学的意識のなかで日本文化を再構成する、従来の社会体制に反発する、といった側面が根底にあった。象徴主義運動に端を発する〈モダニズム〉芸術運動は、古今東西の多彩な要素に触手を伸ばし吸収し、全分野にむけて展開した。野口の多岐にわたる執筆は日本からそれにこたえようとするものであった。

　野口は、当時の欧米人が求めていた〈東洋の見方〉を意識していたといえよう。『帰朝の記』(1904) に唯一掲載している詩人リュイス・モリス[2] からの書簡には、当時の欧米人が野口に求めていたものが端的に示されている。リュイスは野口の詩想のなかに、《自然物への東洋的観念》、《沈思瞑想する精神》、《宇宙天体の永遠なる沈黙》、《循環する季節をもった地球の美》、《誕生の神秘性と地球の神秘性》といったものを見出していた[3]。これらは、同時代の欧米詩人たちが見出そうと摸索していた普遍的で詩的で東洋的な世界観であり、野口自身が意識していたものである。それはま

---

2)　このモリス (1833-1907) は、ウェールズの著名な詩人 Lewis Morris (1700-1765) の孫にあたり、アメリカで *Songs of Two worlds* (1872/1873/1875)、*Songs Unsung* (1883) などを出版している。サンフランシスコ時代にモリスと知り合った野口は、彼に自作の詩歌を送って、書簡をもらっている (31. Lewis Morris to Yone Noguchi/9, Jan., 1899, *Yone Noguchi Collected English Letters*, pp. 32-33.)。

3)　[I am content to think that it is the Eastern view of natural object, and appreciate the calm meditative spirit, with which it regards the Eternal Silence of the heavenly bodies, and the beauty of the flowery Earth with its revolving seasons, and its mysteries of Birth and of Earth.]「Lewis Morris 書簡」『帰朝の記』(野口米次郎著、春陽堂、1904年12月) 付録。

た野口が日本の読者に知らせたいものでもあった。

　《東洋的観念》《沈思瞑想》とあるが、じつは、当時の欧米知識人たちにとっては、とりわけ仏教的なものや仏教的観念が、神秘なる魅力の根源になっていた。とくにアメリカではその傾向が顕著であったといえる[4]。

　そのような傾向を牽引したものとして第一に挙げられるのは、エドウィン・アーノルド（1832-1904）の詩集 *The Light of Asia; or The Great Renunciation*（『アジアの光：偉大なる出家』（1879））である。これは釈迦の生涯を仏教徒の口で語らせた叙事詩で、欧米で、とりわけアメリカではたいへんなブームとなっていた[5]。ラフカディオ・ハーンは、これを《仏教徒以上に原文の説話を美化している》として、《エドウィン・アーノルドの名前は、単なる大衆詩人にとどまらず、同時代の思想に特異な影響を与えた人物の一人として記載されるだろう》[6]と評価していた。アーノルドや仏教や神秘主義傾向について造詣の深かったハーンが、帝国大学で日本の若者たちに影響を与えたためなのか、『アジアの光』は、1900年〜10年ごろには日本の学生たちのあいだでもかなり読まれていた

---

4) エドウィン・アーノルドは、当時、祖国イギリスにおいてよりも、アメリカで爆発的な読者を得て、賞賛されていた（ハーン「祖国では認められず──エドウィン・アーノルド」（1884.5.11 初出）『ラフカディオ・ハーン著作集』第 5 巻、恒文社、1988 年 7 月、170-174頁）。

5) 1940年当時、日本の翻訳者が、《此の詩は忽ち欧羅巴各国語に翻訳され、その刊本の数は英国に於いては六十、米国に於ては八十以上に上つてゐるといふことである》と書いている（島村琴三「解説」『亜細亜の光』岩波書店、1940年11月、298頁）。非常に多くの読者を得ていたことが分かる。

6) アーノルドの影響を土台として、シネット、オルコット、ブラヴァツキーらの《いわゆる新仏教》の体系がアメリカを源として発展していったと、ハーンは理解していた（ハーン（千石英世訳）「『アジアの光』の影」（1886）『ラフカディオ・ハーン著作集』第 4 巻、恒文社、1987年 9 月、391-392頁。）。

ようである[7]。アメリカ時代の1884年、ハーンはアメリカにおける
仏教の関心について書いている。ハーンが来日前に過ごしていた
アメリカは、仏教や仏陀、瞑想やニルヴァーナ（涅槃）への関心
が熱を帯びはじめた時代だったのである。

　　東洋の諸宗教の歴史、および東洋のロマンス、詩の特異な美
　しさに、近年、きわめて大きな注意が払われている。そして、
　その成果が最近欧米のポピュラーな読みものの中に現れはじ
　め、神学者の側に、仏教は合衆国に使徒たちを得てそのめざ
　すところを得るのではないかという、いらぬ懸念を引き起こ
　してきた。多くのシビアで厳格な心の持ち主には『アジアの
　光』は高度に危険な本であり、「法句経」は軽薄な人々向けの
　精妙な罠であると思われたに違いない。[8]

ハーンが『アジアの光』は高度に危険な本だと考えているのでは
なく、あまりに人気を得ているためにこれを危険視する向きもあ
るという意味である。アメリカ社会のなかで、仏教があまりに魅
力的に捉えられており、欧米の知識人たちが仏教に影響されてい
るために、大いなる恐怖や、分からないものへの怯えや、混乱が
生じていると、アメリカ時代のハーンは報道していた[9]。ハーンは

---

7)　《この叙事詩の翻訳を私が思ひ立つたのは、まだ学生の頃なのだつた。その頃
　　の学生の間に此の詩はかなり読まれてゐた。（…）大学を卒業した頃から、此
　　の翻訳に着手したのであつたが、幾度か中絶し、更にまた継続し、殆ど三十
　　年の月日を経て、近頃漸く完了した。（…）》島村苳三「解説」『亜細亜の光』
　　前掲注5、299頁。
8)　ハーン「仏教とは何か」（1884.1.13 初出）『ラフカディオ・ハーン著作集』第
　　5巻、恒文社、1988年7月、235頁。
9)　《仏教はアメリカの正統派的信仰に恐るべき蚕食をなしているということ、そ
　　して異教徒ども、あるいは無神論者、また物質主義者や不可知論者、ないし

1874年には「オカルト・サイエンス」や「現代心霊術」など、1884年には「怪談」や「神智学」などを執筆していたジャーナリストであり、殆どの仏教を重視するものたちがその神髄を説明できていないと当時から憤慨していた[10]。要するに、それほどまでに仏教が注目されていた時代なのだということである。来日後のハーンは、アーノルドよりもさらに深い、西洋的視点での理想化からも偏見・蔑視からも距離をとって、日本社会のなかに息づく仏教や神道の文化的本質を伝えようとしたのであった。

鎌倉円覚寺での瞑想空間

さて、ハーンの衣鉢をつぐ形となる野口米次郎は、1906年、慶應義塾大学文学部に英文科が新設された際にその主任教授となり、英文学や英米文学史を講じはじめる。その直後から、鎌倉の円覚寺蔵六庵に書斎をかまえて執筆活動を行うようになった。円覚寺は、1893年のシカゴ万国宗教会議に参加した釈宗演が管長を務めていた寺で（シカゴ万国宗教会議や釈宗演については後述）、夏目漱石が英国から帰国後の1894年末頃に参禅したことでも有名である。

は他の恐ろしい連中──はこの東洋的なものの侵入の忌まわしい媒介者であるということではみな、意見が一致しているようだ。一人の紳士はエマスンを仏教徒だと信じていた。というのは、おそらく彼が哲学的な詩「梵天」（それは少しも仏教的なものではないのだが）を書いていたからだろう。》ハーン「仏教へのおびえ」"The Buddhistic Bugaboo!"（1884.1.10 初出）『ラフカディオ・ハーン著作集』第3巻、恒文社、1981年8月、40-41頁。

10) ハーンは、《アーノルドの『アジアの光』は唯一の例外として、（中略）アメリカの仏教徒に需要があると挙げられた書物はみな、仏教の何たるかについて、いささかも真の概念を示しているようには見えない。》とし、神智学者たちに対しても《かつて精神主義と呼ばれたものの亡霊に夢中になっているのであって、それ以上の何ものでもない》と書いている（ハーン「混乱せる東洋学」（1986.10.5 初出）『ラフカディオ・ハーン著作集』第3巻、前掲注9、60-61頁）。

　なぜ、野口は鎌倉や円覚寺（臨済宗大本山）に縁をもったのだろうか。彼の母方の伯父は、漢詩人で僧侶であった釈大俊こと鵜飼大俊（1846-1878）であり[11]、大俊は1874年からは曹洞宗の禅僧たちと仏教書林明教を創立して、仏教新聞『明教新誌』を発刊していた人物である[12]。その関係で野口米次郎も渡米前には浄土宗大本山・増上寺の通元院に寄寓していたこともある。大俊が33歳で逝去した時に死に水をとったのは鎌倉の光明寺（浄土宗大本山）の住職・武田芳淳[13]で、また、米次郎の一つ上の兄・鶴次郎は、1904年より鎌倉光明寺の末寺である常光寺（現在の藤沢市）の住職をしていた。野口米次郎は、鎌倉や寺社に深い縁やつながりがあったのである。

　また第四章で後述するが、野口は渡米前には慶應義塾で学んでいる。福澤諭吉の慶應義塾は英学の「総本山」であり、当時からすでに全国各地に英語教師を輩出していた。さらにここで注意しておきたいのは、野口が意識していたかどうかは定かではないが、

11）　鵜飼大俊は、幕末の佐幕派・雲井竜雄（1844-1870）の盟友で、二人はともに、明治新政府に背いて結社を作ろうとして処罰されている。雲井の長詩「送釈俊師」は明治期、すくなくとも1890年代頃まで学生の間ではよく知られていた。大俊は1878年1月に33歳で逝去しているため、米次郎が物心ついた頃には故人だったが、米次郎はこの伯父に似ているとも言われ、伯父に対して尊敬と誇りを感じていた。野口は後にラジオ放送で詩吟物語「雲井龍雄と釋大俊」（1939年8月6日にJOAK放送）を作っている。

12）　鵜飼大俊は一時投獄されたが、釈放後は増上寺で中講義・大講義を務めており、仏教書林明教を創立していた（「鵜飼大俊」新纂浄土宗大事典　http://jodoshuzensho.jp/daijiten/index.php/鵜飼大俊?fbclid=IwAR3uPjdNFQp-nDCLtlGmVBBVw1nvHuZyrBHU7m75DuqeWK0T7xYpGhWbhXg、2020年5月23日閲覧）。

13）　武田芳淳（1854-1911）は生前しばしば、米次郎が大俊上人によく似ていると語っていたという（野口米次郎「ラジオ放送・雲井龍雄と釈大俊」『自叙伝断章』81頁）。ちなみに、武田芳淳は、作家・武田泰淳（1912-1976）の養父である。

慶應義塾大学は多くの僧侶や寺族が入学していた学校でもあると
いうことである。福澤が、新時代の仏教僧侶の社会的役割を革新
的に論説していたこともあり、シカゴ万国宗教会議に出席した釈
宗演（鎌倉・円覚寺の管長）をはじめ、宗派を超えて多くの僧侶た
ちが福澤門下だった。[14]

　野口は週に一度は慶應義塾大学で詩歌の講義を行うために円覚
寺を離れたが、普段はそこで一人静かな瞑想の時間を確保した。
帰国後の野口は、あえて孤独な神秘的な環境に身を置いて、世界
に向かって英語での執筆活動に励んだのである。円覚寺では、門
前の食堂で菜食の食事を取っていたという。

　円覚寺にこもった野口は、沈黙に浸った生活の中で人間の知力
の限界を知り、《人生三度目の精神的な覚醒》を得た、と言ってい
る。三度目というのは、1890年代後半のカリフォルニアのミラー
の「丘」での生活のなかで自然界との交感を得て覚醒したとき、
1903年のロンドンでブレイクやホイッスラーの芸術に接して覚醒
したとき、そして今回の鎌倉が3回目の覚醒だという意味である。
《私は確に円覚寺の静かな雰囲気に触れて、私の表象主義の花を咲
くに至つた》[15]と書いている。

　　境内に入つて最初人の目につく建物は、山門の後に立つて居
　　つた仏殿であつた……この建物位私の好いたものはなかつた。
　　十五六間平方の建物で、何とかいふ天子の勅額が懸つて居つ
　　た。床は苔蒸して青ずんだやうなタイルで敷きつめられて、

14)　守屋友江『アメリカ仏教の誕生』現代史料出版、2001年12月、36頁。
15)　野口米次郎「圓覺寺」『神秘の日本』第一書房、1926年4月、50頁。

　　思想の陰影が幽霊の如く抜足さし足で歩いてゐるやうに感ぜ
　　ざるを得なかつた。堂中の中央に釈迦の仏像が立つて居つて、
　　その前でたち上る線香の煙は、その姿を一層神聖化させて見
　　せた。年に三四回この仏殿で、地中の僧侶全部が集り極めて
　　音律的な読経をする事があつたが、そのとき堂外へ溢れ出る
　　僧侶の肉声は、境内の樹木に響き渡つた。[16]

　野口の日本への視線は、まるで外国人が異文化を眺めているかの
ようである。寺院の静けさや霊的な雰囲気を全身で感じており、
歓喜に満ちている。このような日本の神秘的な宗教的情趣にあふ
れた生活の印象を、当時の野口は英文でそのまま海外に向けて発
表した。

　同じ頃、シカゴのポール・ケーラス（1852-1919）が *Amitabha*『阿
弥陀佛』をオープンコート社から出版し、すぐ同年のうちに鈴木
大拙が翻訳・出版している。ケーラスは、シカゴ万国宗教会議の
すぐ後に、仏教哲学を説いた *The Gospel of Buddha*（1894）を出版
して人気を得ており[17]、〈涅槃〉に関する *Nirvana: A Story of Buddhist
Psychology*（1913）も出版している。

宗教性と『巡礼』（1909）

　詩人・野口米次郎の多岐にわたる英文執筆のうち、もっとも重
要なテーマが日本詩歌の神秘性・哲学性の紹介だった。特に1909
年に刊行された英詩集 *The Pilgrimage*（以後、『巡礼』）は、鎌倉の

16）　同前、52-53頁。
17）　これは『仏陀の福音』と題されて、日本でも1895年1月、1901年11月以降、
　　版を重ねた。二つの翻訳があるのだが、一つは鈴木大拙によって、野口が寄
　　寓した鎌倉円覚寺の正傳庵で翻訳されている。

円覚寺蔵六院に居を移して執筆したもので、英詩集『東海より』
と並んで、当時の欧米の文壇では高い評価を受けた[18]。日本国内に
おいても、オックスフォード大学に3年間留学して帰国したばか
りの内ヶ崎作三郎が1911年に、《野口米二郎君の新著「巡礼」は
中々な評判である。（中略）この一巻の英詩集の中に日本固有の情
調が顕はれてゐるので好評囁々である。兎に角野口君の英詩は日
本を世界に紹介するに就いては一種の力となつてゐることを日本
の文壇が認めねばならぬ》[19]と国外での人気ぶりを伝えていた。

　ではそれはどのようなものだったのか。この英詩集『巡礼』に
は、"Hokku"と題して、野口の6篇の三行詩——1903年の『帝国
文学』に発表していたものの再掲——が載せられ、発句（俳句）に
ついての次のような注記が付けられていた。

"Hokku" (Seventeen-syllable poem) in the Japanese mind might
be compared with a tiny star, I dare say, carrying the whole sky
at its back. It is like a slightly-open door, where you may steal
into the realm of poesy. It is simply a guiding lamp. Its value
depends on how much it suggests. The Hokku poet's chief aim is
to impress the reader with the high atmosphere in which he is

---

18) 同著は、1912年にはニューヨークのミッチェル・ケナレイやロンドンのエル
　　キン・マシュー社からも再版された。この詩集には、W・M・ロセッティの
　　「あとがき」が収録され、再版時にはランサムやトラウベルの批評も付録に付
　　けられた。シカゴの詩雑誌『ポエトリ』の編集者たちも、『東海より』と『巡
　　礼』を高く評価し、《They are books subtle, delicate lyrics, full of that strange
　　blend of old Japan and the West of today which makes the poetry of contempo-
　　rary Japan so intriguing》と推奨した。とくに『巡礼』の中の詩篇 "Ghost of
　　Abyss" の論評を行っている（Eunice Tietjens, "Yone Noguchi", The Poetry, vol.
　　15, Nov., 1919, p. 97.）。
19) 内ヶ崎作三郎『英國より祖國へ』北文館、1911年12月、213頁。

living. Herewith I present you some of my English adaptations of this peculiar form of Japanese poetry.[20]

> 「発句」(17音の詩) は、日本人にとって、大宇宙をまるごと背景にもつ小さな星に比較することができよう。それは、詩歌の領域にこっそりと入りこむことのできる、わずかに開いたドアのようなもの。道をてらすランプのようなものである。その価値は、どれだけ暗示できるかによって決まる。発句の詩人の主な目的は、自らの生きている崇高な雰囲気を伝えて読み手を感動させることである。私はこの独特の形式の日本の詩を英語に改作してここに紹介する。(訳文、著者)

俳句のもつ空間性と詩想の次元の広さを示唆し、俳句が暗示性に富み、詩人の人生の高尚な趣を表現できる芸術であることを解説した。ここで野口は〈翻訳 (translation)〉ではなく、適応させるという意味の〈改作 (adaptation)〉という語を使っていることは面白い。

　友人アーサー・ランサムは「ある日本の詩人」と題して、英詩集『巡礼』の批評を書き、俳句の本質が英語の詩といかに違っているか、日本の詩が論理的な結論を導くということからどれだけ本質的にかけ離れているか、野口の解説を通してよく納得できると論じた。[21] そして、野口の三行詩を挙げて次のように評した。

Perhaps the difference between this poetry and most poetry may be clearly put in saying that it more consciously writes its poem

---

20) Y. Noguchi, "Footnote" of "Hokku", *The Pilgrimage*, p. 137.

21) Arthur Ransome, "A Japanese Poet", *The Bookman*, Feb., 1910, pp. 235-236.

in its reader's mind. It is never explicit. For it, to be explicit is to be dead. It does not describe a scented room; but is itself the fragment of incense whose mounting smoke will turn the room to poetry.[22]

　この詩と、たいていの詩の違いは、読者の頭の中にある詩を意識的に明確に書いているかどうかだろう。この詩はまったく説明的ではない。説明するとだめになる。それは香り立つ空間を描写するものではなく、まさに香りの断片そのものであり、そのたかまる燻香がその空間を詩に変えるのである。（訳文、著者）

　野口の詩は読者の感性や想像力を意識しながらも、決してそれを誘導するような説明的な描写ではなく、言葉の断片そのものによって詩的な雰囲気を醸し出している、というのだ。〈全て語り尽くさずに、読者の感性を含めた作品を作る〉といったことが、まさに野口の主張であり、国際的に広めようとした俳句的精神、俳句的抒情であった。

　ランサムはまた別の「野口論」（批評）のなかで、「発句」と題された野口の三行詩を挙げて、《これは、一つの光景というよりももっと不思議な力を持つタリスマン（a talisman）として価値がある》[23]とも述べている。タリスマンとは、護符やお守りや魔除けなど、不思議な力をもつものをさす。宗教的な力、科学を超える宇宙の霊力をもつものと言いかえても良い。

22）ibid., p. 235.
23）［This is valuable as a talisman rather than as a picture.］(Ransome, "The Poetry of Yone Noguchi", *The Fortnightly Review*, 10, Sep., 1910.)

日本的モチーフへの取り組み

　英詩集『巡礼』は、〈発句〉などの日本の伝統詩歌の特質を説明する役割を果たしたが、同時にそれ以前の野口の英詩集（たとえば第一英詩集 Seen and Unseen）よりも遥かに日本的モチーフを多用していることにも注目される。

　『巡礼』に収録された英詩のタイトルを幾つかあげてみると「幽霊」「円覚寺にて──月光」「影」「歌麿絵画の女性」「瞑想する仏僧」「歌の歌、帝の歌」「幻想の蝶」「平家の語り」「虫たちの歌」などで、長く祖国を離れていた詩人が日本の事物にふれて改めて感動し、日本的情趣を再発見している。と同時に、欧米の日本紹介者の言論や東洋趣味をすくなからず意識しており、日本人として日本的情趣を再表象することを使命とする意識も透けて見える。

　例として、「巡礼」という詩集全体のテーマにも沿うような詩篇「蓮（The Lotus）」を抜粋してみよう。

　　The cry of wind in my heart,

　　My thought darkened by memory of night,

　　I walk on the phantom road

　　Towards the sea of silence.[24]

　　私の胸に風の叫び、

　　思想は夜の記憶で黒められ、

　　沈黙の海をさして

　　私は幻の路を歩く。[25]

24）　Y. Noguchi, "The Lotus", *The Pilgrimage*, pp. 18-19.

25）　野口米次郎「蓮」抜粋『二重国籍者の詩』20頁。（この詩はさらに改稿されて『表象抒情詩・第一』にも日本語詩として収録されている。）

〈蓮〉をモチーフにした作品は、ほかにも蓮花を尼僧——合掌して祈願する、真っ白な着物を着て真っ白な魂をもつ尼僧——に象徴化させた詩篇「蓮花崇拝（The Lotus Worshipers）」[26]がある。そこでは《沈黙の祈りが言葉の祈禱よりも尊い（the silent prayer that is higher than the prayer of speech.)》と詠われている。

　当時の欧米では、〈蓮〉は〈富士山〉と同じくらい頻繁に用いられる日本美術のモチーフだと紹介されており、インドや中国から繋がる女性美のシンボルで、宗教的意味をもつと説明されていた[27]。〈蓮〉というモチーフが、東洋的な要素をこめながら国際的な審美感覚になりつつあったのである。たとえば、1887年にはニューヨークのセントラルパークに蓮が移植されているし[28]、フランスでは1890年代から印象派の画家モネが自宅に睡蓮を植えて画題にしていたことも思い出されるだろう[29]。

　〈蓮〉に対する人気や、その象徴性と審美性に対する国際的な関心については、野口も十二分に意識していた。1907年には英文随筆「蓮（The Lotus）」も書いており、東洋では蓮にまつわる文化的歴史が非常に古いことや、中国の伝説、特に仏教や寺院における事物を紹介している。そこでは、《魂の沈黙が蓮花の沈黙である》とか、《光の中で花が開くことは仏陀の悟りの象徴である》とか、《美は仏教徒の経典・阿弥陀経の中に歌われている》といったことが、具体的な場所や仏教用語を参照しつつ解説された[30]。

26）　Y. Noguchi, "The Lotus Worshipers", *The Pilgrimage*, pp. 77-78.

27）　Henry T Finck, *Lotos-Time In Japan*, New York; Charles Scribner's Sons & London; Lawrence and Bullen, 1895, pp. 270-271.

28）　ibid., p. 271.

29）　有名なモネの「睡蓮」シリーズは1890年代から描かれ始めるが、特に1900年以降にはモネの題材の中心になり国際的に有名になっていく。

30）　Y. Noguchi, "The Lotos (Miscellaneous)", *Taiyo*, Sep., 1907, pp. 17-20.

〈蓮〉を仏教と関連づける説明は、それ以前にもチェンバレンら
によって行われていたが、日本人である野口はさらに詳細な説明
をおこない、同時に、花の神秘性を強調してその文化的重要性と
アジア圏における歴史の相関性を強調した[31]。つまり野口が〈蓮〉
をテーマにして示そうとしていたのは、東洋全体の神秘的イメー
ジであり、仏教や東洋思想に関連する象徴性や審美性であった。

　もう1篇「瞑想する仏僧（The Buddha Priest in Meditation）」を、
野口本人による日本語訳（『表象抒情詩・第一』収録）で紹介した
い。（ここは長くなるので英文は省略する。）

　「禅僧」
　彼に単調な好み（スタイル）がある、
　宗教の超絶を信じ、
　悠々と荘厳の時（タイム）で整理して、
　神は神秘の路を歩む……
　これ以上、麗しい単純がどこにあらうか。
　どこにこれ以上の現実的な絵があらうか、
　彼以上、不変不易の存在は無い。
　彼は信仰に額（ぬか）づき
　神秘の路を歩む……それが彼の万事だ、
　彼は何故かを問はない。
　彼は表現外の触感に触れ、
　沈黙の歎息（ためいき）を読み、

31）　中国・日本において、蓮が詩人たちに愛された花であると述べ、陶淵明（365-
427）や菅原道真、森川許六など多数の東洋の詩人を紹介した。また、マリー・
フェノロサの詩 "Legend of the Lotos" を、蓮を題材とした優れた詩と称賛し
ている（Y. Noguchi, "The Lotos (Miscellaneous)", ibid., p. 25）。

　その 魂 と運命の前に祈禱する。

　彼は宇宙観に目覚め、

　意志集中のため寂寞を極める一人格だ。

　彼は自然の本能を支配して、

　焰のやうに白光に燃えあがる。

　人生の事変も、道徳も、

　最早や彼に無意味だ……

　ただ、沈黙と祈禱の力を感ずるのみだ。[32]

　このような野口の詩の主題や題材が日本独自の詩学を土台として
いることは事実であるが、伝統的日本文学の主題に倣って詩作さ
れたというよりも、20世紀の欧米文化思潮のなかで日本的なもの
と意識されていたモチーフを用いたと考えるべきだろう。野口は
欧米の文化人たちが共通して関心をもっていた東洋的な美や宗教
的神秘の源泉としてのモチーフをうまく用いて象徴主義の詩作に
取り組んだといえる。

　なお当時は、日本の象徴詩人たちも、たとえば蒲原有明の「蓮
華幻境」(1903)[33] のように、〈蓮〉をモチーフにして宗教的神秘
をうたったエキゾティックな詩をつくっていた。

　既に東洋的・日本的な事物として欧米読者に認識されているモ
チーフをあえて用いて、従来の欧米人日本紹介者の言説をのりこ
えようとしていた野口米次郎の意図は、1914年の英文随筆集『鳥
居を通って』(*Through the Torii*) にも見ることができる。これは、

---

32) Y. Noguchi, "The Buddha Priest in Meditation", *The Pilgrimage*, pp. 45-46.（『表象抒情詩・第一』収録）

33) 蒲原有明「蓮華幻境」『獨絃哀歌』白鳩社、1903年5月（『蒲原有明全詩集』創元社、1952年3月、32-33頁）。

日本の風物（大仏、火鉢、花、根付など）や、場所、季節、生活、幸福や美、また死に対する美意識について書かれており、日本人と西欧人の思考構造の違いや心理構造の両極性、感覚の違いからくる文化摩擦などが具体的な例を挙げて示される。

　タイトルになっている〈鳥居〉は言うまでもなく、神道の聖域については、19世紀からアーネスト・サトウやチェンバレンやアストンが紹介していたし、ラフカディオ・ハーンも「東洋の土を踏んだ日」の中で、〈鳥居〉の荘厳さ、謎めいた美しさ、《神道の象徴》としての《神秘的な意味合い》を解説していた[34]。

　この随筆集は、野口の英語著作の中でもとりわけ国際的な評価の高かった1冊である[35]。このなかで示された日本文化論は、彼の文学観や日本文学の紹介の内容にも密接に関わっており、彼のその後の人生を理解する上においても重要である。

神秘の日本を伝える使命

　さて、このように、〈神秘的〉と受け取られていた日本の事物に関する英語での著作が、『鎌倉』『巡礼』『鳥居を通って』と帰国後に次々と円覚寺で生み出されたのだが、その円覚寺の生活について野口は次のように回想して礼讃している。

　　この私の家は暗い、黙禱の燈火が世界より古い幽かな光を放

34）ハーン「東洋の土を踏んだ日」『小泉八雲作品集（一）日本の印象』河出書房新社、1977年6月、27-28頁。このあたりについては、拙著『「二重国籍」詩人　野口米次郎』第六章3節を参照のこと。

35）戦後アメリカの代表的な日本研究者アール・マイナーは、野口の存在を全面的に評価していなかったが、この『鳥居を通って』については《立派だった》、《筋が通っている》と評価した（Earl Miner, *The Japanese Tradition in British and American Literature*, p. 187.）。

つて、私に解放の寂しい道を示す……この家こそ驚くべき家で、千年たつても万年たつても変化をしない想像の家だ。私はこの家に永久に住みたい……ここでは批評も力を失ひ、論難否定の刀を納めるであらう。この家に溢れる沈黙こそ完全である、そして人生も活動の魔力を忘れ、諸君は美と悲哀の霊と友情を持つに至るであらう。[36]

『神秘の日本』の装丁に使われた版画。（第一書房の野口米次郎ブックレットシリーズ全32巻は、この版画を配した装丁で統一されている。）
【出典：野口米次郎『神秘の日本』（野口米次郎ブックレットシリーズ15巻）第一書房、1926年】

帰国後の野口にとっては目に映るもの全てが「神秘の日本」であり、それを海外に伝えることこそを自分の使命だと感じていた。たとえば、外国人が野口に「日本独特のものが見たい」といってくる場合には、まず茶席に案内して、次のように説明するのだと書いている。

　　私は彼に茶席を取巻く小さい庭を眺めさせ、（中略）『君はここに沈黙の祝福がある事を感ぜねばならない。私共東洋人はすべての詩の最高潮を寂寞のなかに発見するのだ。寂寞の幽かな光に導かれて審美の恍惚に入るのだ。君はそれを理想の聖

36）野口米次郎「圓覺寺」『神秘の日本』前掲注15、54頁。

殿といつても、また唯美の悦楽境といつてもいい。その名前
はどうでもいい…ここには孤独に生きる無遍の住む所だ、真
実の個人主義を発見して、そして宇宙の霊に合する所だ。』[37]

彼は国外向けの執筆活動にきわめて精力的だったのだが[38]、海外向
けに《審美の恍惚》にひたることを必死で求めていたともいえる
だろう。1904年の夏に、帰国する直前に、アメリカ人との次のよ
うなやりとりがあったからである。

　　十三年目に帰朝する途次、僕は一二週間昔なぢみの桑港です
　　ごした。その時僕はある新聞の一記者の訪問を受けた。この
　　記者が発した言葉で僕は驚かされ惑はされ又欺かれたかの感
　　があつた。彼はそれを『崇高な無学』から発したか、或はま
　　た『壮大な皮肉』から発したかは今でも分からないが、――
　　僕の帰朝の目的は何んだといふ彼の質問に対して、「涅槃」the
　　Nirvana を得んが為めに米国を去ると返答した所、『はあそう
　　ですか、が…だ失礼ですが涅槃狩には時期が遅かないでせう
　　か』と彼はいつて半ば滑稽的な微笑を僕に与へた。『涅槃狩に
　　は時期が遅い』といつたこの無名の新聞記者は果して『涅槃』
　　を何物と心得たであらうか――猿か熊とでも思つて居たかも
　　知れない。然し僕の頭にはその言葉が異様の意味を齎らして
　　痛切に響いた。
　　　僕は日本へ帰へると前記の新聞記者の言葉通りに、涅槃狩

37）野口米次郎「神秘の日本」『神秘の日本』前掲注15、4-5頁。
38）帰国後の野口米次郎が海外の新聞雑誌へ同時代の文学事情や演劇界の動向な
　　どを報告する多彩な執筆活動を展開したことは、拙著『「二重国籍」詩人　野
　　口米次郎』第六章1節を参照。

には時期が余りに遅いといふことを知つた。実際紐育や倫敦でそれが発見されないに、何うして日光へ行つたからとて発見されやうぞ。[39]

つまり、アメリカ人の記者が、1904年の日本にはすでに19世紀後半に英米人が歓喜した神秘的な日本の原風景は残っていない、現代の日本で欧米人が注目してきた宗教的神秘的〈ニルヴァーナ（涅槃／寂滅／解脱）〉を味わおうとするのは、もう遅いのではないか、と野口に語ったということである。そして、野口は実際に、西洋化して独自文化を急速に失ってゆく日本を目の当たりにしたのだろう。ニューヨークでもロンドンでも〈ニルヴァーナ〉が見いだせないならば、東京でも同じこと、という結論に1919年の野口自身が行き着いていることが分かる。つまり、それだけに、帰国当時の野口にとっては、鎌倉に住み、その神秘的な世界を国外に発信しなければならないという使命感と願望が強かったということがいえるのである。もちろん、仕事場の東京を離れて鎌倉に居を構えるということは、執筆のテーマと時間を求める意味もあっただろうし、人々の批判や羨望から逃れる意味もあっただろう。国際文芸交流の企画「あやめ会」の挫折（後述）と国内文壇に対する失望が、野口を国外発信活動に専念させた面もある。そして、このころ野口は鎌倉から海外にむけて出版販売も行っており、自分の英語著作だけでなく日本の当世作家たち（たとえば岩野泡鳴や永井荷風など）の書籍も輸出販売していた。その後、野口の英詩や著作はイギリス・アメリカにとどまることなく、インドはもちろん、フランスや中国（満州国、上海）などでも翻訳紹介されて国際

39）野口米次郎「日光の自然美と人工美」『解放』1919年7月、115頁。

的に波及していった[40]。

　さて、野口の国外発信活動は、国内文壇と断絶した形で行われていたわけではない。野口は日本国内の現代詩人たちを英語で評論して紹介し、日本の立場から日本の新しい詩歌の潮流を国外に発信しようとしていた。このような野口の対外的活動を同時代の日本詩人たちも認識し理解していた。

2-2　日本文壇のなかでの活動

日本の文壇人たちとの交流

　野口の帰国は、日本の新体詩人たちに新しい世界文壇の潮流の息吹をもたらした。帰国直後の野口が親しくしたのは蒲原有明と岩野泡鳴である[41]。野口が体感していた英米の象徴主義文学の空気は、欧米の新しい思想潮流を求める日本の新進気鋭の詩人たちのあいだに浸潤していった。

　英米の文学事情を見聞きしてきた野口には、日本の現代詩歌を国際的潮流や世界文壇の中に位置づけて発展させてゆきたいという抱負があり、また、そのために日本と英米の文壇の交流の架け

---

40)　1930年代のフランスや中国での『巡礼』収録の詩の翻訳については、拙著（『「二重国籍」詩人　野口米次郎』第十章10節6-c）を参照。とくに太陽崇拝の詩が世界に発信されている。

41)　蒲原は野口の東京の家の近所に住んでいて頻繁に野口の家を訪れた。強引でざっくばらんな性格の泡鳴は野口をあちこちに紹介して廻った。当時の文化人たちは自宅や馴染みの店に集まって談義したり、本の貸し借りをしたりすることが頻繁だった。野口の交友関係はじつに幅広く、文壇人だけでなく、画壇の人、楽壇の人、学者・識者・著名人など、広範囲にわたっている。とくに新渡戸稲造や夫人、和田垣謙造、正宗得三郎、河井酔茗らが野口を訪れて、のちにはラス・ビハリ・ボースなどインドの亡命者たちも野口の家をよく訪れるようになる。しかし、1904年の帰国直後に野口家に特に出入りした常連が、岩野泡鳴、蒲原有明、高安月郊であった。

橋になりたいとも考えていた。1906年、野口が代表となって日英米の詩人の積極的な交流を図る詩結社「あやめ会」が設立された。この組織は日本国内での流派や団体の意識をこえて、日本の詩全体の国際的な発展を試みることを提唱したトランス・ナショナルな企画であった[42]。野口がおもに相談したのが泡鳴と有明の二人であり、積極的に計画に参加したのが上田敏と平木白星[43]だった。

　この会が編纂した第一詩集『あやめ草』は、日英米 3 国の詩人たちの日本語と英語の作品が混在した 1 冊で海外の雑誌でも紹介された。だが、1906年12月の第二詩集『豊旗雲』出版後に、金銭面でのスキャンダル報道や日本の会員間の人間関係が悪化したため、「あやめ会」は解散してしまう。国際派詩人として活躍する野口に対する嫉妬ややっかみがあり、それに加えて、野口と親しい岩野泡鳴に対する反発が重なったのである。奔放で特異な個性をもつ泡鳴が、詩壇の仲間内から強烈な批判を浴びていた時期であった。(当時の詩壇では、互いの手法や思想的態度を罵倒し糾弾しあうことは稀ではなかった。)

　岩野泡鳴の「神秘的半獣主義」(1906) の中で重視されているのが、スエーデンボルグ、エマソン、メーテルリンクである。泡鳴の定義からすると、《瞑想を生命とする詩人、哲学者、宗教家などはすべて神秘家である》という。《自然主義が真直ぐに進んで行く

---

42)　その会員には、アメリカの知人たちウォーキン・ミラー、スタッダード、マリー・フェノロサや、イギリスの友人たちアーサー・シモンズ、ウィリアム・バトラー・イェィツ、ローレンス・ビニョンなど20名が名を連ねた。日本からは、野口を含めて13人が加わった。

43)　平木白星 (1876-1915) は、『耶蘇の戀』(1905年 8 月)、『劇詩・釈迦』(1906年 9 月) といった詩集を出して、宗教をモチーフにした詩に取り組んでいた詩人である。

間に、いつも神秘なるものが感じられる》と述べて、「自然即心
霊」と説いている[44]。

　岩野泡鳴は1906年から08年にかけて、新聞雑誌などにおいて「新
自然主義」の理論を書いていくが、これは〈日本古代思想から近代
の表象主義を論じる〉というテーマのもとにあった。とくにパー
シヴァル・ローウェルの「秘教的な神道」"Esoteric Shinto"（1893）[45]
を意識しており、そのような海外からみた日本の神道や神懸かり
への関心にこたえるかたちで、独自の日本宗教哲学、神道、仏教、
インド思想の大系を示そうとしていた。泡鳴の理論は、宗教哲学、
女性人権、教育論、音韻学・修辞学・リズム論など非常に幅広い
ものであった。泡鳴が野口米次郎の言を紹介している数は多くは
ないのだが、当時の泡鳴と野口が互いに思想的にまた理論的に刺
激をしあっていたことは間違いない。

　岩野泡鳴という人間は、詩人の枠を超えた天才的な宗教家とし
ての素質をもっていたといえるが、激しすぎる情熱とスキャンダ
ルを恐れない傍若無人さが、宗教的指導者として尊敬される可能
性やカリスマ性をぶちこわしていたと推察される。泡鳴は、京都
帝国大学の近重真澄の禅学論も〈無内容〉とし、東京帝国大学の
姉崎正治の哲学理論も〈貧弱〉と言い放つような、強烈な個性の
持ち主であった。野口はそのような世間からバッシングされる泡
鳴を常に擁護していた親友であった[46]。

---

44)　岩野泡鳴「神秘的半獣主義」『岩野泡鳴全集』9巻、臨川書店、1995年8月、
　　25–26頁。

45)　Percival Lowell, "Esoteric Shinto", *Transactions of the Asiatic Society of Japan*,
　　vol. 21–22, 1893.

46)　1920年に逝去した岩野泡鳴の葬式には、僧侶も神主も牧師もたのまず、野口
　　米次郎の司会のもとで告別式だけが挙げられた。野口は三度結婚した泡鳴の
　　初婚時からの親友であり、いつも一緒というような関係ではなかったが、会
　　えば《百年の旧知の如く》に感じる関係であった。泡鳴が恋愛スキャンダル

宇宙に刻まれている〈詩〉

　さて、野口が日本に帰国した時期は、まさに日本に象徴主義が移入されつつある頃であった。帰国したばかりの野口米次郎は、日本の伝統詩学と西欧由来の文学論に対する独自の認識・経験を日本の新世代の詩人たちに伝えた。これは、日本における象徴主義の受容の系譜にすくなからぬ影響を及ぼす[47]。ここでは、海外から移入される新しい詩の観念と宗教意識に関係するところに注目してみよう。

　1905年6月、『明星』巻頭に上田敏が象徴派の代表格ステファン・マラルメの象徴詩論を紹介した[48]。ものごとを明白に表現すると詩の面白さが失われるということがそのポイントであった。暗示は〈幻想〉（つまりイルージョンやファンタジー類）ではないのか、象徴とは《幽玄の運用である》と上田は紹介した[49]。この《幽玄の運用》という捉え方が、『海潮音』（同年10月）にも再録され、日本

　で世間から激しいバッシングを受けているときにも、野口は《考へると彼此云はれる間は人間の花だよ、また僕は君を疑はない、僕は君を弁護する最後の一人たることを辞さない》と訪問してきた泡鳴を慰めた。《心から彼を愉快な男だと思つて居た》と語っている（野口米次郎「故岩野泡鳴君」、岩野泡鳴『女の執着』付録、日本評論社出版刊、1920年9月）。

47)　これに関する詳細は拙著『「二重国籍」詩人　野口米次郎』第五章第1節、および拙著（共著）『フランス象徴主義と日本近代文学』など参照。

48)　〈象徴主義の父〉とされるマラルメについて、日本で初めての言及がみられるのは1898年12月のことで、その後、上田敏が〈象徴〉という言葉を使い（『明星』1903年1月号）、同年有明が〈象徴〉という語を用いている（『白百合』の挿絵解説）。1904年1月『明星』には上田敏がヴェルハーレンの詩を「鷺の歌（象徴詩）」と題して翻訳する。そして1905年頃になると、つぎつぎと象徴主義作品が翻訳されはじめて、象徴主義についてさかんに論じられるようになる。

49)　《物象を静観して、之が喚起したる幻想の裡、自ら心象の飛揚する時は「歌」成る。（中略）それ物象を明示するは詩興四分の三を没却するものなり。読詩の妙は漸々遅々たる推度の裡に存す。暗示は即ちこれ幻想に非らずや。幽玄の運用を象徴と名づく。》『明星』1905年6月巻頭（無記名だが、上田敏の執筆であることが知られている）。

における象徴主義文学観の基礎になる。つまり、日本における〈象
徴主義〉とは、〈幽玄〉という日本的なタームで理解され、観念
的、印象的に様々に拡大する可能性が最初から含まれていた。マ
ラルメが〈夢〉〈神秘〉といって説明した世界が、日本的な〈幻
想〉〈幽玄〉という語彙で受け止められたのである。

　野口本人による1905年9月のマラルメへの言及は、象徴主義の
系譜で日本の松尾芭蕉を対比させて共通項をみる独特な主張であ
り、それはその後も日本の多くの人びとによって繰り返されてい
く[50]。翌年4月のマラルメ論では、英国におけるマラルメ受容の状
況などにも触れてマラルメの詩論を紹介している。この当時、マ
ラルメを単独に論じたという点でも先駆的であった。そこでは、
説明することで破壊される、暗示することは構造することを意味
するといい、《暗示は詩の生命なり》と説明している。《言語は不
完全》なものであるが、言語の《選択排列》によって《美を発揮
する》詩ができるのだと解説された。また、《沈黙》（silence）こそ
が、日本とフランス両国の詩人にとって大きな関心と重要性をも
っていることにも注目して論じた。[51]

　上田敏の象徴詩への理解は、はじめは内面の〈一つの心状〉を
暗示的に表現するということにあったが、「象徴詩釋義」（『藝苑』

50）「世界の眼に映じたる松尾芭蕉」では《芭蕉翁を思ふとマラミーを想起する》
　　《マラミーを思ふと芭蕉翁を想起する》と繰り返し述べて、短詩を重視しない
　　《世界の詩界》は、芭蕉の句に詩歌としての価値を認めないだろうが、芭蕉の
　　人格や精神哲学があってこそ《芭蕉の句が光を発する》ことを意識すべきだ、
　　と主張した。〈詩歌に生きる〉ということや、文学作品は人格や精神の発現の
　　一手段に過ぎないといった、その後も人生を通して繰り返される野口の持論
　　を展開した。（野口米次郎「世界の眼に映じたる松尾芭蕉」『中央公論』1905
　　年9月、41-45頁。）
51）野口米次郎「ステフエン、マラルメを論ず」『太陽』1906年4月1日、108-116
　　頁。

1906年5月)以降は〈コレスポンダンス（Correspondence)〉に力点がおかれ、宇宙の調和的一致の認識が19世紀末のフランス象徴主義文学の特徴として論じられた。じつは日本ではこの〈コレスポンダンス〉が東洋思想や仏教的な認識から〈万物照応〉として把握されていったのである。マラルメは詩語を通常の言語とは別物として扱い、形而上の世界を開示するものと考えていた。宇宙に刻まれている〈詩〉がこの世に君臨する時とは、人々の中で眠っているある瞬間を呼び起こす祭典の時であり、ひとつの宗教的な瞬間なのであって、その天のページに刻まれた寓話が地上の〈神秘劇（Mythére)〉として実現すると考えていた[52]。このようなマラルメの詩論は、文の原理が〈宇宙の紋様を写す〉ことであると記していた古代中国の文学理論書（六朝時代の梁の文人、劉 勰 による『文心雕龍』原道篇）や、これに影響をうけた『古今和歌集』真名序・仮名序にも共通するもので、また『古今和歌集』以降の日本の歌人たちが感覚的に理解していた詩論に近似していた。

　この感覚を想起させる野口米次郎の1篇を紹介しよう。第一詩集 *Seen and Unseen*（1896）の中の1篇 "My Poetry"（私の詩）である。

　　My Poetry begins with the tireless songs of the cricket, on the
　　　lean gray haired hill, in sober-faced evening. And the next
　　　page is Stillness──
　　And what then, about the next to that?
　　Alas, the god puts his universe-covering hand over its sheets!

<hr>

52）鈴木貞美氏は、マラルメの「リヒァルト・ワーグナー：一フランス詩人の夢想」(1885) や「音楽と文芸」(1894) を挙げてこれを指摘している（鈴木貞美『生命観の探究』作品社、2007年5月、204頁）。

"Master, take off your hand for the humble servant!"

Asked in vain: ──

How long for my meditation?[53]

　私の詩は謹厳なる夕べ、やせた枯れ草の丘の疲れを知らぬ蟋
蟀（こおろぎ）の歌で始まる。次の頁は、静寂──

　そしてその次は何だろう？

　ああ、神は宇宙を覆う御手をその紙面に置きなさる！

　「神よ、この慎ましい下僕のためにその御手をどけてくださ
い！」

　むだな頼みであった──

　私の瞑想はいつまで続くのだろう？（翻訳、著者）

　〈詩〉は、宇宙の原理、自然の営みのなかにあり、神という存在は
詩人が書き記そうとする紙面に手をそっと載せて阻んでいる。書
き記すことを阻まれている詩人は、自然の静寂のなかで瞑想をい
つまでも続けなければならない、というのだ。詩という神秘的な
世界、詩が生まれる現象というものを、短く美しく表現している
1篇である。

　この詩は、先ほど述べたマラルメの詩が生まれる神秘的な瞬間
の理解に近いのではないだろうか。象徴主義の詩人たちが理解す
る感覚を刻み込んでいる1篇のようにみえる。この詩は、詩作に
おける初動的な感慨をうたう詩として、野口本人が非常に大切に
思っていた1篇である[54]。

---

53)　Y. Noguchi, "My Poetry", *Seen and Unseen*, p. 22.

54)　詩人生活の原点を表現した、拠り所となる詩だった。本人が何度も日本語の
　　改訳をしており、題名も「真面目顔なる夕」（『二重国籍者の詩』1921）、「蟋

　マラルメの詩の翻訳については、野口の親友である岩野泡鳴（1907年2月）や蒲原有明（1909年4月）も、野口の英国の友人アーサー・シモンズの英訳からの重訳によって日本語に訳している。

蒲原有明の〈象徴詩人芭蕉〉宣言と仏教への傾斜

　蒲原有明は、近代日本詩歌史においては象徴詩の完成者として位置づけられることが多い。その有明の象徴主義宣言といわれるのが、1905年7月の『春鳥集』の自序である。

> 　元禄期には芭蕉出でて、隻句に玄致を寓せ、凡を錬りて霊を得たり。わが文学中最も象徴的なるもの。[55]

有明は芭蕉を《最も象徴的なるもの》、つまり象徴詩人であると宣言し、続けて次のように述べている。

> 　このごろ文壇に散文詩の目あり、その作るところのもの、多くは散漫なる美文に過ぎず。ボドレエル、マラルメ等の手に成りたるは果してかくの如きものか。思ふに俳文の上乗なるもののうちには、却てこの散文詩に値するものありて、かの素堂の『簑蟲の説』の類、蓋しこれなるべし。[56]

フランス象徴主義の詩人たちと比較しても日本の俳文は優れており、ひけを取らないというのが有明の主張である。加えていうと、有明は《『自然』を識るは『我』を識るなり》と記して、〈自然〉

　蟀」（『第二表象抒情詩』1926）と変遷させていく。

55)　蒲原有明『春鳥集』自序、本郷書院、1905年7月。
56)　同前。

と〈自己〉の存在を混融させる認識をも示した。同じころ、上田敏も『海潮音』（同年10月）の序で、《詩に象徴を用いること必ずしも近代の創意に非ず》と述べるが、上田の場合は欧米詩から学ぶといった姿勢が強く、有明ほど明確に日本の伝統を評価したわけではなかった。この有明の『春鳥集』の「自序」は、象徴詩をめぐる様々な議論を呼んだ。とくに、芭蕉を〈象徴詩人〉とみなす有明の主張に対しては、芭蕉の象徴性と欧米の象徴主義とは別物であるという批判的な議論が起こった。

　日本で象徴主義が移入され論議が繰り返された時代は、英国の世紀末からは数年遅れており、日本なりに退廃的な気分が漂っていた時期であった。1904年２月には国家的緊張を強いた日露戦争が始まり、1905年９月にはその講和条約が締結される。そして1910年５月には日露戦争以前の日本では考えられなかった社会弾圧である大逆事件が起こる。これは社会主義者・無政府主義者が大逆罪の名のもとに非公開裁判で死刑を宣告された事件であり、国内外に衝撃を与えた出来事であった。日本社会は不安と緊張感が漂う、大きな社会変動の渦の中にあった。このような中で、象徴主義思想や退廃的なムードへの批判を下敷きにして、有明の象徴主義に対する攻撃が繰り返されたのである。

　有明の〈象徴詩人芭蕉〉という提言は、当時、斬新な主張だった。芭蕉を〈象徴詩人〉とみなすという点は、国際的な文学状況を把握したうえで、詩歌の革新を自国の伝統的な感性の中に見いだしたものだったからである。ここには野口との親交からの影響と感化が大きかったといえる。

　日本における象徴主義詩はその後どのように展開していくのか。大きな課題であるが、ここでは蒲原有明だけに注目したい。『春鳥集』に続いて『有明集』（1908年１月）を刊行し、〈我〉と〈自然〉

との融合をさらに追求していった有明は、あらゆる〈情意〉〈相念
の世界〉〈表現世界〉〈芸術〉が〈自然の一心〉に集約されるとい
い、また、仏教の《二偈（にげ）を読誦する時、極めて近代的の詩篇と共
通融合する情趣を感ずる》[57]（ママ）と述べている。自己の内面世界を自
立的に捉えようとする有明の象徴主義は、仏教哲学に結びついて
いったのである。このような有明の独特な指向性は、《自然法爾に
交徹する象徴的殿堂の闡明（せんめい）讃嘆があり、自在なる言語の音楽的色
調》があり、《これはまた無量壽経（むりょうじゅきょう）の仏々相念の世界であり、大寂
定、普等三昧である》と述べていることからもわかる。[58]

　有明は若い頃より仏教に造詣が深かったので、象徴主義の詩的
理念は仏教の世界観と重ねあわせられて認識され実践され、独自
に形成されていった。じつはマラルメも仏教に関心をもっており、
東洋哲学や仏教思想への近似性をもつ理論を唱えていたし、宇宙
万物の照応関係や連鎖関係をいうボードレールの〈コレスポンダ
ンス〉の観念も、東洋思想や仏教哲学にとっては親近性が強かっ
た。ヨーロッパの象徴主義理論が、日本に移入されたときに仏教
的な世界観に重ねられていくのは、とくに不思議とはいえない。

　有明によれば、symbolを〈象徴〉と訳す語句選択のレベルから
仏教的認識が念頭にあり、また自然主義は象徴主義や神秘主義と
完全に対立するわけではなく相互に関連するという。これは有明
の象徴主義認識を考えるのに重要な点である。今日の有明に対す
る評価は、フランス象徴主義の理念を正統的に理解し実践した詩
人だとされ、『有明集』は《マラルメと深い類縁性を結びつつ進捗
された詩的営為の成果》であったと捉えられている[59]。だが同時代

---

57)　蒲原有明「自序」『有明詩集』アルス、1922年6月、3頁。
58)　蒲原有明「象徴主義の文学に就て」『飛雲抄』書物展望社、1938年12月、123頁。
59)　佐藤伸宏『日本近代象徴詩の研究』翰林書房、2005年10月、204頁。

的には、内面世界を観念的に追究する有明の詩的営為は日本国内
ではあまり評価されず、激しい非難と攻撃にさらされた。

　野口は1907年の時点から、有明や泡鳴の詩に注目して評価する
論考を英文で発表していた[60]。日本独自の象徴主義の同時代的展開
を、国外にも解説していたのである[61]。野口自身の詩人としての立
場は、欧米から移入した象徴主義理論を仏教的世界や仏教哲学に
結合したり融合させるものではなかった。野口は、より自然崇拝
を主張し、宇宙や自然の神秘の中での詩的宗教性を主張していた
詩人であり、個別の宗教観念や宗派を議論することはなかった。
ただ、詩人としての精神性や詩的到達の方法論は、宗教的世界か
ら遠くないという主張をもっていたのである[62]。

　その後、泡鳴・有明の次の世代の象徴主義詩人たちにも宗教的
な要素が多かれ少なかれ受け継がれた[63]。ただし高踏的な宗教要素

---

60)　野口は岩野泡鳴については "Through for the Japanese Screen"（*Japan Times*,
　　19, Jan., 1907）、蒲原有明については "The Poetry of Ariake Kanbara"（*Japan
　　Times*, 20, Oct., 1907）や "Twenty Four Paragraphs on Mr. Ariake Kanbara"
　　（『新思潮』1907年11月1日）を書いていた。

61)　第一章で紹介した1914年の英国講演においても、日本の近代詩歌（つまり野
　　口と同時代の詩人たち）の歴史的潮流と問題点に関する見解を披露して、特
　　に有明と泡鳴を大きく取り上げていた。象徴詩を高踏的に極めようとする有
　　明と、日本の文壇内で激しく批判されていた異色の個性派・泡鳴について、
　　彼等の日本語詩を英訳しながら海外向けに紹介し、日本独自の象徴主義の展
　　開を解説したのが野口米次郎だったのである。英国で行われた講演の内容は
　　The Spirit of Japanese Poetry（1914）とその邦訳『日本詩歌論』（1915）の中
　　の、5章「The Poets of Present Japan（日本現代詩歌論）」に収録されている。

62)　たとえば、『日本詩歌論』（*The Spirit of Japanese Poetry* の邦訳版）には「輿
　　論」として「信仰」と題されたなかに、その主張が示されている。

63)　『有明集』の翌年に北原白秋が出した『邪宗門』（1909）は、世紀末的デカダ
　　ンスの情調が漂い、強烈なエキゾティシズムの幻想や陶酔が特徴で、タイト
　　ルから明らかなように異端的な宗教性が主題だった。《情緒の諧楽と感覚の印
　　象》を主眼とする白秋の象徴詩は、《内部生活の幽かなる振動のリズムを感
　　じ》て、その《音楽的象徴》が《新しき自由詩の形式》で書かれたものであ

が強まった蒲原有明は、次第に日本の詩壇の中心から遠のいていった。その光景は『マンダラ』という雑誌の消滅の過程に如実にあらわれている。1915年3月、マンダラ詩社というグループが結成され、第一詩集『マンダラ』（東雲堂書店・装幀は富本憲吉）が刊行された。河井酔茗と沢村胡夷の主唱で、上田敏、有明、白秋、米次郎、露風がそのメンバーであった。

　有明はその序文で、《光明意志の発動》によって《現証の法界が無限なる表現の言葉の供養を受ける》、《表現の生活が人生のマンダラを現証の法界に織り出す》と書いた。有明の認識はもはや象徴主義理論を超えて深淵な神秘的宗教の世界に入っていた。マンダラとは、宇宙万物を秩序の中に合一・包摂し、個性がそこに一体化することをあらわす。修練を極める個人の表現芸術が《人生のマンダラ》であり、宇宙と生命の一体化を示すものなのだという認識に至っているのである。個人の内面世界は、理性や意志を超えて《光明意志》により発揮されるものとされており、《修練努力》をもって人生のマンダラを表現することが《供養》であるという[64]。この頃の有明はインド思想に没頭していた。

　この合同詩集『マンダラ』は、野口が刊行した「あやめ会」の合同詩集『あやめ草』や『豊旗雲』を髣髴とさせる体裁であった。しかし、マンダラ詩社の主義主張は明確でなかったためか、有明の志向が一般に受け入れられなかったためか、結局、このマンダラ詩社は一巻を刊行したのみで消滅・解散した。これは日本で象徴詩を切り開いた蒲原有明が完全に旧派となり、確実に詩壇の世

　　った。北原白秋や三木露風、高村光太郎などが出てきて、大正初年の詩壇に
　　登場するのが萩原朔太郎である。じつは朔太郎の才能をいち早く見出したの
　　は、野口米次郎である。
64）　蒲原有明「マンダラ序文」『マンダラ』東雲堂、1915年3月。

代交代が進んだことを示していた。

象徴詩運動の中の国家・民族・伝統

　野口にとっての〈詩〉とは、蒲原有明のように内的世界を表す
ものというよりは、ある意味で〈国家〉の問題と繋がっていくも
のだった。そして野口が問題にする〈国家〉とは、一国内に閉じ
ていく種類のものではなく、相互関係を意識した国際的な潮流の
なかの国家である。民族文化相対主義の観点である。自国文化だ
けに価値があるのではなく、それぞれの民族には独自性や価値が
あるので、それを相対的に意識し尊重して自国文化・自国独自の
〈詩〉の在り方を自律的に創出していくことが地球に生きる市民
（コスモポリタン）の使命であると野口は考えていたのである。《日
本を代表する国民詩人》[65] の出現を主張し、アイルランド文学運
動のように国家独立運動と連携するような力をもつことを主張し
た[66]。このように〈詩〉や文学の重要性を〈国家〉の問題の中で捉
える必要性を訴えていたのは、Ｗ・Ｂ・イェイツらとの親交の影響
が強いといえよう。世界的に起こりつつあった民族主義的な文学
運動・芸術運動を見据えて、日本独自の文芸を模索していたこと
は、先端的であり画期的なことだった。イェイツが象徴主義を出
発点として国際交流の中で独自の活動を展開したように、野口も
またそのような詩人を目指していた。

　19世紀後期のフランスに端を発する象徴主義運動の中では、エ
ドガー・アラン・ポーという先駆者が尊敬され、ウォルト・ホイ
ットマンが注目された。（どちらもアメリカの文学者である。）伝統的

65）　野口米次郎「日本を代表する国民詩人出でよ」『中央公論』1906年 1 月。
66）　野口米次郎「愛蘭土文學の復活」『慶應義塾學報』1906年 1 月15日。

なキリスト教にとって邪教や異端、秘教的な霊性や人間の生命や存在の不可思議が詩の言葉のなかに開示されていくことに、関心が高まっていた。自然科学が発達することによって逆に自然の神秘に惹かれ、また宇宙の生命という観念と結びつく新たな世界観となって、19世紀末から20世紀前期にかけて国際的にひろがったといえる。近代的な物質文明や植民地主義に圧迫され、新しい理想社会の実現をめざす人々は、ヨーロッパ帝国主義の支配下におかれた地域に根づいた秘教的スピリチュアリズムに関心を寄せ、それは支配に対する反逆や抵抗の精神を醸成することにも繋がった。例えば野口の友人のイェイツや神智学徒ジェームズ・カズンズといったアイルランドの詩人たちは、大英帝国支配への叛逆的精神から象徴主義を地域ナショナリズムと結びつけて、それを芸術運動や教育・社会の改革において実現化していった。

　ロマン主義の展開としての象徴主義は、近代物質文明の展開に対して反逆する精神を本質的にもっており、しかも各地域の神秘主義や原始自然主義への心酔を統合しうる普遍的な精神世界を考える大きな概念装置として働いた。それゆえ被支配地域のローカルカラーを尊重するナショナリズムとも強く結びつき、いわゆる伝統回帰運動としても展開した。野口米次郎は、そのような象徴主義運動の日本代表として、国際な詩人たちのサークルに迎えられ、そして自らもその役割を演じていったのである。

　「世界に於ける日本文学の地位」（1934）のなかで、野口は次のように書いている。長くなるが紹介したい。

　　私はかういつてゐる、「人間の感激が神秘であるやうに世界意識も神秘であるといふことも出来る。私は世界心を得ねばならないと信ずる。そして私自身は神秘論者であると信ずる」

わたしばかりが神秘論者でない、如何なる文学者も神秘論者であるであらう。それは日本の文学者も西洋の文学者も同じである。又言ひ替へると真実な文学は悉く神秘であると云へる……現実の愛を忘却したのでなく、現実そのものゝ中に抽象的な麗しい幻想を紡いでゐる点が神秘でなくて何であらう。私はその適例として第一に人麿の歌と芭蕉の俳句をあげる。それ等は精神的光栄を物質的存在のなかに発見するに至つた端的な表現である。文学は五官の世界から生れて霊界と現実の二つに住む魂の叫びである。この魂の叫び声一つで文学の世界的価値が定る。[67]

　　　（中略）

私共日本人は他外国人とは先天的に異つた魂の所有者である。私共の祖先は決して人間の霊魂を文学から救はうとしたものではない。如何に他外国人の詩人が宗教に無関係の態度を取つても、彼等はどこにかそれに捕はれた点がある。私共の祖先は無邪気に又宿命的に自然美を礼讃した。又それを愛国心に結びつけて礼讃した。然るに他外国人が愛国心を歌ふといふ場合になると、彼等は常に不自然である論理的である。私共日本人の詩歌は長い。この長い詩歌の歴史に宗教的疑惑と闘つた作品がない。中には宗教の影響から生まれた作品は多いけれども、それは宗教的疑惑の叫びでなく、肯定的礼讃に過ぎない。実際に世界に国多しと雖も私共日本人位、宗教に無頓着な国民はあるまい。或は、私共は真実の意味に於て宗教的であるからそれに捕はれないといふ不思議な人間である

67）　野口米次郎「世界に於ける日本文学の地位」『日本文學講座』第一巻、新潮社、1934年10月、327頁。

かも知れない。仏教渡来以前に私共の祖先に宗教なるものが
あつたとすると、それは自然礼讃である。彼等が宗教に無頓
着であつたが故に無邪気である、彼等が宗教的であつてもそ
れに捕はれなかつたが故に宿命的であるとすると、彼等が自
然を信じ自然に自己の神性を認めたからである。私はこの点
から日本詩歌の世界的価値を主張して、世界の文学に一地位
を与へよと要求する者である。[68]

　ここからも分かるように、野口の考える日本の宗教の本質は、自
然崇拝やアミニズム崇拝であった。それは神道であり、言霊の国
の祈りの詩歌という独得な文化的思想に繋がっていた。本書では
扱わないが、野口が30年代40年代にかけて紡いでいく愛国詩・戦
争詩（日本語詩）には、象徴性の中での詩というものの霊性（言霊）
を真摯に信じようとしていることを思わせるものがある。（もちろ
ん、戦時下には、新聞やラジオ放送局の要請に合わせた戦時プロパガ
ンダ詩、国民の戦意昂揚を鼓舞する詩を書いていることも事実である。
一方、詩雑誌などには、体制を批判し厭戦や悲痛をあらわにした詩も
発表しており、アナーキスト詩人や左派系詩人たちもそのような野口
の姿勢を評価していた。どちらも祈りの詩であった点で矛盾がない。）[69]

　本章では、1903年の『東海より』*From the Eastern Sea* 出版によ
って英国で評判を得た後にアメリカを経由して日本に帰国して〈日
本〉の神秘性を国外発信していた野口米次郎の姿をみてきた。こ
の日本再発見の10年を経て1913年末から14年の英国再訪で、野口

68）　前掲注67、328-329頁。
69）　拙著『「二重国籍」詩人　野口米次郎』第十一章および第十四章を参照。

は日本詩歌や日本美術などに関する講演をおこなったのであった。

　では次にはまた時間をさかのぼり、野口のような詩人が生まれる背景、彼が1893年に渡米した時代の、〈神秘〉憧憬の潮流、源流について眺めてみよう。野口米次郎が誕生する少し前の、日本の幕末期から話をはじめたい。

第三章　新大陸アメリカのなかの「神秘」志向

3-1　秘教思想に出逢った若き日本人たち

幕末の若き日本人と英米の心霊主義ブーム

　幕末、1865年――。薩摩藩の命をうけて、英学を学ぶ若者たちが視察のためにイギリスに密航する[1]。当時の薩摩藩は、薩英戦争（1863年）を経験して排外主義から実質的開国の道に転換し、英国に急速に接近していた。

　この視察団派遣計画を発案して実現に導いたのは五代友厚、当時30歳。若者達と共に渡英した五代は、のちに大阪株式取引所や大阪商法会議所、そして大阪商業講習所（後の大阪市立大学）を設立した人物である。この派遣の目的は、西欧の文化技術の習得と対英親善だった。藩の上層階級から5名、13歳から31歳までの学生が12名、そして五代ら視察随員2名の総勢19名。この学生のなかには、森有礼（後の初代文部大臣・当時18歳）、鮫島尚信（後の外交官・当時20歳）、畠山義成（当時23歳）、長澤鼎こと磯長彦輔（当時13歳）があった。長澤は幼すぎて在籍できなかったが、森らはロンドン大学のユニヴァーシティーカレッジの研究生となった。

---

1)　伊藤博文ら「長州ファイブ」が上海経由で渡英したのは大政奉還（1867年10月）が成立する以前の1863年。1866年4月には日本人の海外渡航が解禁になり、1866年秋以降は日本から多くの留学生や洋行者が渡欧するようになった。日本が出品参加したパリ万国博覧会は1867年4月に開かれた。

そこは無宗教性を特色としており異教徒でも入学ができたからである。

　この若者たちは、1867年の春、ロンドンでトマス・レイク・ハリス（1823-1906）というアメリカの神秘主義者に出逢って、アメリカに渡っていくことになる。自分たちの祖国が滅ぶかもしれないという危機感と国家再編の責務を背負っていた日本の留学生たちは、社会改革を語るハリスの神秘的な説教に魅惑されてしまったのである。[2]

　アメリカの神秘主義者ハリスがどういう人物なのかを考える前に、この19世紀後半のアメリカとイギリスの心霊主義（スピリチュアリズム）ブームについて概略的にみておこう。[3]

　19世紀、科学の進展や自然主義の浸透、進化論などの出現によって、キリスト教の位置付けが根本的に揺らいだ。植民地主義の隆盛により、世界各地の宗教や土俗的な信仰への関心がたかまり、知識人たちの間にも比較宗教学的な感性がすすんでいたという背景もある。従来の信仰が人々の霊的な欲求を満足させられなくなっていた中で、科学的な検証に耐えうるものとして心霊学（サイキック）が流行していったのである。

　その流行の先駆けとなったのは、1848年アメリカ、ニューヨーク州のフォックス家姉妹におきたポルターガイスト現象である。

2）　渡英後2年目の夏には森有礼を含めて7名しか英国に残って居らず、藩からの送金も途絶えがちになっていた。鮫島と吉田がオリファント議員とともにアメリカへ行くことにし、その後、森と松村淳蔵はロシア視察をへて、ハリスを追って渡米する。森有礼については、犬塚孝明『森有礼』（吉川弘文館、1986年7月）などがある。

3）　本章および第五章の一部は、『神智学と帝国（仮題）』青弓社（近刊）に収録される拙稿「アメリカで秘教思想に出会った日本人たち」を、再編集・加除修正したものを含む。

死者の霊と交信したり降霊させたりする心霊術がブームとなって、イギリスやフランスにも流行の波が拡がった。このようなオカルト現象は、科学的に考察されるべきものとして、著名な学者や文化人らによって実践的に研究された。人々は五感を超えた全世界的な感覚によって、従来の社会的境界を超えようとし、また芸術家たちはこれを芸術表現に反映させようとしたのだ。

　1850年代のロンドンは心霊主義ブームの中心地となった。アメリカから霊媒師や神秘主義者たちがロンドンに渡った。1852年にヘイデン夫人、1853年にロバーツ夫人、1855年にダニエル・D・ホームといったアメリカ人がロンドンで交霊会をおこなって人気を博す。協同組合運動の祖である空想的社会主義者ロバート・オーウェンや、芸術を民衆の社会的表現と考えた美術批評家ジョン・ラスキンも、ダニエル・D・ホームの交霊会を訪問したメンバーとして知られる。また、科学的社会主義を創始する革命運動の指導者カール・マルクスがドイツからロンドンに亡命してくるのは1849年のことである。つまり、ロンドンはオカルティズムと同時に社会主義理念や社会改革の意識が渦巻いた場所であった。じつは、社会主義を含む社会改革運動は、理想社会の建設という精神運動の要素もあって心霊主義と密接であり、とくにアメリカにおける心霊主義は早くから社会主義共同体と密接だった。[4]

　新大陸アメリカには、このような宗教的かつ社会主義的な共同体が乱立した。1825年には、ロバート・オーウェンがインディアナ州の宗教共同体ハーモニーを買い取って新しい共産的共同社会ニュー・ハーモニーを建設（～1928）し、またスコットランドの女

---

4)　このあたりの歴史については、ジャネット・オッペンハイム（和田芳久訳）『英国心霊主義の拮頭』（工作舎、1992年1月）や、吉村正和『心霊の文化史——スピリチュアルな英国近代』（河出書房新社、2010年1月）などがある。

性社会運動家フランシス・ライトが、テネシー州に黒人自立教育
のための共同社会ナショバ・コミュニティを建設（〜1928）してい
る。ニューヨーク州フェイエットにモルモン教会が設立されたの
は1830年（翌年、追放されるが、アメリカ西部に神の国が建国される
と説き、流浪してユタ州へ移る）。1840年ごろから、シャルル・フー
リエの影響をうけたファランクス運動（社会主義的農業共同体を建
設する動きをいう。40以上が設立されたが、60年までにすべて解散）が
広まった。また1844年にはウィリアム・カイルがミズーリ州にベ
セル・コミュニティを建設、1848年にはジョン・ハンフリー・ノ
イズがニューヨーク州にオナイダ・コミュニティを建設[5]、これら
は宗教的ユートピアをめざす生活共同体であった。このような中
で、ハリスの宗教的共同体が出現した。

ハリスの「日本についての予言」

　トマス・レイク・ハリスとは、アメリカの神秘主義者・宗教家
で、詩人と紹介されることも多い。1844年に普遍救済論者教会の
牧師をしていた頃、アンドリュー・ジャクソン・デイヴィスを通
してスウェーデンボルクに心酔した人物である。

　スウェーデンボルク思想[6]とは、20世紀には国際的に伝播して
近現代思想と芸術の源泉となった思想である。18世紀末にはロン

---

5)　ハーンは、オナイダ共同体を《共産主義者たち》と呼び、《知識階級の共感》
　をうけていると捉えていた。創立者が、世論の激しい批判により、優先種族
　保護や雑婚制度、自由恋愛の教義や慣行を中止しようと宣言したことは、《今
　世紀の宗教の歴史で、最も異常な出来事》であり、《新生な霊感に基づく信仰
　上の決まりを自発的に放棄するなどということは、宗教の歴史で前代未聞の
　こと》と憤慨していた（ハーン「オナイダ共同体の宣言」The Oneida Commu-
　nity's Announcement（1879年9月3日初出）『ラフカディオ・ハーン著作集』
　第5巻、恒文社、1988年7月、341-344頁）。
6)　生きながら霊界を見てきたと主張した心霊主義者エマヌエル・スウェーデン

ドンで支持者が増えており、19世紀初めになるとアメリカにもスウェーデンボルクの教会組織がいくつか出来て、その思想を詩人エマソンが高く評価していたこともあり、1850年代のアメリカに大いに広がった。スウェーデンボルク思想は19世紀アメリカの近代スピリチュアリズムやニューソート運動の源流であり、この潮流のなかで出現したひとりが、神秘主義者ハリスだった。

　ハリスの教理に大きな影響を与えているのは、スウェーデンボルク思想の他に、ロバート・オーウェンやシャルル・フーリエなどの協同組合社会を説く空想社会主義思想もある。先に述べたように、オーウェンやフーリエの影響を受けた共同体が当時の新大陸アメリカでいくつか出現していた時代である。（このようなハリスの教理は、ヘレナ・ブラヴァツキーやその組織である神智学協会にも影響を与えている。とくにハリスの『達人の叡智、人類史の秘教の科学』（1884）が、ブラヴァツキーの『シークレット・ドクトリン』（1888）のテーマに影響を与えているとされる[7]。）

　ハリスは1859年にロンドンに渡り、スウェーデンボルク思想について独自の説教をしはじめ、また詩や著作物を書いて、神秘主義に関心を示す英国の知識人らの心をつかんでいった。

　ロンドンで一定の支持者を得たハリスは、1861年、ニューヨーク州に新しい宗教的共同体「新生同胞団」(Brotherhood of New Life)を創立した。そして1867年にふたたびロンドンで薩摩から来た少

　　ボルク（1688-1772）は自然科学の学者でもあったが、生前には、故郷スウェーデンで異端扱いされた。亡命中の1772年にロンドンで客死し、その後、ロンドンで支持者が増えていった。第一章で登場した詩人ウィリアム・ブレイクなどもその一人である。

[7]　Emmett A. Greenwalt, *The Point Loma Community in California 1897–1942: A Theosophical Experiment*, University of California Publications in History, vol. 48, Berkeley and Los Angeles; University of California Press, 1955, p. 21.

年たちに会い、彼等を自分の共同体に参加させることに成功した
のだが、いったいなぜそんなことが起きたのだろうか。

　当時、薩摩藩からの留学生たちが頼りにしていたのがローレン
ス・オリファントだった。オリファントは英国大使オールコック
の一等書記官として滞日経験があり、当時は英国の国会議員をし
ていた。その彼がトマス・レイク・ハリスの心酔者であり、ロン
ドンにいた若者らをハリスに紹介して教団に引き込んだのである。
こうして1867年、森や鮫島ら6名が、ハリス教団に参加するため
にロンドンからアメリカに渡っていった。その後、ハリスの教団
に入るために日本から直接渡米して合流した者もいる。

　英学を学び、そこから祖国の将来に役だつ実学を学ぼうとして
いた若き日本人たちにとって、英米で当時流行していた神秘主義
に遭遇することは避けられない成り行きだった。その神秘主義や
心霊主義は、キリスト教の教えからすると異端であったものの、
東洋思想や東洋的世界観との連関が強い。同時に、新しい理想的
社会をめざす運動とも通底していたので、若者たちは懐疑の色眼
鏡でみることもなく、何の抵抗もなく吸収したのだろう。

　しかも、ハリスも日本や日本社会に関心をもち、日本社会に革
命をおこすこと、社会変革を及ぼすことを、日本の若い信者たち
を通して期待していた。コロンビア大学図書館に残されているハ
リスとオリファントのあいだで交わされた「日本の預言（A Prophecy
of Japan）」文書（1867年7月2日）は、その事実を示している。[8]

8）　その「預言」のなかには、日本の問題を解決するための「存在」（ハリスは
　「ダミオ（Damio）」という言葉を用いる）が必要だ、それを見つけなければ、
　日本の崩壊と破滅が急速に進む、と繰り返し述べる。そして軍事大学（Military
　College）を設立して、日本の神聖な軍隊（Japanese Divine Army）を組織する
　目的に集中する必要があると説いている（T. L. Harris to L. Oliphant, "Prohecy
　of Japan", Columbia University, H-O Papers, 1867–1940, Box21, Folder23.）。

　ハリスは当時、日本国内の薩摩藩の者たちとも交流をもっており、日本社会のなかにはすでに、「新生同胞団」(Brotherhood of New Life) の組織が形成されていると述べていた。日本社会や日本の政治的変革に対するハリスの期待は、日本の若者たちの行動や実践にむけられていた。

　要するに、薩摩藩の命運を背負って渡英していた若者たちは、政治や社会改革に関心を持ち、科学や哲学を学んでいた中でハリスの教理に出遭い、その宗教意識に基づく経験的な社会改良活動に魅せられた。独自の新興宗教的な教義に基づくアメリカのなかの〈新しい村〉の実践に心惹かれたのだ。もちろん、純粋な宗教的な信仰心や社会改革への関心ばかりではなく、母国の政治的変革期で学資が途絶えたという実質的な理由や、彼等が信頼するオリファントが理想社会をもとめて議員としての地位や名誉を捨ててまでハリスに心酔して渡米したことも、入団の理由としては大きかっただろう。

　とくに森有礼は、ハリスから大きな影響を受けたと考えられている。日本の初代文部大臣となる森は、日本語廃止をもくろんでいた人としても知られる[9]。森はのちに暗殺されるが、それについ

----

9)　森有礼 (1847-89) は駐米公使に着任して直ぐに、日本語を廃止して英語を「国語」とする案を提唱したことで有名である。1871年、漢文教育を廃止して、英語を書き言葉として採用することを政府に進言した。日本人は米国の英語だけではなく風習をも身につけるべきだという考えをもっていた。イェール大学の言語学者ウィリアム・ホイットニー宛の書簡 (1872年5月21日) で、時代の進歩に合うように英語を日本の「国語」に採用したいと書いているが、ホイットニーから反対された。ホイットニーは、森の提案した英語国語化に賛成せず、日本語の改良が不可能な場合のみ、英語を徐々に採用すればよいと慎重論を説いた。森はニューヨークで出版した『日本における教育』 *Education in Japan* (1873) にも、貧弱な日本語を乗り越えるために英語学習が絶対必要だと主張している。森の英語採用説には内外から批判が起こり、主張が通らなかったことは、日本の思想文化のために幸いだった。

てパーシヴァル・ローウェル（第四章4-3で後述）は "The Fate of
A Japanese Reformer"（ある日本改革者の運命）（1890）のなかで、伊
勢神宮に不敬を働いて、日本社会の信仰と名誉を汚したため暗殺
されたのだと、同時代的に英米社会に発信している[10]。

　ハリス教団は1875年にはニューヨーク州から西海岸カリフォル
ニア州のサンタローザにコロニーを移して、ファウンテングロー
ブ共同体を作っている。そこに、ロンドンから渡米した日本の若
者たちが合流した。しかし日本の若き参加者たちの多くは、ハリ
スの奇妙な教義と無償で強制される過酷な単純労働の日々に次第
に懐疑の念を抱き、まもなくほとんどの参加者がハリスの元を去
っていく。もともとの心酔者であったオリファント自身も、ハリ
スとの意見の相違で1881年には教団を離れている。

　例外的にハリス教団で幹部クラスとして長い年月を過ごした日
本人が、後述する新井奥邃と長澤鼎の二人である。この二人につ
いては次章でふたたび触れるが、その前にカリフォルニアという
場所について確認しておこう。

アメリカ西海岸の神秘なる大地

　現在、「カリフォルニア」という地域に対して、一般にどのよう
なイメージがあるだろうか。明るい日差し、自然、ビバリーヒル
ズなどのセレブリティの住む町、ハリウッド、ワイン、洗練され
たアメリカ西海岸といった印象だろうか。20世紀後半にはヒッピ

10）　このなかでも森が、オリファントの影響で「新生同胞団」に入会して宗教観
　　が非常に進歩的であったこと、日本の国語を英語にする計画をもっていたこ
　　となどが記されている（パーシヴァル・ローウェル（中村都史子訳）「ある日
　　本改革者の運命」『日本と朝鮮の暗殺――ローウェル・レポート』公論社、
　　1979年12月、99-148頁）。

ーやニューエイジ運動の中心地としても知られるカリフォルニア
だが、その歴史は19世紀にはじまる。

　1849年にゴールドラッシュが始まり、突如として人口が激増し
ていった地で、独立州としてアメリカ連邦に加えられるのは1850
年である。そこには神秘なる自然と渓谷や砂漠のフロンティアが
あった。最初はサンフランシスコから北の地域（ゴールドラッシュ
に沸いたエリア近郊）に、神秘主義者たち、自然や霊力を讃える
人々が集まってきた。トマス・レイク・ハリスや詩人ウォーキン・
ミラーなどがそれに当たる。また、19世紀末からはカリフォルニ
アの南の地域にもそのような神秘主義者たちが集まっていく。

　17世紀初めにアメリカ大陸に入植した英国ピューリタンたちに
とって、アメリカ大陸の原始的な自然は、神の創造したままの無
垢なる楽園にみえた。西部開拓とは、自然を征服していく事業で
あるが、一方で自然愛や人間性を尊ぶ自由精神が培われて、アメ
リカ独自の精神となっていた。とくに西海岸の中心であるカリフ
ォルニアが、19世紀末から神秘なる地として注目されていく。そ
の理由の一つとして考えられるのは、神智学協会を設立したブラ
ヴァツキーやそのリーダーたちが、カリフォルニア西部の神秘的
な大地を、人間性を再発見し回復させる場として捉え注目してい
たことである。ブラヴァツキーは生前、南カリフォルニア各地の
大自然の神秘性について高い関心を示していたとされる。[11]

　神智学協会は1875年に、ブラヴァツキーとヘンリー・スティー
ル・オルコットによってニューヨークで設立された神秘思想団体
だが、この組織は20世紀に社会的政治的そして民族主義的にも大

---

11)　Helena Čapková, "The Dynaton", *Mysticism, Landscape & The American West*,
　　2019, pp. 95-103.

きな影響力をもち、絵画や音楽などの芸術の面においても広範囲な影響をあたえた。来日前のアメリカ時代のラフカディオ・ハーンは、神智学について《いかなる宗教の形態にも執着しない》組織で、とくに仏教をあらゆる宗教のなかで自然とまさに最も一致した《未来の世界宗教》と捉えており、《ものを考える人間が興味をもつ価値があるし、支援していく価値もある》と捉えていた[12]。ハーンは、神智学協会を《本来の仏教を奇妙に歪曲したこの妖怪のような新仏教》、《新しい名のもとに復活したアメリカの降霊説》だと捉えており、アーノルドの『亜細亜の光』の存在が新宗教の出現を牽引した、と考えていた[13]。

　神智学協会は1891年のブラヴァツキー没後に分裂を繰り返していくのだが、大きな運動が2派にわけられる。一つがアニー・ベサント[14]の率いるインド、ヨーロッパの派閥のアディヤール派。インドのマドラス近郊アディヤールに本部が置かれて、アイルランドやインドの独立運動や教育推進運動にも関係する組織である。そしてもう一方が、ウィリアム・クアン・ジャッジが率いて分離したアメリカの派閥のポイントロマ派だった。

　ポイントロマ派は、ジャッジの死後に、キャサリン・ティングレーがサンディエゴのポイントロマに1896年にその拠点組織を設

---

12)　ハーン「神智学」(1884.8.10 初出)『ラフカディオ・ハーン著作集』第4巻、恒文社、1987年9月、371-374頁。

13)　ハーン「『アジアの光』の影」(1886.4.12 初出)『ラフカディオ・ハーン著作集』第4巻、前掲注12、391頁。

14)　アニー・ベサント就任と共にインドに拠点を移して以降の神智学協会が、インドのナショナリズムの展開に貢献し、英印両知識人たち(とくにアイルランド系英国人)の活動拠点となって独立運動の動向の中核に関与していた。また、この協会は人種問題や民族問題を超えた思想の形成と流布にも関わった。ベサントはロンドン生まれの社会改革家で、1889年に神智学協会に関係する前には、フェビアン協会 (Fabian Society＝イギリスの社会主義者たちの運動) に属して文学者バーナード・ショーなどに近接する社会主義者であった。

立して始まった。ポイントロマでは、敷地内のラージャ・ヨーガ
大学に制服である白いドレスをまとった女性たちが集まった。ロー
マ風やエジプト風の門が建てられ、野外のギリシャ劇場で演劇
が行われた。アメリカ西部の壮大な渓谷グランドキャニオンは、
宗教性や精神性を体現するために重要視された要素であった。

　このポイントロマの教育システムには、当時の日本人も関心を
寄せ、東京帝国大学の教育学者（中島力造や吉田熊次）らが訪れ、
渋沢栄一率いる実業家訪米団も表敬訪問している。渋沢ら一行は
1909年11月22日にポイントロマを訪問しており、歓迎を受けて、
内部をあちこち案内された。巌谷小波は《世界同胞主義の本山》
として、ポイントロマについて次のように記している。

　　この岬の一部の風景絶佳の高地に、広い菜園様の邸があつて、
　　中央に円形の立派な建物が立つて居る。これこそ近年世界に
　　紹介されたセオソフィー、訳して神智派と称する教会の本山
　　で、此所ではラジヤヨガ学院と称している。即ちこれへ案内
　　されて入るのに、まづ一行の目を惹いたのは、その玄関の一
　　角に、日章旗を持つて迎へて居た、十歳許りの怜悧さうな、
　　而も和服を着けた日本少年である。[15]（ルビ、引用文より）

彼らの訪問を祝した混成合唱隊が「君が代」をうたい、この和服
の少年が日本語で歓迎文を朗読し、幼い少女たちがさまざまな遊
戯などをし、ティングリーが雄弁を振るって演説をした。巌谷小

---

15)　巌谷小波『新洋行土産』上巻、博文館、1910年4月、221-222頁。この巌谷小
　　波によるポイントロマ神智学協会本部の訪問については、吉永進一が指摘し
　　たことがある（吉永「神智学とユニテリアンと仏教をめぐる年表」2008年、
　　102頁）。

アーリア記念聖堂とラージャ・ヨガ・カレッジ

キャニオンから見るギリシャ劇場の風景

ラージャ・ヨガ学生たちによるギリシア演劇の1シーン

日本からの使節団が訪問したときの歓迎会

ポイントロマの風景。

【出典：*Souvenir Album*: Lomaland, Visingso, International Theosophical Peace Congress, Printed by Aryan Theosophical Press, 1913】

波は、ティングレーを《天晴斯道の女傑》と呼び、《音声は朗々と
して修辞に巧みに、目を使ひ、手を動かして説く所は、さながら
名優の演技を見るが如く》と書いて、彼女の演説の雄弁ぶりに感
服していた。しかし、この学院には、男子よりも遥かに女子生徒
が多く、特に3歳ほどの幼すぎる少女たちが、苛酷な英才教育を
受けさせられていることには巌谷小波が心を痛めており、特殊な
教育法には議論の余地があると記している。[16]

　ティングレーは、英仏の象徴主義者らが高く評価したアメリカ
の詩人ホイットマンに強い親近性をもち、ホイットマンの詩に神
智学的見方を重ねていたともいわれている[17]。巌谷小波は、ティン
グレーが日本をふくめて各国を遊説してまわり、帰依者から莫大
な寄付金を集めていたという[18]。

　一方、インドを拠点とするアディヤール派は、ポイントロマ派
と対立して、ロサンゼルスの北のハリウッドにクロトナ神智学院
を開設していた（1912〜24年）。日本からは1917年に浄土真宗本願
寺派の僧侶である宇津木二秀がクロトナ神智学院に入学している。
宇津木は帰国後の1920年代には禅仏教の大家である鈴木大拙とそ
の妻ビアトリスらと共に京都で神智学協会の活動に尽力した人物
である。クロトナ学院も、ポイントロマ同様に、西海岸独自の自
然（丘陵地帯や砂漠）を背景に設立されていた。

　南カリフォルニアのこの二つの大きな神智学協会の拠点を中心
にしつつ、神智学協会の支部組織はアメリカ全土に拡がっており、
北カリフォルニアでもサンフランシスコのゴールデンゲイト・ロ

16）　巌谷小波『新洋行土産』下巻、博文館、1910年9月、201-206頁。

17）　Emmett A. Greenwalt, *The Point Loma Community in California 1897–1942: A Theosophical Experiment*, University of California Publications in History, vol. 48, Berkeley and Los Angeles; University of California Press, 1955, p. 88.

18）　巌谷小波『新洋行土産』下巻、前掲注16、202頁。

ッジやオークランド・ロッジなどが存在している。[19]

　このころアメリカ神智学協会が発行していた英雑誌『神智学ク
オータリー』の話題の中心は、人道主義や同胞愛をうたう協会が
どのように社会的弱者を救うのか、神智学協会と社会主義との関
係はどうなっているのか、という問題意識であった。この雑誌の
Ｑ＆Ａコーナーでは社会主義的理想社会と協会の理念の関係につ
いて繰り返し質問されている。論説記事「社会主義と魂」（1904年
10月）では、そのような読者からの一連の質問に真摯に答えよう
としている[20]。神智学協会に期待されていた形が、神秘・心霊主義
の組織というよりは、理想的社会の理論的実践の場であったこと
がみてとれる。

　また神智学メンバーは各支部で自由に本を借りられるというシ
ステムがあったが、推薦書のリストには、オルコットの著作のほ
かに、マックス・ミュラーの『ウパニシャッド』、シャンカラチャ
リア（アディ・シャンカラ）の『ラージャ・ヨーガ哲学』のほか、当
時流行したハーバート・スペンサーの『第一原理』（宇宙や人間や神
秘を説く自然哲学の書）、協同組合について説く空想的社会主義者
ロバート・オーウェンの作品 "Footfalls on the Boundary of Another
World" などが挙げられている。このような推薦図書からも当時の
神智学協会の方針や傾向を窺い知ることができる。

　カリフォルニアという地は、アジアからの移民の玄関口であっ
たことはもちろんのことだが、隠者、神秘家、オカルティスト、

19）　神智学協会が当時発行していた雑誌（*Theosophical Quarterly*）などから、全
　　米各地での活動の記録がたどれる。
20）　Niemand, Jasper. "Socialism and The Soul", *Theosophical Quarterly*, Oct., 1904,
　　pp. 40–51.

ヨーガ行者、ペテン師など不思議な人々が集まった場所であった。そして、アジアとヨーロッパのさまざまな文化が出逢い衝突し、相互理解が醸造されていく〈コンタクトゾーン〉であった。これはカリフォルニアに限らないのだが、1850年代のアメリカ思想界では東洋の神秘主義に対する関心がすでに醸成されており、ヒンドゥー教系の神秘思想が流行しつつあった。東洋の思想精神を貪欲に消化した哲学者エマソンも、エマソンの哲学を実践して森の中で自給自足の生活をしたソローも、それにつづいてソローの思想や古今東西の思想に影響をうけたホイットマンも、この時代の影響を顕著に受けた思想家・詩人である[21]。そのような思想潮流のなかで、太平洋をはさんで日米の相互的な思想や流行の受け渡しが始まっていたといえる。

　1910年にはいると、アメリカ西海岸には日本人の社会主義者や、革命家・亡命者も増加していた。大逆事件などの社会主義弾圧の社会状況を思えば、それが当然の成りゆきであったことが分かるだろう。バークレーとオークランドには50名近く、サンフランシスコには20名もの日本の社会主義者が、潜伏し滞在していたという[22]。翁久允の回想からも分かることだが、当時、総領事館を通じて日本政府のブラックリストに載っていた者が、カリフォルニアには多数存在し、日系新聞に携わる者たちもそのリストに含まれ

---

21)　彼等は一般的には「詩人」と呼ばれるが、「詩人」という概念そのものにも注意が必要である。エマソンは『偉人論』*Representative Man*（1950）のなかでナポレオンやゲーテ、シェークスピアに並べて神秘家スェーデンボルグを偉人として論じている。エマソンによるスェーデンボルグ評価は同時代に大きな影響を与えた。日本においても1910年代に数多くの『偉人論』の翻訳が出る（栗原古城の訳が1913年、平田禿木の訳が1917年に出されている。平田によれば、それまでに12種類の翻訳本が出ていた）。

22)　当時、機密報告が出ていたという（伊藤一男『桑港日本人列伝』PMC出版、1990年、235頁）。

ていた[23]。日本の社会主義者と、社会主義的理想社会をめざすアメリカの神智学徒や神秘主義者らが接触していた可能性は、極めて高いといえよう。

日本からの加州移民と宗教関係者

　日本人のカリフォルニアへの渡航が本格化してくるのは1885年以降であり[24]、とくに1890年代以降に日本人移民が急増する。彼等は主に学生や起業家、出稼ぎ労働者で、日本人移民はカリフォルニアの重要な労働力となっていく[25]。1900年にはカリフォルニア北部と中部のすべての主要な農業地域で季節労働に従事し、1930年までには合衆国の日本人総数は14万を超えるのだが、そのうちの9.7万人がカリフォルニア在住となっていた。とりわけオークランドやバークレーなどを含むカリフォルニア北部のサンフランシスコ地域は、ハワイに次ぐ日本人移民の受け入れ先であった[26]。サン

23）　翁久允がカリフォルニアに滞在した1914年頃を詳細に書いた『わが一生：金色の園』（『翁久允全集』第3巻、翁久允全集刊行会、1972年5月、18頁）などにも、左翼系の《詩人なのか劇評家なのか社会運動家なのか見当もつかない》ような者らのことや、日本のブラックリストについて記されている。

24）　日本人とカリフォルニアの初期の関わりには、1841年にハワイに漂着したジョン万次郎がサンフランシスコの金鉱での労働を経て1850年に帰国したこと、幕府の遣米使節団として勝海舟や福澤諭吉の乗った咸臨丸がサンフランシスコに1860年に到着したこと、そして1869年に旧会津藩士らが農業中心とした「若松コロニー」を築こうとしたことなどが思い出されるだろう。だが、その時代はまだまだ渡米する日本人の数はわずかで、稀な例であった。

25）　1860年代は、カリフォルニア近郊で働く中国系移民らは3万人以上となっていたが、中国からの移民は1882年の排華法で禁止され、代わりに出稼ぎ日本人移民が増加した。

26）　当時の外務省通商局が把握するところでは、1915年7月当時、サンフランシスコ在留邦人は53,459名、ホノルル（ハワイ）は93,877名。アメリカ本土の他地域（シアトル16,722名、ニューヨーク2,798名、シカゴ2,096名）に比較してサンフランシスコに在留する日本人は圧倒的に多かった。

フランシスコ市場を中心として野菜や果物・花卉の生産が盛んで、サンフランシスコから湾を挟んですぐのオークランドには、とくに多くの農業関係の日本人が居住していた[27]。

　さて、日本からの移住者の大多数が農業従事者であったが、宗教関係者に注目してみよう。1930年の「在外本邦人国勢調査職業別人口表」によれば、アメリカ合衆国（ハワイは除く）に滞在している宗教家は、258名（うち男性239名、女性19名）で、全体の滞米日本人総数（約10万人）のわずか0.25％にすぎない。（農業者は5割以上。）ただ、この258名のうちカリフォルニアに滞在している宗教家は、204名にものぼり、ニューヨークやシカゴなどの他の地域を圧倒した数であった。[28]

　仏教では浄土真宗本願寺派が積極的に移民への布教活動を行っており、1898年、サンフランシスコ市内の日本人移民の在家仏教徒が「仏教青年会」を創設し、翌年には本願寺派の僧侶が派遣されて「本願寺布教所」が設立された。浄土真宗本願寺派の北米仏教団であるサンフランシスコの仏教徒が現地の日本人移民に向けて発行した日本語の機関誌に『米国仏教』がある[29]。また英語雑誌には *The Light of Dharma* があり、これは非日本人（ヨーロッパ系アメリカ人）の仏教シンパによる三宝興隆会が1901〜07年に発行し

---

27)　矢ヶ﨑典隆『移民農業——カリフォルニアの日本人移民社会』古今書院、1992年10月、110–142頁。

28)　外務省通商局「在外本邦人国勢調査職業別人口表」1930年度によれば、在サンフランシスコは122名、ロサンジェルス82名、シアトル39名、ニューヨーク8名、シカゴ1名であり、宗教関係者のアメリカ西海岸の滞在が圧倒的に多い。この傾向は、1934年度、1937年度をみても殆ど変動がない。一方、「画家・彫刻家・音楽家・写真家」はニューヨーク滞在が高い割合である。

29)　これについては、守屋友江「日系コミュニティのタウン誌としての仏教雑誌——草創期の『米国仏教』からみる仏教会の活動と役割」（『日系文化を編み直す——歴史・文芸・接触』ミネルヴァ書房、2017年3月、107–124頁）などが詳しい。

た雑誌で、宗派にこだわらずに広義の "Buddhism"（仏教）として、東洋の宗教に関心を寄せる層を広く取り込もうとしていた。この英語雑誌の報告欄などから分かるのは、桑港（サンフランシスコ）仏教会が中核となって各地の仏教会に開教師を派遣しており、1900年ごろに王府（オークランド）仏教会ができ、その周辺の小さな町にも次々と支部が誕生していることである[30]。非日本人によるこの英語雑誌の内容は、東洋の道徳観、日露戦争に対する日本の仏教徒・神道信者・基督教徒の意見など多彩であり、ホイットマンの『草の葉』からの詩篇もたびたび掲載されていた。

　ここで、つけ加えておきたいのは、この時期のアメリカの仏教会組織が、ベルリンやライプツィヒのドイツの仏教会とも密接な関係を持っていたことである[31]。このような国際ネットワークの拡がりは、仏教布教や宗教の枠組にとどまらず、政治的亡命者や芸術家や文化人たちの活動にも通底してくるのである。

　社会主義思想や無神論に興味を持っていた欧米の人々にとって、仏教や神智学は極めて魅力的に映っていた。この雑誌のなかでも社会主義に関する質問や議論が散見される。1900年頃には、世界のあちこちで社会主義の思想や理想が浸透しはじめており、人間の平等と人権の問題が注目されていた。富裕者による抑圧や資本主義の富の蓄積や独占の阻止、公平な理想社会が求められていた。そして仏教の理念がこれら社会主義の理想とどのように重なるの

30）　"Editorial", *The Light of Dharma*, vol.3. no.4, 1904, p.134./ vol.5. no.4, Jul., 1905, p.69./vol.6. no.1. 1907, pp.21-22.

31）　第1号（1901年）からドイツの仏教会のことが出てくるが、1904年、1905年にもドイツの仏教会との関係や活動が、この英語雑誌のなかで繰り返し報告され、《偉大なる真理のために親密に連携して共に活動する》ということが記される。（"Buddhist Mission-Union in Germany"（Editorial）, *The Light of Dharma*, vol.4. no.4, Jan., 1905, p.266.）

かといった説明が、読者からは求められていたのである。たとえ
ば、桑港仏教会の開教師であった紀開蔵（きのかいぞう）は、〈涅槃（ニルヴァーナ）〉
と呼ばれる最も崇高な精神状態を得ることによって、個人の権利
や自由の獲得は、社会主義よりもはるかに高い次元のものになる
ということを語る。社会主義では理性や正義によって高い基準に
至るが、宗教とくに仏教では〈真実（Truth）〉や〈因果律（Causa-
tion）〉によってその高い基準が見出されるのだ、と論じている。
人間の恋愛の問題についても、社会主義の中では狭い意味で扱わ
れるが、仏教の中では広い意義の観点から扱われるとして、仏教
が社会主義的理想を超えた道であると説明されている[32]。日本仏教
の海外布教に関する研究は進んできているが、社会主義思想や欧
米の芸術や文学との関わりも含めて再注目する必要がある。

3-2　シカゴ万国宗教会議と日本の宗教

1893年の万国宗教会議

　さて、このようにアメリカ西海岸で移民仏教が拡がっていたの
と同時期、1893年のシカゴでは万国宗教会議が開催されていた（8
月27日〜10月15日）。200をこえる宗教者が世界からシカゴに集まり、
9月に行われた宗教会議には延べ15万人もの観客を動員した。こ
の宗教会議は、20世紀転換期のアメリカ思想界や仏教の普及に最
も重要な、衝撃的な効果をもたらした出来事といってよい。キリ
スト教の価値観がゆらぐなか、仏教や東洋の宗教哲学に対する関
心を急速に高める契機となり、宗教を協調的に捉えて比較研究す

---

32) K. Kino, "Buddhism and Socialism", *The Light of Dharma*, vol. 4. No. 3, Oct., 1904, pp. 213-219.

る流れができた。これはその後の世界各地での社会変革（民族意識や男女平等意識も含めた意識改革）にも多大な影響を与えた。

　とくに、インド亜大陸から参加したスワミ・ヴィヴェーカーナンダ（1863-1902）と、アナガーリカ・ダルマパーラ（1864-1933）[33] が、とりわけ鮮烈な印象を残した。美しく神秘的な、若い東洋人二人が人気を博したのである。日本からは、鎌倉の臨済宗円覚寺派管長の釈宗演をはじめとした日本からの僧侶の一団や、ハーバード大学で比較宗教学を学んでいた岸本能武太らが参席して、それぞれが講演をおこなった。[34]

　釈宗演は、禅の修行をすると同時に、慶應義塾で福澤諭吉に英語を学んでいた人物である。1887年からセイロン（現在のスリランカ）で3年学び、その滞在時にオルコットの『仏教問答』に出逢って読み込んだ。仏教の重要性を説くオルコットの『仏教問答』が日本で最初に翻訳されたのは1886年。日本の宗教家たちの間では、西洋人がようやく東洋の事情に通じて、仏教の志が理解され世界に拡がる機運が生じていると喜ばれていた。[35] セイロン時代

---

33)　ダルマパーラとは、神智学協会を設立したヘレナ・P・ブラヴァツキーとヘンリー・スティール・オルコットに見出されて、1885年にセイロンに仏教神智協会を設立した若者である。植民地主義やキリスト教によって衰退していた仏教を復活させていく重要人物で、オルコットに随伴して1889年に初来日していた。

34)　日本からの参加者には、釈宗演（鎌倉の臨済宗円覚寺の管長）、芦津實全（天台宗）、土宜法龍（真言宗高野山大学の林長）、八淵幡龍（浄土真宗西本願寺派）などの僧籍者がおり、1890年にハーバード大で比較仏教学を学んでいた岸本能武太や野口善四郎（通訳）も講演した。

35)　今立吐醉による最初の『仏教問答』翻訳書の序文によると、赤松蓮城が熊本でオルコットの書簡と『仏教問答』を読んで大いに感激し、今立に紹介して翻訳出版に至ったらしい。このときの翻訳は漢文調の固いものであったが、その後、オルコット来日に合わせて1889年に原成美訳が少し分かりやすい形で再訳し出版されている。その後、1890年には『通俗仏教問答』も出版され、さらに口語で通俗的要素の翻訳も生まれていた。

の釈宗演は1887年6月27日に神智学のダルマパーラの家（その家の隣がオルコットの仏教私塾）を訪問している[36]。岸本能武太は同志社大学卒業後にハーバード大学に留学して、アメリカ社会学や比較宗教学を学び、1896年には姉崎正治[37]とともに比較宗教研究会を主宰した人で、片山潜らとともに社会主義研究会のメンバーでもある。

　つまり、日本人の宗教家や宗教学者たちは、ブラヴァツキーやオルコットの神智学や英語圏で比較宗教学に出逢うことで、仏教やインド思想や東洋思想を再認識して、新たな仏教布教の国際的な展開を意識しはじめたといえよう。それまでは、中国語や漢訳で仏典を学んでいた日本の宗教研究者たちが、このころになるとアメリカや英語圏の新宗教の実践や宗教研究を経由して（またそれを強く意識して）、仏教研究を行うようになっており、また、中国を経由せずにインドに直接赴く形でインド思想を取り込むようになっていた。そのような思想潮流の第一波の到来を明白にしているのがシカゴ万国宗教会議であり、釈宗演やその他の日本人僧侶たちの近代仏教に関する英語での演説だった。

　つけ加えておきたいのは、このシカゴ万国宗教会議で、日本仏教の立場からキリスト教批判をおこなって注目を集めた平井金三

---

36)　セイロンに留学した釈宗演は、1887年5月22日から『仏教問答』を研究し始めており、29日からはオルコットの英文を日記の欄外に日々記載する。（井上禅定監『新訳・釈宗演『西遊日記』』大法輪閣、2001年12月、118、122、152頁。）

37)　宗教学者として著名な姉崎は、29歳だった1902年7月に、ロンドンで神智学協会のアニー・ベサントの講演を聴いて感激し、翌年3月にインドのマドラス近郊の神智学協会本部（アディヤール）にベサントを訪問し、同年9月から東京帝国大学で「神秘主義」の講義をおこなっている。姉崎は、成瀬仁蔵や渋沢栄一らとともに「帰一協会」（1912-1942）と名付けられた神智学（当時は「霊知学」と訳されていた）の組織を結成した人である。

(1859-1916) が、彼の講演の始めのほうで「分け登る麓の道は多けれ
ど同じ高嶺の月を見るかな」(伝一休禅師作) という和歌を原語で紹
介し、翻訳してみせたことである。この和歌について平井は、日
本で人気のある詩であると説明し、日本では似たような詩や座右
の銘は無学の田舎の老女の口をついて出てくる、と述べている[38]。
平井の思想や彼の経歴において、和歌の英語による説明が重要だ
ったということではなく、単に観客の関心を喚起するために、話
の枕に置いただけなのだろうと思われる。この時代の僧侶たちは、
漢詩も和歌も当然の教養として身に付けており、自然な導入であ
ったともいえる。ただ、注意しておきたいのは、国際的に注目を
浴びた宗教会議のなかで日本の和歌に言及がなされたという事実
が、次に訪れる野口米次郎のような若き詩人志望の日本人の出現
にも少なからぬ影響があったのではないか、という点なのである。

　シカゴ宗教会議での大きなインパクトのひとつとしては、それ
までは中国やインド経由であったものから英語圏経由で〈東洋〉
を知る、ということが決定づけられたことである。英語に翻訳さ
れたインド哲学やヨーガ（ヨガ）に関するものを読み、東洋思想
や禅を取り入れようとしていたアメリカ人に、日本人側も直接に
英語で学んだ近代的知識でもって対峙し解説をおこなっていくと
いった、そんな精神世界の相互交流が始まっていた。

---

38) Kinza Riuge Hirai, "What Buddhism Teaches of Man's Relation to God, and Its
　　Influence on Those Who Have Received It", *The World's Congress of Religions
　　at the World's Columbian Exposition*, vol. 1, pp. 395-396. （京都の英学者であっ
　　た平井は、1889年に神智学協会会長オルコットを日本に招き、1892年に渡米
　　してロサンゼルスの法律家の家に寄寓した。アメリカで仏教に関する講演を
　　行い、帰国後は東京外国語学校の教官を務める。その後ユニテリアン教会に
　　加わるが、1904年に安部磯雄、村井知至、岸本能武太らと脱退しており、1907
　　年から松村介石とともに「心象会」という心霊研究の会を発足。文化人や知
　　識人を集めて、アメリカで学んだ心霊実験を行った。）

宗教会議からヨーガの人気へ

　現在、ヨーガは世界的に愛好され支持されているが、最初から
そうであったわけではない。概略すると、1890年代からヨーガが
英語圏で紹介されるようになり、1960年から70年代のアメリカ西
海岸のヒッピー文化に繋がっていった。これには、英語圏の東洋
再評価や、植民地における民族復興の機運が繋がっており、それ
は20世紀の詩や身体表現、舞踊やモダニズム芸術表現にも通底す
ることであった。

　シカゴの宗教会議でのヴィヴェーカーナンダの人気によって、
1895年にはニューヨークに最初のヴェーダーンタ協会が開設され、
瞬く間に全米各地に支部ができた。とくに、ヴィヴェーカーナン
ダの説くヨーガの理論は、『ラージャ・ヨーガ』（1896）としてま
とめられ、これはヨーガの国際的な再興に大きな影響力を持った。
この著作は近代ヨーガの方法論と信条の枠組作りに重要な役割を
果たしたとされる[39]。ブラヴァツキーの神智学協会でもこの頃には
既にヨーガに注目しており、神智学のヨーガの体系は、同時代的
な概念の形成に大いに影響を及ぼしていた。ヨーガは神智学が取
り上げるまで欧米ではほとんど知られていなかった[40]。

　この神智学協会やヴィヴェーカーナンダが導いた初期のヨーガ
は、主に〈ラージャ・ヨーガ〉（ラージャは王や王侯貴族の意味）と
呼ばれるものが中心で、それは身体を重視する実用的なヨーガで

---

39)　マーク・シングルトン（喜多千草訳）『ヨガ・ボディ──ポーズ練習の起源』
　　大隅書店、2014年9月、89頁。
40)　ラム・プラサドの『呼吸の科学と真理の哲学』（1890）、M・N・ドヴィヴェ
　　ディの『ラージャ・ヨーガ』（1885）や『パタンジャリのヨーガ教典』（1890）
　　などが神智学協会から出版された。ブラヴァツキーは、ヨーガは神智学が他
　　に先駆けて取り上げた、と認識していた（同前、98頁）。

はなく、より哲学性や精神性を重視していた。ヨーガは一般的に
7種類に分類されるがその中でもラージャ・ヨーガ（心理的）、ジ
ナーナ・ヨーガ（哲学的）、バクティ・ヨーガ（宗教的）、カルマ・
ヨーガ（倫理的）がヴィヴェーカーナンダの説いた哲学を重視す
るヨーガである。人間は哲学、神秘主義、感情、活動の要素を、
全ての方向に調和あるバランスで保つことが理想で、ヨーガはそ
れを導くというのが全体に共通する主旨だといえよう。この形而
上学的なものを重んじるヨーガの傾向は、西欧圏でのサンスクリ
ット研究の学術権威マックス・ミュラー（オックスフォード大学の
教授）のヨーガ評価とも重なっていた。つまり、ヴィヴェーカー
ナンダの説くヨーガは、英国ヴィクトリア朝の倫理と神智学協会
の理念に影響された、西欧的知識のなかで再興された近代のヨー
ガだったのである。

　しかし、インド亜大陸を植民地として抱える大英帝国でインド
学やサンスクリット語（梵語）が注目されていたことは分かると
しても、なぜ新大陸アメリカでインドの身体技法であるヨーガが
すんなりと受け入れられたのだろうか。1点付記しておくべきは、
当時のアメリカにはヴィヴェーカーナンダの説くヨーガに注目し
称賛するような空気がすでに醸成されていたという点である。た
とえば、サンフランシスコ生まれのジュヌヴィエーヴ・ステビン
スが、著作『表現のデルサルト技術』*The Delsarte System of Expres-*
sion（1885）を書き、その身体教育理論がアメリカの演劇人らのあ
いだで注目されており、新しい身体芸術志向がひろがりつつあっ
た[41]。そんな風潮を背景にして、ヴィヴェーカーナンダのヨーガ理

41）　ステビンスは当時、フランスの身体表現理論のデルサルト方式をアメリカで
　　継承し、ニューヨークでダンススクールを設立して東洋風ダンサーを数多く
　　育てていた。ステビンスについては、2018年に拙稿「アメリカで秘教思想に

論や哲学的概念やインドの呼吸法が、演劇人や芸術家にとどまらない幅広い層の英語圏読者を獲得したのである。ヴィヴェーカーナンダの『ラージャ・ヨーガ』は、ステビンス・システムで使われた語彙や内容に似ていたといわれている[42]。

初期のヨーガへの反発

ところで、神智学者や神秘主義者たちが関心をもって取り入れようとしていたヨーガだが、カリフォルニアには心霊家としての活躍を開始したピエール・アーノルド・バーナード（1875-1955）というヨーガ導師がおり、彼についても触れておかねばらならない。彼はアメリカにハタ・ヨーガ（hatha yoga）を最初に広めた人で〈グレイト・オーム（Great Oom）〉ともよばれた。ハタ・ヨーガはラージャ・ヨーガとは異なり身体重視の実用的ヨーガで、呼吸法や座禅を重視する生理的修行法としてのヨーガであった。

バーナードはアメリカ中西部アイオワ州に生まれ、1889年にカルカッタ出身のシルヴェス・ハマティという男に出会う。このハマティという人物については不明な部分が多いが、フリーランスの教師もしくは旅一座の芸人として渡米しており、タントラ（密教）のヨーガ信奉者としてヴェーダ哲学を教えていたという[43]。ハマティは、ハタ・ヨーガ（つまりヴィヴェーカーナンダらが悪趣味だといって否定していた種類の曲芸的、大道芸人的なヨーガ）の行者だった。

出会った日本人たち」（『神智学と帝国（仮題）』青弓社（近刊）収録）を執筆時に、赤井敏夫先生よりご教示をうけた。

42) マーク・シングルトン（喜多千草訳）『ヨガ・ボディ——ポーズ練習の起源』前掲注39、186-190頁。

43) ロバート・ラヴは、ハマティをカルカッタからアメリカにやってきた「シリア系インド人」としている（Robert Love, The Great Oom: The Improbable Birth of Yoga in America, Penguin Book Ltd., 2010, p. 12.）。

　ハマティから古代インドの秘儀伝統を教授されたピエール・アーノルド・バーナードは、17歳になった1893年に、ハマティと共に西部カリフォルニアへ移った。バーナードの叔父がオークランドで医療実践の医院を設立して、バーナードは1896年から、そこを手伝うようになり、患者の長患いの不調などをヨーガや精神的・心療的な示唆で治療するようになった。そして、催眠術やヨーガを用いたオカルト実践の教師としてサンフランシスコ一帯で知られるようになる。2年後の1898年には、わずか21歳にして暗示療法のカレッジで教えるようになり、その降霊術の噂が新聞に載って瞬く間に全米に拡がったのだった。

　シカゴ万国宗教会議で人気を得ていたスワーミー・ヴィヴェーカーナンダは、1900年3月16日のワシントンホールでの講演に際してサンフランシスコを訪れたとき、バーナードと対面して友人となった。ただ、バーナードのほうはヴィヴェーカーナンダの著作を読み学んでいたが、ヴィヴェーカーナンダのほうはハタ・ヨーガを否定的にみていた。西洋化したヴィヴェーカーナンダの仕事は、バーナードの身体重視のハタ・ヨーガとは基本的なポイントが違っていたからである。ヴィヴェーカーナンダの教授法によるヨーガは身体に主眼を置くものではなく、より禁欲的な、キリスト教的な理念が加味されたようなヨーガに変質していたのである。[44]

　一定の評判を得たバーナードは、ハマティと共にタントラロッジの共同体組織を作ろうとしていた。しかし、1902年4月にバーナードは薬物違法で逮捕され、その後もアメリカ各地で排斥される。1906年からは、彼のタントラ集団がサンフランシスコから追

---

44) ibid., p.25.

放措置となり、1909年にはシアトルで、1911年と18年にはニューヨーク市でも2度の追放の憂き目にあっている。バーナードは1909年にシアトルを追放されてからはニューヨークに活動の場を移し、以降はニューヨークの中産階級や上流階級の人々、とくに女性たちにハタ・ヨーガやタントラを教授して活躍することになる。

　バーナードという人物は、じつは当時のアメリカで注目される神秘主義者たちや新進の神秘的な東洋の舞踊家・芸術家たちとつながっている。彼の腹違いの妹オラ・レイ・ベイカー（結婚後はアミーナ・ベガム）は、スーフィーズム（イスラム神秘主義）を体系化して国際的組織を作るイナヤート・ハーン（1882-1927）の妻になる女性である[45]。また、彼は「クリスチャン・サイエンス」を設立したメリー・ベイカー・エディ（1821-1910）のいとこにあたる。じつは、このカリフォルニア時代のバーナード本人から、直接教えを受けていた日本人がいる。第五章で後述する木村秀雄である。

　現在、アメリカにおける身体エクササイズとしてのヨーガは、健康的な生活習慣としての座を得て、全ての社会階層に広く普及し、文化ファッションにもビジネスにもなって定着している。また様々な名称の新スタイルのヨーガも次々と生まれている。それら現代のヨーガは何らかの形でハタ・ヨーガの影響を受けたものである。だが、バーナードの活動していた初期、ハタ・ヨーガは、国外から取り入れられた奇妙なものというだけでなく、非文明の、

45）　インドのハイデラバード出身のイナヤート・ハーンは、もともと音楽家であった。1914年にロンドンでスーフィズムを体系化して音楽や宇宙の調和を説き、国際組織を作った。イナヤート・ハーンとオラ・レイ・ベイカーは、バーナードの心理学的ヨーガを教える学校（ニューヨーク・サンスクリット・カレッジ）で出逢って恋に落ち、反対されながらも1913年に駆け落ちして結婚する（Robert Love, ibid., pp. 83-84）。

異教の、アメリカ的でないものという認識であり、むしろ〈有害なカルト集団〉だと一般的には受け取られていたのである。ヨーガ修行者たちは、いかさま師とか女たらしのスキャンダラスな誘惑者という目でみられたのである。メディアやキリスト教系の聖職者らや、政府からさえも戦いを挑まれた。ヨーガ（とくに身体的ポーズの修練をおこなうハタ・ヨーガ）や異教的活動に対しては、その後、数十年にもわたって激しい反発が起こったのである。

　ヴィヴェーカーナンダの説く近代的ヨーガを再興させたい立場、ヨーガを国際的に〈普遍〉的な崇高な伝統文化として確立したい立場からみると、ハタ・ヨーガの身体を中心にするテクニックは、後進的で迷信的な、退けるべきものであった。そこには身心二元論に根拠を置いた身体への蔑視があった。またハタ・ヨーガが軽視された背景には、ハタ・ヨーガの行者や実践者たちが、苦行者、魔術師、大道芸人といった低い階級（インドのカースト制度の枠組からははみ出た者たち）であったことも無関係ではなかった。[46)]

　ただ、サンフランシスコ地域（オークランド・バークレーを含む）の辺境（フロンティア）には、階級意識やカースト意識は薄く、むしろそれを超越する精神文化を求めている無法者たちやオカルティスト、芸術家たちが集まっていたといえる。そこに野口米次郎ら日本人が登場するのである。野口のカリフォルニア時代に話を移そう。

---

46)　ハタ・ヨーガ実践者は、インド国内やヨーロッパの批判者の目には、黒魔術や性的倒錯、不衛生な食生活と結びついた、暴力を振るう乞食僧であり、世捨て人集団として映っていた。西洋の秩序に沿って支配しにくい人々であり、カースト制に縛られない生活をしていた。どのカーストにも属さないヨギン（ヨーガ実践者）は宗教的秩序における不純物であり、植民地インドの最下層民とみなされていた（マーク・シングルトン『ヨガ・ボディ──ポーズ練習の起源』前掲注39、45-46、50-52頁）。

第四章　野口米次郎の英詩と宗教性

4-1　渡米前後

瞑想の「丘」での詩的体験

　シカゴ万国宗教会議の2ヶ月後の1893年11月下旬——。まもなく満18歳になろうとしていた少年がサンフランシスコの地を踏む。野口米次郎は渡米直後から、窓拭きや皿洗い、浮世絵の行商、また『桑港時事』[1] などの邦字新聞社の翻訳や配達係などをして小遣いを稼ぎながら暮らした。〈スクールボーイ〉と呼ばれた初期移民群の典型的なコースである。邦字新聞社で、古新聞や事典を机の上に敷き詰めて眠るような貧しい生活をしながらも、少年は血気盛んな野心家であった。新聞社の仲間から、料理もできないくせに生意気だと非難されたときには、フライパンで相手を殴ったこともあったらしい[2]。

---

1) 『桑港時事』（初めは桑港新聞／桑港新報）は、1892（明治25）年12月創刊の日刊紙で、日本人移民社会の邦字新聞の草分けである。当時、日刊紙の経営基盤は脆弱で、発行人が石版職工や活版職工を兼ねて、発行部数わずか200足らずであった。野口は『桑港時事』で働く前には、一時期は、鷲津尺魔と一緒に『東洋』という雑誌（1895年の夏刊行して2号で廃刊）を編輯したりしたこともある。

2) 『清水暉吉切抜帖』にある切り抜きの新聞記事「野口氏述懐（一）」（『日米』日付は不明だが、1919年末〜1920年初頭）に、渡米中の野口が日米新聞社で語ったという「詩人となる迄——フライパンで喧嘩」のエピソードが記されている。『清水暉吉切抜帖』については、野口とも親交のあった詩人の長沼重隆を研究している関雄一氏からご教示いただいた。

　1890年代はサンフランシスコ福音会の全盛期であり、またサンフランシスコやオークランドには民権運動家や社会主義系の活動家たちも数多く滞在していた。（そこにはインド亜大陸の民族独立の革命をめざす亡命者たちも混じっていた。）そのころのサンフランシスコには大規模な日本人町があり、それに加えて、ジャポニスムに関心をもつアメリカの画家や芸術家も活動していたし、欧米での芸術家としての成功を目指す野心に燃えた若き日本人たちも活動していた。つまり、東洋文化やアメリカ西部のフロンティアの雰囲気が入り混じり、日米相互の活発な芸術交流の拠点となっていたのがサンフランシスコだった。

　知的な環境に餓えていた野口少年が身を寄せた邦字新聞社は、さまざまな生活や文化の情報が集まる場所でもあり、そこで東洋に関心をもつという詩人ミラーの名前を耳にしたのだった。

　1895（明治28）年4月、ある晴れた日の正午間近——。オークランド郊外の「丘」（The Hights）と呼ばれていたウォーキン・ミラーの山荘を、野口米次郎は訪ねた。1971年に英国で「アメリカ西部の詩人」として認められたミラーは1880年代のアメリカでは〈奇妙な詩人〉として扱われていた。アメリカ西海岸にもどってオークランドの「丘」で自然生活を始めたのは、野口が訪れる3年前の1892年頃である。野口の回想によると、ミラーの家には本が1冊もなく、自身の詩集さえ天井に釘付けにしていた。本も蠟燭もランプもなく暗くなれば眠るという生活を送っていた。ミラーは、ヘンリー・デイヴィッド・ソローやウォルト・ホイットマンを崇拝して自然に親しむ隠遁生活をし、自然の霊性を体感する中で詩作に励んでいた。繰り返しになるが、1850年代からアメリカ思想界では東洋の神秘主義に対する関心が濃厚で、ヒンドゥー教系の

神秘思想が流行し、日本文化に対しても関心が高まっていた。こ
の東洋思想を意識したエマソンからソロー、ホイットマンらにつ
づく系譜は、19世紀中期アメリカ文学の世界に先駆けた独自性で
あり、時代のトレンドだったといえる。

　野口が共に暮らしたミラーは、その生活スタイルの独特さだけ
でなく、当時の読者や評者からみると詩の形式や方法も異質で、
賛否両論をうけていた詩人であった[3]。しかしじつは、来日する前
のアメリカ時代のラフカディオ・ハーンが、1886年9月の新聞寄
稿のなかで、ミラーについて《非凡で》、《今世紀のもっとも独創
的な詩人の一人》であり、《全てのアメリカの詩人のなかで最大の
詩人であろう》と高く評価している。

　　　なるほど彼の作品は粗野で、知的な洗練には欠けている（……）
　　　芸術的構成の規範どおりの威厳はそなわっていないし、中に
　　　はほとんど理解し難いものもあり、嘲笑されても仕方のない
　　　ものはもっと多い。（……）しかし彼自身の志向にそなわる野
　　　生の輝きはめくるめく光を放っていて、アメリカ人のほうが
　　　師たるヨーロッパ人より優れていることが即座に感じ取れる
　　　ほどである。古今を問わず、いったいいかなる詩人がこれよ
　　　りも力強い詩句を書いただろうか――。[4]

---

3)　ミラーの詩は注目されながらも、言葉の使い方や形式が許し難いとか、厄介な
　　立場の詩人であると言われたり（'Current Criticism', *The Critic*, N.Y.（10, Jan.,
　　1885.）など）、異常に大げさでデコボコなスタイルなので、真剣に批評する
　　価値がないといった評（"Recent Verse", *The Critic*, N.Y., 24, Dec., 1887.）も
　　受けていた。
4)　ハーン「ホワーキーン・ミラー」（『タイムズ・デモクラット』1886年9月12
　　日、『ラフカディオ・ハーン著作集』第3巻、恒文社、1981年8月、428-429
　　頁）。

ミラーの家の現在／ウォーキンミラー公園内。
【著者、2012年撮影】

　ミラーについては現代ではほとんど注目されていないが、同時代のハーンがこれほどに評価していたことは重要である。
　この詩人ミラーの傍らで、野口は詩人的〈森の生活〉を体感し、自然環境の美しさと厳しさの中で哲学的に思索して、詩人として開眼していく。じつは、もともと詩人になろうと意図してミラーの丘に行ったのではなく、詩人のところにいけばゆっくり寝られるだろうという程度の気持ちだったようだが、自然のなかで生活しているうちに詩人的態度が彼の頭と体に染みこんだのだった。
　ミラーと野口には年齢差はあったが、相互に刺激し合う関係性があったといえる。野口はミラーとの談話の中で、折にふれて日本や日本人のことを語り、問われるままに俳句や芭蕉の略伝などについて語った。そして外国人に解説して聞かせる中から、日本詩歌の特質が、書かれていない余白の部分にあることを再認識していく。詩の重要性とは〈little speech〉〈Unwritten〉であるという、野口がその後の国際的な講演活動や執筆活動で語ることにな

る日本詩歌論の原型が、ここで形成された。芭蕉に対する認識や
短詩論が、ミラーの「丘」での自然的瞑想空間の中で醸成されて
いったのである。そうして野口は、俳句風の英詩や、中国の詩人・
王維の五言絶句に模した英詩を作ったりするようになり、次第に
独自の英詩を作りはじめた。

　後年の野口は、ミラーからは直接には英詩について具体的な指
導をうけなかったと語るのだが、ミラーの存在の影響は大きなも
のがあった。たとえばハーンが《東洋の詩をすべて掻き集めても、
これほどに良いものは見出せない》と絶賛していたミラーの詩篇
を少し紹介してみよう。

　　　……I saw the lightning's gleaming rod
　　　Reach forth, and write upon the sky
　　　The awful autograph of God. ……
　　　……稲妻の輝く杖がのびて
　　　神の恐るべき署名を
　　　空に書くのを私は見た……[5]

たとえばこれは、第二章で紹介した野口米次郎の "My Poetry" の、
宇宙の原理や自然の営みのなかに生まれる詩のイメージを髣髴と
させる。これ以外にも、《The land of dreams and space, The land of
Silences, the land of Shoreless deserts sown with sand, Where Deso-
lation's dwelling is (夢と虚空の国、「沈黙」の国、果てしなく砂の拡が
る砂漠の国、「荒廃」の住み処のあるところ)》などの詩も、野口の第
一詩集『幽界と明界』Seen and Unseen の詩想に近いものを想起さ

5)　前掲注 4 、429頁。

せる。詩人ウォーキン・ミラーからの野口青年への影響は、詩的な協同生活体験のみならず、詩語レベルからも考えてみなければならないだろう。

渡米前にうけていた教育

　ところで野口米次郎は、渡米前にはどんな教育を受けていたのだろうか。野口は熱心な仏教徒の家に生まれ育っており、彼の一つ上の兄は幼少時に仏門に入っている。彼も高等小学校卒業後、名古屋の浄土真宗大谷派普通学校（東本願寺別院から明治20年に改称／中学にあたる）に一時通ったこともある。彼がこの大谷派の学校に通ったのは、オックスフォード大学のサンスクリット学の世界的権威マックス・ミューラーに師事した南條文雄が、野口の郷里を生徒募集のために遊説して歩いていたからである。進学希望をもち、さらには必ず上京すると決めていた野口は、仲間3、4人と共にまず田舎の津島を出て名古屋の大谷派の中学に入学することにしたのだった。[6]

　1872（明治5）年の学制発布と同時に、英語が中学校の1科目として課せられて、英語熱は全国的に高まっていた時代である。とくに野口が小学校中等科を終える1885年は、初代文部大臣・森有礼の主導した欧化主義流行時代を受け、全国的に〈英語奨励〉気運が大きく高まった時期である。鵜飼大俊（釈大俊）の甥である野口少年は、漢学者のところに通って漢文を学びながらも英語学習に熱心に取り組み、海外に憧れていた。

---

6)　この経緯や中学時代の英語学習については、野口米次郎『余は如何にして英語を學びしか』（英學界編輯局編、有楽社、1907年12月、29頁）や、野口米次郎「追想に火を點じて：英学大家の学生時代の勉強法」（『上級英語』1935年2月、9頁）などがある。

　親の許可を得ぬままに名古屋の県立中学校を中退して上京し、憧れていた福澤諭吉の慶應義塾に1891年に入塾。慶應義塾は英学の「総本山」であり、当時はすでに全国各地に英語教師を輩出していた。野口が意識していたかどうか定かではないが、じつは、慶應義塾大学は多くの僧侶や寺族が入学していた学校でもある。福澤諭吉が、新時代の仏教僧侶の社会的役割を革新的に論説していたこともあり、シカゴ万国宗教会議に出席した釈宗演をはじめ、宗派を超えて多くの僧侶たちが福澤門下だった。[7]

　慶應入塾後は、寄宿先から芝公園を抜けて慶應義塾に通い、能楽堂から聞こえてくる笛や鼓の音を聴いたり能を見たりした。そのころ、英文学作品を乱読すると同時に俳句に親しみ、禅にも興味をもったらしい。芭蕉や蕪村の句集とスペンサーの『教育論』を同時に机の引き出しに入れて、同級生数人と回覧雑誌を出すことを計画したりしていた。旧派俳句の宗匠・其角堂永機（穂積永機）の庵を訪問しているのもこの頃である[8]。中秋の名月の夜に、永機の座敷で満月の光と大きな松の黒々とした陰を見て、初めて心と自然との合一を得て詩の悟りを開いたという[9]。18歳の無名の少年が、多くの門人を抱える70歳に近い宗匠と一緒に坐して満月

---

7)　守屋友江『アメリカ仏教の誕生』現代史料出版、2001年12月、36頁。

8)　其角堂永機は芝公園地内楓山の能楽堂の近くに小さな庵を持っていた。現在では、永機の名前はほとんど知られていないが、当時は、絵画や茶道を極めた風流人として知られ、門人に多くの財界人や歌舞伎役者、茶人などを抱える旧派宗匠の雄であった。永機は、千利休や茶道に造詣が深かった一方、キリスト教用語なども季語に取り入れるなど、開明的だった。明治期の俳句といえば、正岡子規の出現や子規一派の台頭によって旧派俳句は一掃されていたかのように考えられがちだが、じつは永機らの宗匠俳諧は昭和初期に至るまで人気を誇っていた。子規の立場からみれば、宗匠俳諧は「月並」「旧派」と非難され否定された存在だが、実際には新旧が混在して新時代の明治期俳諧が創出されている。

9)　野口米次郎『松の木の日本』第一書房、1925年11月、21-23頁。

と松を眺めたという状況は、にわかに信じがたいのだが、つねに
臆さず直接宗匠を訪問する野口の行動力には驚かされる。漢詩人
である伯父をもち俳人に憧れていた少年にとって、永機と対面し
て月の下で詩的交感をしたことは強い印象を与えたにちがいない。
明治20年代は、明治26（1893）年が芭蕉没後200年にあたることも
あって、各地で芭蕉の句碑が建立され、芭蕉を神格化する潮流が
あった。永機も当時、芭蕉の200年忌の興行や碑の建立などを行
っていた代表格である。

当時の日本で語られていた芭蕉

　もうひとつ、渡米前の野口の経験や志向を示す重要事項に、同
郷の志賀重昂との繋がりがある。1893（明治26）年春頃より、野口
は自ら志願して、芝区新濱町の志賀重昂の家に寄寓し、渡米のき
っかけをつくった[10]。彼がどのくらい意識的であったかは分からな
いが、この時代は新しい自国の文学を創成させようという意識が
強くなり始めていた時期なのである。開化期の急激な欧化主義と
西洋文物の摂取吸収の反動として、国粋尊重の風潮が生まれつつ
あった時代であった。志賀重昂らが設立した日本新聞社の雑誌で
その当時連載されていたのが、正岡子規の「獺祭書屋俳話」[11]で
ある。そこで子規は俳句の歴史を語り、松尾芭蕉を高く評価する
のだが、ひとつ注目しておきたいのは、「平民的文学」という項目

10）米国帰りの菅原伝（1863–1937）が志賀を訪ねてきて北米の事情を語っている
　　のを隣室で偶然に聞き、野口は即座に渡米の決心をする。菅原伝は、当時サ
　　ンフランシスコで「在米日本人愛国有志同盟会」（通称「愛国同盟」）を結成
　　した中心人物で、帰国後は「愛国同盟倶楽部」などを組織していた。

11）正岡子規「獺祭書屋俳話」『日本』1892年6月26日〜10月20日連載。1893年5
　　月に子規の第一著作『獺祭書屋俳話』が刊行された（子規の「芭蕉雑談」が
　　1893年11月から連載されはじめたのは、野口の渡米後になる）。

のなかで、宗教との近似として「芭蕉」を挙げている次のような
観点である。多数の信仰者を得る者は平民的であるとして、次の
ように述べる。

> 宗教は多く平民的の者にして僧侶が布教するも説教するも常
> に其目的を下等社会に置きたるを以て仏教の如きは特に方便
> 品さへ設け其隆盛を極めたるなり。芭蕉の俳諧に於ける勢力
> を見るに宛然宗教家の宗教に於ける勢力と其趣を同じうせり
> （中略）かりそめの談話にも芭蕉と呼びすつる者はこれ無く或
> は翁と呼び或は芭蕉翁と呼び或は芭蕉様と呼こと恰も宗教信
> 者の大師様お祖師様などゝ称ふるに異ならず。甚だしきは神
> とあがめて廟を建て本尊と称して堂を立つること是れ決して
> 一文学者として芭蕉を観るに非ずして一宗の開祖として芭蕉
> を敬ふ者なり。[12]

　子規は、人々の芭蕉崇拝にはまるで宗教的ともいえる盲目的な要
素があるとして、旧派の蕉門門人たちを批判的にとらえたのであ
った。この書のなかで子規は、芭蕉の「古池や蛙飛び込む水の音」
の一句については、《発句といへば立ちどころに古池を想ひ起すが
如き実に此一句程最広く知られたる詩歌は他にあらざるべし》と
述べ、《其句の意義を問へば俳人は即ち曰く神秘あり口に言ひ難し
と、俗人は即ち曰く到頭解すべからず》[13]とも書いている。「古
池や」の一句を〈神秘〉的で俗人には理解できないとしていた。
　また、子規ばかりでなく、短詩型や伝統詩歌を否定して始まっ

12)　正岡子規『獺祭書屋俳話付録』日本新聞社、1895年8月、4頁。
13)　前掲注12、11頁。

た新体詩の分野においても、明治20年代になると俳諧を再評価す
る動きが明確になってきていた。前田林外は、漢詩、和歌、新体
詩を改良し発展させようとする各組織がそれぞれ意見をばらばら
にするのは良くないと述べて、俳諧とくに芭蕉を中心として新し
い詩歌の創造を説いた[14]。日本近代詩の開花の原点ともいえる北村
透谷や島崎藤村ら「文学界」同人たちは、西行や芭蕉の風狂の文
学精神を拠り所とした。透谷らの「文学界」は同時代の若者たち
にも大きな影響を与えていた存在であり、ここで少々紹介してお
きたい。「文学界」同人らは西欧のキリスト教思想に触れて西欧文
学の教養を身につけ、旧来の人間観を否定しようとしたことがよ
く知られるが、彼らは自分たちの主張を日本の中世美に託して展
開していた。透谷は平安後期の遁世歌人・西行を褒め、芭蕉の《無
言勤行》の精神を高く評価し[15]、藤村は西行・芭蕉をダンテやシェ
イクスピアと並列して《理想の姿》、《風流の姿》として論じた[16]。
そして星野天知（1862-1950）は、東洋の独特の審美である《風雅
のさびは禅の幽味に発して芭蕉の俳道と成り利休の茶道と成りけ
ん》と述べた[17]。そして、平田禿木は《文学の極致、詩なり、宗教
の極致、禅なり、詩の外に禅なく禅の外に詩なし、詩と禅と其悟
入の境に到ては、倶に言語の得て及ぶべきにあらず》、《抑も我俳
道に禅の幽玄をあるを知らば、誰か彼の揚々として俳諧宗教なし
と断ぜし文士が妄を笑はざらむ》[18]と述べている。俳諧に、〈禅〉

14）鶯鶴子（前田林外）「漢詩和歌新体詩の相容れざる状況を叙して俳諧に及ぶ」
　　『読売新聞』1890年 8 月 7 、 9 、14、17日。
15）北村透谷「人生に相渉るとは何の謂ぞ」『文學界』 2 号、1893年 2 月28日、
　　416頁。
16）島崎藤村「馬上、人世を懐ふ」『文學界』 2 号、前掲注15、11頁。
17）星野天知「茶祖利休居士」『文學界』 2 号、前掲注15、 1 頁。
18）平田禿木「鬱孤洞漫言」『文學界』 3 号、1893年 3 月31日、 3 頁。

の宗教性を認めて述べていることは、注目すべきである。雑誌『文学界』は小さな同人誌だったが、当時の若者に非常に影響力があった。野口が渡米する直前の日本社会には、このような文学状況があったのである。

4-2　カリフォルニアという場所から

芸術家コミュニティの空気

　さて、野口米次郎が憧れの渡米を志してサンフランシスコ行きの汽船に乗った1893年11月とは、前述のとおりシカゴ万国宗教会議が行われた直後であった。そしてミラーの「丘」での自然生活をはじめるときに野口が持参したのは、ポーの詩集と芭蕉の句集、そして禅語録の3冊だけだった。その禅語録は、宋代曹洞宗の代表的禅僧・宏智正覚の語録で、明治期には宏智禅師の書籍がいくつも刊行されていた。曹洞宗で重んじられていた宏智禅師の禅語録の書籍は野口が渡米する前の1882年〜1893年までにすくなくとも7冊確認できる。野口が愛読していたのがどの版なのかは分からないが、日本を出発して以来、この禅語録と芭蕉の句集の2冊だけは肌身離さず持っていた重要な知識源であった[19]。また前述したように、野口の伯父・鵜飼大俊は、曹洞宗の禅僧たちと仏教新聞『明教新誌』を発刊した明治期には知られた僧侶で、少年にとって禅の思想書が身近な心の拠り所だったことは想像にかたくない。

　カリフォルニアの大自然の中で、ポーのスピリチュアルな要素と禅の世界が詩的に結びつき、野口の詩作に結実していくのであ

---

19)　Y. Noguchi, *The Story of Yone Noguchi*, Chatto & Windus, 1914, p. 42.

る。初期の野口は確かに、ポーの英詩の語句やその詩的抒情から
多大な感化をうけていた。彼はのちに次のように振り返っている。

　　ポオの指導的霊示を受け始めて英詩界に入つたものである。
　　私は彼の魔法使的な杖の動きを空中に見た、火のやうに燃え
　　る山上の罌粟の花弁にも見た。私はポオの詩集を手に持つて
　　三〇年前の二年を過ごした。（中略）私は有意識の昏睡状態に
　　入つた時、自分がポオであるとさへ思つたこともある。[20]（ル
　　ビ・著者）

　野口はポーと自分とが重なるほどに──やや「神懸かり」的で
あるといえるほどに──愛読していた。読書さえも制限される自
然生活の中で、それらを繰り返し読み耽り、ポーの大部分の詩を
暗唱できたという。ポーの詩句とその詩的情趣から多大な感化を
受けたのみならず、理論も重要であった。ポーは『詩の原理』（1850）
のなかで、〈長い詩というものは存在しない〉という立場を示して
いた。これが野口のなかで、俳句の伝統や芭蕉を追想する意識や
禅の思想に親和的に重なったのである。野口はポーの理論と最新
の英詩界の動向を語るなかで、一瞬の感情の発露を長々と叙述す
るのは《愚の極》で、《感触其物は神聖である生きた霊魂》として
尊重すべきだと論じる[21]。そして英詩が向かっている新潮流を次の
ように語った。

　　瞬間の感触を以て一の詩と為さしむる日本流の短詩形こそ真

20）　野口米次郎『ポオ評伝』第一書房、1926年3月、5頁。
21）　野口米次郎「英詩と發句」『太陽』1905年12月、141頁。

の詩といふものゝ真義に適合するといふので俄（にわか）に日本の詩殊に発句の研究を為すといふ機運に成つて来たのである。[22]（ルビ・著者）

これは野口が体験として実感していたことなのである。ミラーの「丘」は、まさにサンフランシスコ近辺の芸術コミュニティの中核になっており、カリフォルニアにきた文化人は必ずミラーの丘を訪問してきたという。そこは自然と芸術が融合する場であり、神秘主義や象徴主義のムードが浸透していた。ミラーは「丘」を誰もが自由に出入りできる神様の所有地だと考えていた。ミラーは気に入らない客であっても歓迎してワインや食事をふるまった。様々な訪問客の中にはインド系アメリカ人もおり、奇妙な祈禱を行ったり、ミラー自身がネイティブアメリカンのモドック族の「雨乞いの歌」を歌うこともあったという。

　ミラーは宗教団体の教祖のような者ではなかったが、労働と瞑想が日常の大半であったという点では、宇宙と自己の一体化を求めるミラーのような詩人たちにも、トマス・レイク・ハリスの宗教実践などと共通する部分がないわけではない。ミラーの丘には教祖による教義などがなく自由なボヘミアン的生活であったが、自然的協同生活の実践である点は共通するのである。野口米次郎は、料理や掃除、植林や伐採や剪定、梅の実の収穫など、無償で黙々と働き、たまに詩について語り、多くの場合は静寂のなかで瞑想した。〈沈黙〉が支配する自然的な共同生活のなかで、互いに詩的感性を磨き、刺激を与え合う関係であったという。

　ミラーや「丘」に集う芸術家や文化人たちは、日本や東洋、そ

---

22)　前掲注21。

して神秘主義やオカルトに強い関心を持っていた。日本や東洋の
詩歌や宗教哲学に関心をもっており、野口は問われるままに俳句
や芭蕉の略伝などについて語り、即興で一句作ってみせたりした。
物質的には極度に制限された自然的生活の中で、詩的インスピレ
ーションを感じるようになり、野口は英詩を書きはじめた。

　詩人を含めた芸術家たちは、精神を同じくするコミュニティに
属し、その空気はまた伝播する。当時、詩人、ダンサー、舞台芸
術家、アーツ・アンド・クラフツ運動の推進者など、様々な人物
がミラーのコミュニティに出入りしており、その後、東部アメリ
カや英国そして日本に渡る者が多かった。多くの友人と「丘」で
交流する野口米次郎であったが、たとえば、若き日の舞踊家イサ
ドラ・ダンカンに影響を与えたという女性詩人イナ・クールブリ
ス[23]も「丘」で野口と楽しく語り合った友人であった。

　また、この当時はまだ無名であった詩人チャールズ・キーラー
（1871-1937）[24]も、バークレーを中心に生活しており、「丘」に出
入りしていた野口の友人であった。キーラーは1911年に東京に住

---

[23]　イナ・クールブリスは「丘」の常連の一人で、たとえば、1897年5月28日に
　　「丘」に宿泊し《雑談快を尽せり》と記録されている（野口米次郎「詩仙ミラ
　　ーと山居の日記」『英米の一三年』春陽堂、1905年5月、130頁）。また慶應義
　　塾大学でカリフォルニアの詩人たちについての授業を準備していた野口は、
　　クールブリスに本を送ってくれるように手紙（書簡・1906年10月3日）を書
　　いており、帰国後も交流がつづいた。モダンダンスの祖として知られるイサ
　　ドラ・ダンカンは1895年までカリフォルニアにいて、その後、世界的に有名
　　になる。カリフォルニアで貧しい少女時代を過ごしていた当時、オークラン
　　ドの図書館司書を勤めていたクールブリスは、ダンカンに知的影響を与えた。
　　（イサドラ・ダンカン『魂の燃ゆるままに』冨山房インターナショナル、2004
　　年5月、33頁。）
[24]　現在のミラー公園には、馬に乗るミラーの影像が建ち、野口米次郎などの日
　　本人の名前はないが、詩人チャールズ・キーラーの名前は公園の石段の銅版
　　にひとつに刻まれている。東洋の影響を受けて神秘な世界を求めた詩人キー
　　ラーは、1913年のミラーの死後、「丘」の重要な存在になっていく。

む野口を訪問しており、その後は野口の友人サロジニ・ナイドゥを頼ってインドを訪問する。インドから帰米後、1913年にニューヨークに居を構えて「ダンス・ポエム」と称する活動をするが、1917年に再びバークレーに戻って1925年には「宇宙的宗教」だと称する「コスミック・ソサイアティ」を設立している。その頃、バークレーで学んでいた浄土真宗の沼田恵範（1897-1994）[25]と交流していたことも「神秘なる日本」とのつながりで注記しておきたい。

　多くの友人と「丘」で交流する野口米次郎だが、詩人エドウィン・マーカム（1852-1940）もその一人で、「丘」での生活以後も野口と長く交流が続いた文化人として重要である。マーカムは野口と出会った当時は1冊の詩集も出しておらず、オークランドの学校の校長をしながら詩人を目指していた。野口は蔵書家であったマーカムと親しく、オマル・ハイヤームなどの文学談義を闘わせたり、本を借りたり、文学的な刺激を受けた。マーカムは1899年の詩集『鍬をもつ人』（*The Man with the Hoe*）で有名になり、1900年にはニューヨークに移る。（後述するが、彼と日本人たちとの繋がりはニューヨークに引き継がれる。）さて、このマーカムという詩人は神秘主義者トマス・レイク・ハリスに傾倒していた一人で、1906年3月にハリスが逝去したときにはニューヨークでハリスの葬儀を司っている。

25）広島県の西本願寺派の末寺に生まれた沼田は、1916年に19歳で開教使補として渡米し、カリフォルニア・ロサンゼルス・ハリウッドでスクールボーイをしながら高校を卒業し（そのころ宇津木二秀と親しくする）、バークレーで大学、大学院を苦学のなか卒業し、1925年6月からは仏教布教の英雑誌 *Pacific World*（大海）を発行して4年間苦労したが、その後は事業家として大成する（常光浩然『北米仏教史話』仏教伝道協会、1973年8月、132-142頁。大住広人『賢者の一燈──沼田恵範の初心』佼成出版社、2005年3月）。

ハリス教団の新井奥邃と長澤鼎

　エドウィン・マーカムは、ハリスの高弟である新井奥邃（あらいおうすい）（1846-1923）と長澤鼎（ながさわかなえ）（1853-1934）の友人でもあった。（マーカムは野口よりも新井や長澤と年齢が近い。）カリフォルニア時代のマーカムは、野口に当時サンタローザにいた新井奥邃を訪問するよう強く薦めている。当時のハリス教団には新井や長澤らの高弟をはじめとして、複数の日本人やインド人が参加していた。

　新井奥邃は仙台藩出身で、佐幕派として戊辰戦争を戦い、その過程でロシア正教に出逢い、キリスト教信仰に目覚めている。戊辰戦争後に敵側の森有礼に認められて、1871年、森に導かれてアメリカに渡った。ハリスの教団で生活した経験のある森は、当時は明治新政府の少弁務使になっていた。1875年、新井はハリスや長澤鼎らとともにカリフォルニアのサンタローザ（ファウンテングローブ）に移り、その後も教団で30年近く、農業を中心とした労働と信仰の日々を送った。新井は教団のなかでもとりわけ質素な生活をしていたらしく、まるで奴隷のような扱いをうけていたと指摘するものもある。

　野口がマーカムの紹介でサンタローザの新井奥邃を訪ねていくのは、1897年、すでに詩人デビューを果たしていた23歳頃である。野口の回想によると、新井はサンタローザを訪れた野口を歓待はしたが、他の誰にも紹介しないまま二人きりで一昼夜、葡萄園で語り合った。

　周辺の人々の回想録からも明らかだが、新井奥邃はかたくなに独自の規律的宗教生活をしており、他のハリス教団メンバーたちとは隔絶していた。当時の野口が、ハリス教団の活動にとりわけ興味を示したような記述はない。野口は渡米直後より、世間をにぎわせていたハリスの女性関係のスキャンダルや、文学評論雑誌

上のハリス批判などを知っていたから、あまり信用をおいていなかったようである。また、仏門と関係の深い家庭に育った野口は、新興宗教や教団活動に懐疑的であったのかもしれない。「丘」で自然生活に浸っていたので、ハリス信者たちの農園労働にはまったく興味がなかったこともあるだろう。あるいは奥邃のハリスに対する違和感を聞いていた可能性もあろう。野口は後にハリスについて《その他百千の新宗教家の如く》、宗教を伝統形式から解放して《本来の真精神》に復帰させようとしていたのだろうが、次第に《宗教の方がおろそかになつて仕舞ひ、遂に新宗教家として失敗の歴史を残すに至つた》と論じている。また、ハリス読書歴や知識は《山間幽谷でも無ければ、通ふことの出来ないやうな小径でもない》とも書いている[26]。

野口が訪問した2年後の1899年、53歳の新井奥邃は、葡萄園経営の権利を長澤に全てゆだねて、英語の自著 *Inward Prayer and Fragments*（1896年1月にファウンテングローブで印刷）を携えて、身一つで日本に帰国した。ハリスと決定的に意見が合わなくなった為といわれる。

帰国後の新井は、巣鴨に「謙和舎」を創設して独自の信仰生活を送り、足尾銅山鉱毒反対運動の指導者・田中正造をはじめ、海外留学をする芸術家たち（柳敬助、萩原守衛、高村光太郎）など、広く日本の次世代に影響を与えた。奥邃はどの宗派にも団体にも属さない孤高の人として知られ、いわゆる宗教家ぶったような様子は一切なかったといわれる。写真も肖像も一つも残していな

26) 野口米次郎「奥邃先生について（中）」『東京日日新聞』1929年4月10日。野口米次郎と新井奥邃の関係については拙著（『「二重国籍」詩人　野口米次郎』前掲第一章注79、38-39頁）に詳細を書いたことがある。野口は帰国後にも奥邃の「謙和舎」を訪問しており、《超凡の高士》であると尊敬の念を示していた。

い。

　新井奥邃の教義は、キリスト教的な要素とも少し異なる、独自
なものであった。〈神〉は父母であり善美であり、その姿は人間と
して表象される、という教えである。神が父母であり、《二にして
一、一にして二たり》[27]といった考えや理解の仕方は、儒教的教
養や祖先崇拝も混じって日本的なものになっていたといえる。奥
邃の教えの中心は、自我は一切否定して抑制しなければならない、
というものであった。人間としての自分の一切を、〈神〉を意味す
る善や美と入れかえるために、自我を否定し抑制する。自分の中
身を〈神（＝善・美）〉と入れ替える営みとしての実学であり、そ
の方法は〈謙〉であると説いた。奥邃が説くのは、〈謙〉を中心と
した人間改造を根幹とした実学の思想であった。これも、おそら
く同時代的に国外に発信しようとした日本の美意識や禅の思想、
あるいは当時の〈ニルヴァーナ（涅槃）〉（＝煩悩の滅却）に近いも
のがあったといえるのではないだろうか。また、野口が国内外に
向けて語ったような〈日本〉の詩学に通じるところがあったとも
いえるかもしれない。

　さて、1897年野口がファウンテングローブを訪問した時、新井
以外には誰にも会えなかったというが、そこの経済基盤はすでに
葡萄園経営であった。その中心になっていたのは薩摩藩第一次留
学生のなかで最年少だった長澤鼎である。野口の友人マーカムは
地域の名士であった長澤とも親しかった。（マーカムやアメリカと
の関係が切れなかった野口が、その後も長澤には言及していないのは、

---

27)　新井奥邃「所感第二」『新井奥邃著作集』第 2 巻、春秋社、2000年 7 月、160
　　頁。

すこし不思議なくらいである。）

　1875年に、ハリス教団がカリフォルニアのソノマのサンタローザに拠点を移したとき、2000エーカー（東京ドーム約174個分）の経営責任者になったのが長澤である。長澤は当初、大麦を植えて牧畜を試みたが、1879年にフランスの葡萄園が虫害の被害に瀕しているのを知って好機と考え、信仰生活の経済的基盤を作るために葡萄園経営に着手した。教祖ハリスは1891年には性的スキャンダルの悪評が全米に知れ渡ってカリフォルニアを去ったが、長澤がその後も、中心となって農園や醸造事業を受け継いでいた。1900年に葡萄園を教団から買い取った長澤は、日本人や中国人の農業労働者たちを働かせた。

　経営者としての能力に長けていた長澤と、厳格な宗教的観念に向かう新井奥邃とは、非常に仲がわるかった。前述のように長澤は、薩摩藩留学生の最年少であったため、ロンドン大学に所属した森有礼ら年上の日本人留学生からは離れて、たった一人でスコットランド・アバディーンの現地の名門校で学んだ。その頃すでに、神童と呼ばれるほどの才覚が認められていた彼は、キリスト教の知識や理解も深かったという。信頼する森らがハリスに付随して渡米するというので、長澤少年もそれに従ったのだが、ハリスの教理にはあまり興味がなかったに違いない。つまり、新井と比べれば、長澤のほうが語学力も西洋的学識も経営能力も、そして野心も、圧倒的に勝っていたことが容易に想像されるのである。

　ファウンテングローブのワインは、優良品としてフランスに輸出されてフランス産の商標で米国に再輸入されるようになるほど、有名になっていった。長澤はカリフォルニア州ソノマのワイン王「バロン・ナガサワ」として戦前の日米両社会では成功者として知

長澤鼎（中央）、エドウィン・マーカム（右）、
植物学者ルーサー・バーバンク（左）。
【出典：*Kanaye Nagasawa: A Biography of Satsuma Student*, Paul A. Kadota & Terry E. Jones, Kagoshima Prefecture Junior College, 1990.】

られた。[28]

　不思議な縁でアメリカの神秘主義者ハリスのもとに暮らした二人の日本人、新井奥邃と長澤鼎は、まったく性格も考え方も異なっており、結果的に生き方も異なっていた。ひとつの宗教実践から始まりながらも、社会改革の方法も理念も違う方向に進み、それぞれの真摯な努力は違う形で実現したといえる。繰り返すがハリスの宗教集団とは、神秘主義の新興宗教であった。現在、新井奥邃については「独自のキリスト教主義者」として扱われていることのほうが一般であるが、19世紀末アメリカ西海岸の宗教的・社会文

28）　長澤については、戦前には、鷲津尺魔が生前に本人にインタビューをして『日米』に連載した「長澤鼎翁伝」（1924年）、海老名一雄『カリフォルニアと日本人』（太平洋協会編、1943年12月、95-97頁）などがあり、成功した渡米者として知られていた。だが、太平洋戦争期に敵国人となった長澤の広大な所有地は縮小せざるを得ず、彼の功績も現地でも国内でも長く忘れられた時期があった。1970年代後半から現地でも研究が進み、近年では再評価されている。国内では、Paul Akira Kadota & Terry Earl Jones『Kanaye Nagasawa: A Biography of a Satsuma Student』（鹿児島県立短期大学、1990年12月）、多胡吉郎『長沢鼎　ブドウ王になったラストサムライ』（現代書館、2012年6月）や上坂昇『カリフォルニアのワイン王──薩摩藩士・長澤鼎』（明石書店、2017年5月）がある。

化的な志向活動であったことに注目して、歴史の全体の動きのな
かでその存在を再検討してみる必要があるだろう。

野口米次郎と神秘主義者との関わり

ミラーの「丘」時代の野口米次郎が、オークランドの神智学協
会支部のメンバーや、ピエール・アーノルド・バーナードと接点
があったかどうかについては不明である。恐らくなかったのだろ
う。ただ、1903年からはイェイツらロンドンに住む詩人・文化人
と交流があったことから、それ以降は神秘主義に関心をもった同
時代人たちとの関わりが生まれた。それは時代の潮流であった。

前述したように、1914年の英国講演では神智学者ミードのとこ
ろで講演し、寄稿している。1913年末から1914年にかけてロンド
ンやオックスフォードで日本文化についての講演を行った後、フ
ランス、ベルリン、モスクワを経由してシベリア鉄道で日本に帰
国するのだが、このとき、1910年代の〈東洋〉を中心にした民族
運動家や神秘主義者、社会主義者たちと接触があっただろうと考
えられる。帰国後には、神智学徒のポール・リシャールと妻ミラ・
リシャールが来日（1916年は東京に、1917年から3年間は京都に滞在）
し、またアイルランドの神智学徒ジェームズ・カズンズ（1919年
東京に）らが来日して野口と親しくした。カズンズは東京に神智
学の支部を作った人物で、野口の所属する慶應大学でも教えた。

野口とインドの神智学協会本部とのつながりに関していえば、
本部のアディヤールから英評論 *Some Japanese Artists*『日本の芸術
家』（1924）を出版している。1935年秋から1936年にかけて野口が
外務省に要請されてインドに講演旅行に出かけたときには、イン
ド各地で独立運動家や大学や教育機関に携わるインド人知識人た
ちに面会し、あちこちで講演活動を行うのだが、そのようななか、

カズンズにも再会するし、1936年1月14日にはアディヤール協会本部を訪れている。当時の野口は神智学協会について《セオソフィーは訳して神智学とか接神学とか云ひ、自然の秘密を発見して神を認識せんとすることを意味する》と説明し、《宗教といふよりは寧ろ哲学に近い協会で、人類愛と平和を以て一定不動の主義とした社会運動に宗教を加味したものだと思ふ》[29] と書いた。神智学協会を神秘主義やオカルティズムを信奉する宗教団体であるとは捉えずに、人類愛と平和の哲学にしたがって、社会改良運動をおこなおうとしている組織だと受け止めているのである。このような認識は、その組織の本質をとらえていたといえる。

4-3　神秘なる異国の詩人ヨネノグチ

はじまりの『明界と幽界』(1896)

　ここで詩人としての野口のはじまりを確認してみよう。1896年7月、サンフランシスコの若い詩人たちがつくる詩雑誌 *Lark*（以後、『ラーク』）誌上で、英詩人ヨネ・ノグチがデビューした。そこでは《An exile from his native land, a stranger in a new civilization,——a mystic by temperament, race, and religion（故国からの亡命者、新しい文明社会に流れ着いた異邦人——気質、人種、宗教という点では神秘主義者）》と序文で解説された。また、野口の英詩は《孤独な夜々の漠然とした思いに声を与えようとする彼の試みであり、魂の記録》であり、《vague な形式、vague な理想》だと紹介されている。[30] 当時『ラーク』の仲間たちは、象徴性を感じる形式と

---

29)　野口米次郎『印度は語る』第一書房、1936年5月、273頁。
30)　G. Burgess, *The Lark*, no.15, Jul., 1896.

理論、つまり《Vagueness and Vacuity》、不明瞭さ、曖昧さ、朦朧、虚無といったものを現代的な最先端の新しい手法として摸索していた。そして、ロンドンやパリの模倣や移入だけではアメリカならではの歌や自分たち自身が根ざす地域の詩が歌えないという危機意識を強くもっており、独自の新しい文学様式を摸索していた。アメリカ西部、とくにサンフランシスコの風土性を意識するなかで、日本の〈神秘的（a mystic）〉な存在が新風として取り込まれたという面があった。（このような評価のされ方や編集者たちの問題意識と傾向は、その後の野口自身の故国日本への思いにも深い影響を与えたと考えられる。）

　このように異国の若者の詩が注目されたことを快く思わない者もあっただろう。地元オークランドの牧師が、野口の《Mystic Spring of vapor: Opiate odor of colors:（神秘的な煙霧の春、色彩の阿片的な香気）》とはじまる 1 篇の英詩が、エドガー・アラン・ポーの詩句の剽窃だと指摘したこともあった[31]。そのような批判に対抗する意味もあって、その年の終わりには初の詩集 Seen and Unseen, or Monologues of a Homeless snail（以後、『明界と幽界』）が刊行された。英詩人ヨネ・ノグチのはじまりであった。

　友人の編集者バージェスは、この詩集の序文のなかで、野口の作品の《あいまいさ（vague）》や《暗示（suggestive）》について指摘し、象徴主義の作品であると述べた。バージェスによる 6 頁に及ぶ初版序文は次のように始まる。

　　I would have you think of him as I know him, a youth of twenty

---

31）この詳細については、拙著（『二重国籍詩人　野口米次郎』第二章 2 節2-c）に詳述したことがある。

years, exiled and alone, separated from the mother, far away,
abandoned by his native land and Time, a recluse and a dreamer,
in love with sadness, waiting for the time to come to do his part
in recalling the ancient glory of the great poets and philosophers
of his land; watching, calm-eyed and serious, the writers of this
new world to see if the old words can live in the Western civili-
zation; and if the sheeted memories of the Past may be
re-embodied in our English tongue.[32]

　私は読者の皆さんが私の知る通りの彼を知って欲しいと思う。
その私が知る彼は、20歳の若者、母国から引き離された孤独
な亡命者、故郷からも時間からも見捨てられた隠遁者であり、
夢見る人。寂寞に恋し、母国の偉大な詩人や哲学者の古き栄
光を呼びおこす事業に自分もまた加わる時を待っている。こ
の新しい世界の作家たちを、静かな目で真剣に眺めている。
祖国の古き言葉が西洋文明の中に生きることができるか、シ
ートでくるまれてしまった過去の記憶が再び英語の中で肉体
をつけて具現化するか否かを。(訳文、著者)

　孤独な漂流者であることの普遍性と同時に、長い歴史をもつ日本
の詩の伝統や哲学についても重視していることが分かる。若き日
本人が、自らの孤独の境遇を松尾芭蕉の《寂寞》に重ねているこ
とに着目して、その英詩には〈発句〉や芭蕉の《霊感(inspirations)》
によって《名状しがたい繊細さ(Intangible Delicacy)》が表現され
ていると述べている。つまり、野口の英詩は芭蕉や俳句を髣髴と

---

32) Gelett Burgess, "Introduction to the first edition" (1st, Dec., 1896), *Seen and
Unseen*, San Francisco; Gelett Burgess & Porter Garnet San Francisco Press,
p. 10.

させるものとして捉えられ、それが欧米の新思潮であった象徴派に通じると評価されているのである。

　ミラーの「丘」に暮らしていた野口は、オークランドやサンフランシスコ周辺の友人たちにも、芭蕉やその句の内容、そして俳句や漢詩の伝統について語り解説していた。野口の俳句への関心が、渡米する以前より始まっていたことは前述の通りだが、19世紀末のアメリカ西海岸でも俳句や芭蕉について語り広めていたことは、注目すべきである。これは、俳句に影響を受けて登場するイマジスト詩人たちに20年近く先駆けていた。

　野口の英詩とその漂泊者としての日本詩人の存在は、アメリカ社会で少なからぬ反響を呼んだ。もちろん若き東洋人男性の風貌のエキゾティシズムが注目された面もなかったわけではないが、これまで述べてきた通り1890年代のアメリカは日本や東洋への関心と意識が高まっていた時代であった。シカゴ万博に附随する日本紹介、フェノロサの活動の紹介、ラフカディオ・ハーンやパーシヴァル・ローウェルの著作の紹介がアメリカの新聞や雑誌で散見された時代である。当時の日本については、すでに神秘の国としての関心が高まっていたのである。

「神秘なる日本」への関心

　ボストンの富豪パーシヴァル・ローウェル[33)] は、ハーバード大学卒業後に朝鮮半島や日本を訪れて、多くの記事や論文を書いた人物である。日本には1883年から1893年にかけて5回訪れて（通

---

33)　主な著作は、*The Soul of the Far East*『極東の魂』（1888）や *Noto: An Unexplored Corner of Japan*『能登・人に知られぬ日本辺境』（1891）、そして *Occult Japan; or The Way of Gods——An Esoteric Study of Japanese Personality and Possession*『神秘日本』（1894）である。

算約3年間日本に滞在）、とくに1891年夏に、友人（ジョージ・ラッセル・アガシ）と御嶽山（長野・岐阜）に登ったローウェルは、頂上付近で憑依状態にある巡礼者に出逢ったことから「神がかり」の儀式や神道に深い興味を持った。ローウェルは、*Occult Japan; or The Way of Gods──An Esoteric Study of Japanese Personality and Possession*『神秘日本』（1894）のなかで、《日本は、日本人自身によっても、いまだに科学的に未発見国である。それらの重要性は、考古学的であると同時に霊的である。》と書き、そんなものがあるとは誰も思ってもみなかった《古い土着の宗教である神道の秘教的側面》は、《日本人の仏教徒の一部も》実践している[34]、と説明した。（前述したように、彼は日本において先進的政治家の森有礼が暗殺されたのは、神社に不敬を働いたからだと発信して、日本独自の宗教文化を国際的に植え付けたともいえるだろう。）ローウェルは神道を《古代日本人の宇宙観》だと書き、《一にも二にも宇宙を分析して創造されたものである》[35]と捉えたのであった。その後、天文学者として名を残すことになるローウェルにとって[36]、「神道」を宇宙観として科学的に理解していく彼の日本との出逢いには大きな意味があった。

　もちろん、アーネスト・サトウ、チェンバレン、アストンら英国の正統な日本研究者たちも、みな日本の神道には注目していた

---

34)　パーシヴァル・ローウェル著（平田厚、上村和也訳）『神々への道──米国人天文学者の見た神秘の国・日本』国書刊行会、2013年10月、16頁。

35)　前掲注34、19-20頁。

36)　彼はローウェル天文台を設立し、火星の「運河」を観測、惑星X（冥王星）の存在を予測した。彼の死後、1930年になって、彼の予測に導かれて弟子が冥王星を発見する。ローウェルについては、宮崎正明『知られざるジャパノロジスト──ローエルの生涯』（丸善ライブラリー、1995年2月）や、入江哲朗『火星の旅人──パーシヴァル・ローエルと世紀転換期アメリカ思想史』（青土社、2020年1月）がある。

のだが、若きアメリカ人ローウェルによる〈オカルト〉という言葉を付した1894年の日本に関する著作のインパクトは大きかった。（アストンが『神道』*Shinto: The Way of the Gods* を出版するのは1905年になる。）ラフカディオ・ハーンもローウェルの『極東の魂』（1888）を読んで1890年に来日してくる。前述したようにハーンは、1870年代から心霊学やオカルト、1880年頃からは東洋学に関心を寄せはじめていた。来日前のハーンは、エドウィン・アーノルドの表現する仏教世界に出逢い、ローウェルの解説する神道世界に触れたのであった。

　ハーンは日本の〈心〉と生活を探求し、神道や日本の信仰、自然観・死生観を日本人以上に丁寧に掘り起こした人物として、いまでも日本社会で広く愛読されている。（彼の日本の詩情と文化思想に対する理解は、日本人自身の自己認識や母国文化理解にも影響を与えている。[37]）ハーンが怪談や地元の物語などを聞き取りして書いた *In Ghostly Japan* 『霊の日本』（1899）や *Kwaidan* 『怪談』（1904）などは、仏教的なものや土着信仰的な日本独自の物語として傑作が多く、〈神秘〉なる日本の解明であった。〈憑依〉現象は世界中の文化のなかに広く見られるが、肉体から霊に自由に出入りできるとする信仰に、19世紀後半の西欧の人々は科学的な視点からも文化相対主義的な視点からも、注目していたのである。ユダヤ教、キリスト教、イスラム教など、世界の多くの宗教のほとんどが超越的な存在の神、人間とは分離された存在としての神をもつ。しかし、日本の神道の特徴は多神教でありアニミズムであり、人間

37）　ハーンに関しては多くの研究書があるが、平川祐弘の『小泉八雲と神々の世界——ラフカディオ・ハーン』、『オリエンタルな夢——小泉八雲と霊の世界』、『ハーンは何に救われたか』に収録された「ハーンと俳句」などは、本書の読者にとってはとくに重要な文献である。

と神的なるものとの違いは絶対的なものではなく、その境界はきわめて曖昧である。太陽の女神アマテラスなどと呼ばれる神もあるが、神道の神々の大半は人間とともに自然の中に住まう霊、素朴な精霊だといえる。そのような文化環境の説明は、西欧人読者にとって、非常に興味をもたれて注目された。

　前述したように、ハーンは野口が帰国した1904年秋に急逝してしまい、面会の段取りは整っていたものの直接には会えなかった。だが野口はその後、ハーンの衣鉢をつぐものであると自覚して執筆活動をおこなった。野口はアストン、チェンバレンの神道観については批判的にみていたが、ハーンについては最も信頼と共感を寄せていたのである[38]。

　野口の最初の詩集が『幽界と明界』というタイトルであったことからも分かるように、見えないものの実在、幻像、精霊、魂は、詩人である彼にとって大切な主題であった。静寂、単純性、影や象徴性や余韻といった要素が、日本的なものとして当時の欧米の読者に受け取られたということも大いにあるだろう。既に述べたように、当時は、心霊主義や神秘主義にまつわる東洋の宗教性が注目されていた時代でもあった。野口の英詩にはたしかに「宇宙」と自己とが交感する瞬間を捉えようとしている部分が多く含まれていた。

　『幽界と明界』の出版と成功には、日本文化の海外進出という意味において、野口個人にかかわる問題以上の意義があったといえる。当時、シカゴ、ボストン、ニューヨークの詩人らと対抗しう

38）　野口米次郎のハーン評価については、拙著（『「二重国籍」詩人　野口米次郎』
　　第九章）に詳述したことがある。

る西海岸の大新人であると紹介され、カリフォルニアの小さなグループ詩誌にすぎなかった『ラーク』を全国的な舞台に導いた詩人だとも評価された[39]。つまり野口を発見し仲間に加えたことで、サンフランシスコの小雑誌『ラーク』や編集者たちも注目された面があったということである。

　また、この詩集『幽界と明界』の出版を紹介するアメリカの記事の中では、野口を帝国大学出身で兄達はエンジニアや仏教の僧侶であると紹介して、新興国家かつ「仏教」の国である「日本」の典型的エリート少年のイメージを野口にかぶせたものもあった。（兄達については間違いではないが、野口本人は帝国大学出身ではない。）述べてきたように、当時のアメリカでは、仏教やヒンドゥイズムなどの東洋の精神哲学に強い関心がもたれていた。シカゴで世界宗教会議が開かれて世界の宗教的指導者が一堂に集まったとき、日本から会議に出席した仏教者には、同じ〈Noguchi〉の姓をもつ通訳、野口復堂（本名は善四郎：1865-不詳）がいた。

　『幽界と明界』出版後、野口はグランドキャニオンを無一文で徒歩旅行して、第二英詩集 *The voice of the valley*『渓谷の声』（1897）を刊行している。この詩集においても重要な主題は、見えないもの、幻像、精霊、魂、影などであり、〈宇宙〉と人間存在としての〈自己〉が交感する瞬間の表現であった。雑誌『ラーク』は1897年4月に終刊し、サンフランシスコ・オークランドの詩人仲間たちはみなアメリカ東海岸に移住したり、ヨーロッパ旅行へ行ったりして離散していた。野口も西海岸を出ることを決意し、アメリカ東部へ向かい、資金をためてロンドンに渡ることを目指した。

---

39)　"Chronicle and Comment", *The Bookman: A Literary Journal*（NY）, Dec., 1896, pp. 287–288.

自己出版の『東海より』（1903）

　前述したように20世紀転換期のロンドンでは神秘主義やオカル
トが乱立していた。そこでは、インド哲学や古代の神秘思想への
強い関心も集まっており、またジャポニスムやシノワズリ（中国
趣味）の余波を受けて東アジアへの文化的興味も高まっていた。
社会変革と詩歌革新を求めて行動していたイギリスの象徴主義の
詩人たちは、〈東洋〉の詩歌や詩法、詩人たちに関心を寄せていた
といってよい。

　野口はいかにして英国文壇にデビューしたのだろうか。1902年
11月初め、野口は書きためた英詩を持ってロンドンに到着した。
日英同盟条約が1902年1月30日に締結され、ちょうどイギリスの
人びとが日本に関心を向けているさなかでもあった。日清戦争に
対する三国干渉（1895年）で表面化したように、西欧世界には反日
感情や〈黄禍論〉が台頭しはじめてはいたが、その一方で、政治
家や文化人たちは日本の新国家体制や独特な思想文化面に注目し
関心を寄せていた。

　1903年1月に野口がロンドンで自費出版した *From the Eastern Sea*
（以後、『東海より』）はわずか16頁の小冊子だった。ケンジントン公
園の前の印刷屋で200部余りを受けとり、50部余りを新聞雑誌や主
だった英国の著名人に送った。自費出版した詩集を多くの著名人
や英王室の人々に献本する戦略は、ウォーキン・ミラーの英国文
壇でのサクセスストーリーに倣った方法であった。受け取った多
くの英国の文化人たちは素直に感銘をうけ、野口に返信した[40]。

40）　この小冊子を各新聞雑誌社や著名人らに送付した翌日から、その反響がつぎ
　　つぎと現れた。アーサー・シモンズ、トマス・ハーディ、ジョージ・メレデ
　　ィス、マックス・ノルダウといった当時を代表する著名な詩人や文学者たち
　　から書簡が届き、また、当時の新聞雑誌に紹介文が掲載された。イェイツ、
　　ビニヨン、ムーア、ブリッジズら英国文壇のトップクラスの文化人から招待

　この詩集は、アメリカで出版した第一詩集『幽界と明界』に比べて明確に進歩したと評価され、真に独自性のある芸術家として証明されたと好意的に批評されている。どのような作品があるのだろうか。『東海より』は三行詩や五行詩など俳句をイメージさせる短詩が多く、実際に芭蕉の句を訳出したものもふくまれている。長詩の場合でも象徴性や幻想性をねらっているような作品が多い。著者がとくに気に入っている 1 例を挙げる。

　'LINES: from the Japanese'
　　I have cast the world, and think me as nothing.
　　Yet I feel cold on snow-falling day
　　And happy on flower day.

これは、芭蕉の西行上人像讃の歌「すてはてて身はなきものと思へども雪ふる日はさぶくこそあれ花のふる日はうかれこそすれ」を訳したもので、野口の三行詩として、多くの英語圏読者に興味と感銘をあたえた作品である。のちにイマジズム運動を牽引したシカゴの雑誌『ポエトリ』の1917年及び1923年のアンソロジー（これに収録されている事実は詩歌の改革者、前衛詩人として評価されていたことを示す）の中では "I HAVE CAST THE WORLD" と題されて収録された。（そこでは I have cast the world, で改行されて、四行詩になっている[41]。）

　この詩集に収録されたのは俳句のような短いものばかりではないが、少し長い英詩の場合でもソネットよりは短く、象徴性や幻

　　を受ける日々を送った。
41)　拙著『「二重国籍」詩人　野口米次郎』第八章2-a, b, c を参照のこと。

想性、霊的なものをねらっているような作品が多く[42]、また方法的にみてイマジズム運動を先駆けたものだったといえる。それまでの英詩の伝統は、最も短い詩でも、14行のソネットの形式が最短だった。そのような中、野口の型破りな英詩が、長さとしても形式としても注目され新鮮にうけとられたのである。こうして『東海より』は同時代の英国文壇にインパクトを与え、その反響はアメリカおよび日本にも伝わった。

求められていた日本の詩人像

　詩集『東海より』の何が良かったのか。簡単にいえば、神秘性や制限された言葉のなかの豊かさ、メタファーの斬新さ、つまり象徴主義文学の理想が野口の英詩のなかに見いだされていた。

　ではどのような人々にどのように評価されていたのか。ウィリアム・マイケル・ロセッティは、ブレイクの詩集の編纂やホイットマンの紹介で知られ、1871年にウォーキン・ミラーを見いだした英国の文芸批評家だが、野口のことを《日本の視点からみても、ヨーロッパの視点からみても「真実」の詩人》だと論じた[43]。ロセッティ曰く、詩とは、《ひとつを満たしたもの》ではなく、中国からペルー、日本からロンドン、ニューヨークへと全世界に波及的影響を拡げるものであり、日本で書かれた詩の魅力が、テムズ河

---

42) この詩集の中には、"Apparition"と題された詩篇が第4番目に配置されている。マラルメの詩篇 "Apparition" が意識されていたのだろう。この詩は、その後もいくつかの英詩詩集に再録されたのち、野口本人による翻訳によって「幽霊」と題された日本語詩として『沈黙の血汐』（1922年）に収録される。その後、堀口大学が『月下の一群』（1925年）の最後にマラルメの詩 "Apparition" を「幽霊」と翻訳したことがある。「apparition」とは〈幻影〉〈出現〉の意味に近く、「幽霊」という語で訳するのには多少の疑義が出るだろう。

43) W. M. Rosetti, "Appendix", in *The Pilgrimage*, with the Japanese version, Tokyo; 'ARS' Book Shop.

岸でも通じる。そして本物の詩とは、ナショナルなものであると同時に、世界中のあらゆる他の詩との親和性・共鳴性を備えてもいる、と。このような、世界に共通しうる何か、浸潤しうる何か、世界中に波及しうる何かといったものに、当時の人々は心を奪われていた。宇宙の真理を表現する芸術は、言語を超えて、地域を越えて、普遍的に伝わるものであるという詩的な理念が信じられていた。ロセッティは野口の詩に、自然美に対する感覚や精神哲学、欧米人が理想主義として認識している世界観を捉えた。つまり、自然美を謳いながら同時に全世界に通じる精神哲学をそなえていること、そのハーモニーと世界観を称賛したのだ。

　当時の英国文壇では東洋の文学が注目されていた。オマル・ハイヤームや13世紀詩人カマル・アディンなどが英語に翻訳出版されて注目され、また英語で書くインド詩人たちも育っていた。ただ野口は、東洋の詩のブームの中で単純に〈東洋〉的だから、〈エキゾティック〉だからという点でのみ評価されていたわけでもない。批評家たちは、野口の様式はハイヤームやアディンらがもたらすものとは異なっていると論じた。野口の執筆テーマは彼独自の個人的情調・個人的印象であり、内観的・内省的な経験の範囲に制限されている点に大きな作品価値がある、と評価した。〈一句（single phrases）〉をつくりだす真に独創的な詩人である、と。

　英米で注目される日本詩人の様子は、1904年秋の凱旋帰国以前から日本国内で知られていた。早くは、1897年の5月、11月号の『帝国文学』、同年7月号の『早稲田文学』などに滞米中の野口の英語俳句が掲載されている。厨川白村は1903年11月の新聞に、野口について《既にある東洋に対する関心の気運に乗じて現れた詩人》と述べ、〈東洋〉や〈日本〉を称賛する欧米思潮の中で野口が評価されていることを書く。その詩形については《東洋特有なる

沈静の詩趣をたゝえるもの》と述べて、野口の成功を喜び敬服すると書いている[44]。欧米の文学や芸術に関心を持つ若者たちにとっては、英米で活躍し評価されている日本人を意識しないわけにはいかなかった。

　帰国直後の1904年12月に野口は、社会主義の理念をうたう詩人としてマーカムとミラーを日本でいち早く紹介している。《マーカムの詩顕はるゝや天下は驚きて賞嘆の目を以て見、突然米国社界に社界主義の起れるを見たる》と紹介し、《労働者に対して詩人的同情を寄せたるもの》と紹介した。ミラーの詩については数年前にロンドンの雑誌で《筆力の強固なる点此の詩を以て米国古今を問わず第一に推すと批評せるもの》と書いて、アメリカの詩壇の様子を伝えた[45]。

　帰国後の野口は、日本の文化人や詩人たちにも多大な影響を与えたが、渡米や海外に憧れを抱く少年少女たちへの影響はさらに大きなものがあったといえる。野口がジャポニズム小説が流行していたニューヨークで出版して人気を博した自伝的日記小説 *The American Dairy of A Japanese Girl*（1899）は、日本でも英語版と日本語訳版の出版が重ねられ、英語を学ぶ者の推薦図書となっている。この作品には日本の俳句の作法や日本詩歌のイメージが多用されている。若い読者にとってアメリカ社会を眺めると同時に、欧米の日本趣味ブームに触れる有益なテキストであったと考えら

44)　厨川白村「野口氏の英詩集」（上・下）『読売新聞』1903年11月29日、12月6日。なお、白村はのちに渡米する際、エドウィン・マーカムへの紹介状を野口に頼んで書いてもらい、ニューヨークを訪問している。このときマーカムは野口宛の手紙とミラーの遺品の髪の毛を白村に託している（野口米次郎『米国文学論』第一書房、1925年12月、94頁）。

45)　野口は茅原廉太郎編『向上の一路――社会主義の新福音』（日高有隣堂、1904年12月、493-497頁）に、マーカムの詩 "The Man With The Hoe" とミラーの詩 "Columbus" を紹介した。この書は刊行後3ヶ月で4版を重ねている。

れる。また、従来はあまり注目されていないが、雑誌『成功』『英語青年』『英文新誌』『女学世界』『学生タイムス』『英語世界』などへの野口米次郎の頻繁な寄稿は、少年達の渡米熱と海外で苦学を経て成功するという夢をかき立てたのである。1例を挙げると、1908年8月5日号の『英語世界』には、今昔物語の一部の翻訳が英日対訳で掲載されるが、そこには、仏教用語をどのような言葉で翻訳するのかという注記も載せている[46]。野口が同時代の日本の青少年に与えた影響と、東西文化融合の先端的イメージの発信は、彼の英詩作の評価にとどまらないものがある。

---

46) 対訳の解説として、《Amidakyo sutra の sutra は仏典を意味して唯スートラのみにしてもよろしけれど、外国人の例にならいて阿弥陀経の仏典と重ねたるなり。》という注記が付されている（野口米次郎「関寺の牛 The Ox at Sekidera」『英語世界』12巻8号、1908年8月、7頁）。

第五章 「神秘」とその展開

5-1 心霊治療家・木村秀雄と、その妻・駒子

木村秀雄のミラーの「丘」詣で

1903年、木村秀雄（1879-1936）という一人の青年が横浜からサンフランシスコに渡っている。詩人に憧れていた彼は、そこでハタ・ヨーガの導師ピエール・アーノルド・バーナードに出逢って心霊思想にはまり、教祖になろうとした人物である。この木村秀雄とその妻になる人は、話が逸れるようではあるが野口米次郎と無縁でもない。本章では〈神秘なる日本〉と〈神秘を求める多文化新興社会アメリカ〉を往き来した日本人のひとつの例として注目したい。[1]

熊本の豊かな家庭で育った木村秀雄は、中学から京都に出て同志社で学んでいた。同志社は〈熊本バンド〉（熊本洋学校で学んだプロテスタント・キリスト教徒のグループ）が多く通った学校として知られており、慶応義塾と同様に渡米者を多く排出していた。中学時代の木村秀雄が親しくしたのは、同郷の松岡荒村（1879-1904）。荒村は社会主義運動家の先駆けともいわれた夭折の詩人・評論家

---

1) 本章の木村秀雄と駒子に関する部分は、『神智学と帝国（仮題）』青弓社（近刊）に収録される拙稿「アメリカで秘教思想に出会った日本人たち」を再編し、加筆修正したものである。

である。詩を愛する荒村とともに、秀雄も海外の哲学や文学を愛
読し、俳句や新体詩に熱中した少年期を過ごす。当時は詩人であ
り劇作家の高安月郊に憧れて親交をもち、彼の多くの詩集を耽読
していた。（大阪出身の高安は当時、京都で演劇改良に尽力していた。
1904年秋に帰国した野口が親しくした詩人の一人でもある。）

　若き木村は、《一切の自然も、宗教も、歴史も我が詩に来つて生
く、詩は我が一切の世なり、一切の理想なり、一切の文明なり》
と考えて、詩作は《心身超脱のため》と語っていた[2]。彼は閑寂な
生活をする抒情詩人になりたいと考えていたのである。仏教とく
に華厳宗と天台宗に関心を持って、熊本の曹洞宗の禅寺（宗岳寺）
に講義を聞きに行ったりもしたが、僧侶たちと語って堕落ぶりを
垣間見て失望したこともあった。そんな将来の定まらない秀雄に、
熊本の名士であった彼の叔父は渡米することを強要した。

　熊本は、広島についで、アメリカ移民を多く排出した県として
知られる[3]。また、詩人になりたがる若者を渡米させてみること、
あるいは若者自身が渡米してスクールボーイをしながら立身出世
のチャンスをつかもうとする例は、当時全国的にみても少なくな
かった。述べたように、1896年末にサンフランシスコで英詩デビュ
ーをし、1903年初めに英国文壇で好評を受けた野口米次郎の噂
は、日本の人々にも届いていた。永井荷風（1879-1959）は、実業
家の修行のために1903年9月にアメリカに向けて横浜を発ってい
るが、このとき父の久一郎からは、もし実業の道に進まないのな

　2）　木村駒子『観自在術』育成会、1914年7月、92頁。
　3）　1899年から1932年の「道府県別移民送出数」によると、広島92716人、熊本
　　61400人、沖縄55706人とある（国立歴史民俗博物館編『アメリカに渡った日
　　本人と戦争の時代』2010年3月、8頁）。これは移民としての数である。

らば野口のように国際的作家になるように求められていた[4]。野口の詩人としての国際的な成功譚が、当時の日本社会で、渡米願望をもつ若者たちやその親たちに及ぼした影響力は計り知れない。

　詩人に憧れて定職につかない24歳の木村秀雄も、家族から無理矢理に背中を押される形で、敬愛する高安月郊から送られた李白の詩集を胸に、泣きながら横浜から船に乗ったのである。気弱な秀雄にとっては、渡米は死よりもつらい事であったらしい。(これは、後に妻となる駒子とはまるで正反対の性格であった。)渡米に際して木村秀雄は次のようなことを書いていたという。

　　心霊の無限心理裡に立ちて、我は先づ人間性を離脱せざるべからず。
　　美の憧憬、趣味の感得は、我等が進化すべき境の仄かなる幽韻（にほひ）にあらざるか。
　　我は人間以上の生活を求む、そは決して、自然の生活に非ず、人文の光彩を脚跟下（きゃくこんか）にして、自ら創り出せる心霊の生活なり。[5]

アメリカの実践的な自然生活などよりも、抒情的な内面のなかに籠もっていたいという意味だろうか。きわめて形而上学的な世界にのみ憧れる木村秀雄だったが、サンフランシスコ上陸後、野口米次郎が過ごしたオークランドのミラーの「丘」に直行している。

---

4)　渡米中の荷風は、父の期待には沿えないことを心配していた。《余は如何に厭はしくとも矢張り日本の作家となるよりしかたあるまい。20歳以前に米国へ来て英文を書き始めた野口氏とは自分は経験を異にしてゐるから、到底父が希望する様な米国文壇の成功者となることは出来ぬ》永井荷風・書簡370（永井威三郎宛）1904年11月12日、於セントルイス。

5)　木村駒子『観自在術』前掲注2、98頁。

サンフランシスコに上陸するや、オオクランドの奥、ダイモ
ンド陵に、英詩人野口米次郎君の師事したと云ふ、老詩人ヲ
オキン、ミラア氏を訪づれた、山の形ちでも、草木でも、日
本に見られない趣で寂しい気持、アッシミレエトしない気持
に、カリフォルニア、ポピイと云ふ黄金色の小さい花を、ア
カシアの気の影に摘まんだりして、画でも見る、牧草のやう
な囲ひの山の上、野中の観音堂めいた、キャンプのうす暗い
内で、詩人、ミラア氏と握手した。[6]

《アッシミレエト》（assimilate）しない気持ちとは、融合・同化し
ない、日本にない情趣のために溶け込めない感情という意味であ
る。木村からミラーへのお土産は、薬師寺の三重塔の写真版であ
ったという。

　当時のミラーの「丘」には、野口の成功を耳にした複数の日本
人や東洋人が集まり、芸術家をめざす者たちの芸術解放区のよう
になっていた。すくなくとも1910年代に欧米視察や留学のために
日本からカリフォルニアにやってきた者は、ほとんど皆、1度は
ミラーの山荘を訪れた。翁久允によれば、《歴史に浅い此の国で
は、伝統とか史話とか古戦場といったようなところが少なく、土
産話になるようなところ》[7]がミラーの「丘」以外なかったため
である。
　木村秀雄がミラーの「丘」に出入りした時期は、やはり同様に
詩人をめざしていた管野衣川（1878-1938）が、ミラーの「丘」の

6）　木村駒子『観自在宗』前掲注2、101-102頁。
7）　翁久允「金色の園」『翁久允全集』第三巻、翁久允全集刊行会、1972年5月、
　　255頁。

ミラーの「丘」の和装の10人。(撮影の年代や人物が不明であるが、**1905年
〜1915年頃と推定できる。アニータ・ミラー（前列左）、ガートルード・ボ
イル（前列右）、管野衣川（後列右から2番目）、木村秀雄（後列左）**か。
【出典：**"Photograph of 10 people in Japanese attire, at Joaquin Miller's
Hights",** *Joaquin Miller Manuscript Collection*, **Oakland Public Library**】

住人となった時期と重なる。管野も同志社で宗教哲学を学んで、
木村と同じ1903年に渡米し、英詩人になりたくて、1905年から1915
年まで野口の去ったミラーの「丘」に居住している。管野は、野
口と同様に英詩人をめざした者として移民文学研究のなかでも特
異な例であるため多少知られている[8]。1913年に管野衣川の詩劇
"Creation Dawn"を彫刻家の妻・ガートルード・ボイル（1878-1937）

---

8)　管野衣川については、翁久允や石垣栄太郎ら同時代人の回想のほか、移民地
　　研究として、篠田左多江（「ウォーキン・ミラーの弟子・管野衣川の生涯1」
　　『英学史研究』27巻、1994年、151-164頁／「管野衣川・アメリカに消えた文
　　学の星」『海外移住』no. 593、2000年5月、24-27頁）や、水野真理子『日系
　　アメリカ人文学活動の歴史的変遷——1880年代から1980年代にかけて』（風間
　　書房、2013年3月）などがある。

とともに野外公演した際には、アメリカ社会からも注目を浴びた。翁久允の回想録によれば、管野はペルシャやインドの古代文学を研究しており、インド哲学に根をもった英詩を書き、ミラーも褒めていたという[9]。だが、その1913年以降は移民社会での恋愛スキャンダルで有名になってしまい、その後もニューヨークで英詩集の出版を目指し、また日本での翻訳刊行を試みていたのだが結局夢を果たせずに終わってしまった[10]。ミラーの丘で知り合っていた管野と木村秀雄は、1917年から1925年までのニューヨーク滞在期間にふたたび接触することになる。

　さて、野口の足跡を追ってミラーの「丘」に到着した木村秀雄は、ミラーの紹介でサンフランシスコの当時の有名女優らや文化人たちと知り合うことになった。木村は歌麿の美人画（浮世絵）や京都の舞扇を女優達への贈り物にして、日本の文化人であることをアピールした。そのうちの一人の女優が、木村の写真とちょっとした短句を、当時の流行雑誌『ワスプ』*The Wasp* に発表したこ

---

9)　翁久允「金色の園」『翁久允全集』第三巻、前掲注7、18-26頁。

10)　ガートルードは、英国系の豊かな家庭に育った白人女性で、サンフランシスコの美術学校で彫刻を学んでいたころからミラーの「丘」に出入りしており、野口の友人であった。野口が「丘」を去った後に管野衣川と親しくなる。カリフォルニア州では有色人種と白人の結婚は禁止されていたため、ふたりはシアトルで結婚している。だが1915年にガートルードが画学生の石垣栄太郎と恋におちてスキャンダルになった。ガートルードと石垣がニューヨークで同棲し（1915-1928）、管野も二人を追ってニューヨークに住んでいたが、結局1928年に二人はよりを戻している。1935年春には野口米次郎を頼って二人で来日し、野口の斡旋でガートルードが9月に高島屋彫刻素描の展覧会を開いているが、時局が厳しくなっていた頃でもあり、作品が検閲にひっかかり話題になっている。アメリカのスパイと間違われて特高警察の監視を受けたこともあり、管野も故郷には帰省できずに東京都内の寺院や宗教団体の道場に寄宿しながら1年半日本に滞在して、再渡米した。ガートルードは船の中で客死、衣川も1年後にサンフランシスコの日蓮寺で逝去している。

とから、木村はサンフランシスコの名士らのあいだでちょっとした有名人になり、どの劇場にも出入り自由の身になっていた[11]。木村秀雄は当時次のような詩を書いている。

I believe the future Religion
must be Music Drama,
which these Architecture,
Sculpture, Painting, Music,
Poetry and Dancing, accorded
by mysterious love and
scientific beam.
This religion is the subject of
universal civilization.
I must hold this idea and
become actor as an incarnation
of the Secret Power.[12]

未来の宗教は音楽劇でなければならないと信じる。
それは、神秘的な愛と科学的な光で調和した
建築、彫刻、絵画、音楽、詩、ダンス。
この宗教は、普遍的な文明の主題。
私はこの考えをもち、
神秘の力の化身を演じねばならぬ。（訳／著者）

11）　WASPというのはプロテスタントのアングロサクソン系白人の略語で、アメリカ社会の社会的文化的に優位な階級を指す言葉である。社会に影響力をもつ階級のなかで有名になったということになる。

12）　木村駒子『観自在宗』前掲注2、103–104頁。

　この《未来の宗教は音楽劇》という考えは、その後の木村秀雄とその妻になる駒子の活動を考える上で重要である。その頃の木村は、カリフォルニア大学バークレー校で心理学の講義を聴講したりしながら、新設されたギリシャ劇場と東西文化についての論考（「希臘劇場に楽劇を想ふ」）を邦字新聞『日米』に発表したりして、渡欧を夢見て過ごしていた[13]。

秀雄とバーナードの遭遇

　1905年初め、木村はバークレー校の心理学専攻の友人Hにオークランドの街角で偶然に出遭う。あまり人の居ないメリット湖の近くに連れて行かれて、「真言宗は研究したか、神智学について知って居るか」と尋ねられた。木村は熊本時代の幼少期、神智学協会のヘンリー・スティール・オルコットが1889年に来日していたことを聞いており、神智学の名前は知っていた。熊本はオルコット招聘運動が盛んな地域であったからである[14]。

　木村はこの友人Hから、まず、神智学協会のブラヴァツキーや

13）　当時、木村秀雄は文化人仲間から、フランスの女優サラ・ベルナールがサンフランシスコ公演に来るから一緒にフランスに随行させてやろうと言われて、その気になっていた。秀雄はカリフォルニア大学バークレー校で心理学の講義を聴講したりしながら、渡仏の日を待ち望んでいた。バークレーのキャンパスには、国際規模のギリシャ劇場が1903年に開設されており、そこで公演した有名人の一人がサラ・ベルナールである（E. Henry, S. Rideout, and K. Wadell, *Berkeley Bohemia: Artists and Visionaries of the Early 20th Century*, Gibbs Smith Publisher, 2008, p. 86.）。

14）　熊本の地元の有力者・津田静一が1885年から87年のロンドン留学中に神智学を知り、オルコット招聘に尽力していた（吉永進一「木村駒子と観自在宗」http://archive.is/BZ7Wh、2018. 8. 31 閲覧）。オルコット招聘運動は平井金三を中心に起こり、1887年から89年は日本で〈欧米仏教〉ブームが起き、その後の1893年のシカゴ万国宗教会議につながる（吉永進一「はじめに」『仏教国際ネットワークの源流──海外宣教会の光と影』（中西直樹、吉永進一編）三人社、2015年6月、65頁）。

ベサント、ポイントロマのアメリカ神智学協会の本部のこと、そしてオークランドの支部について聞かされた。当時、この友人Hはオークランドの神智学協会支部の図書館で『ウパニシャッド』（古代インドの哲学書）を借りたりしていた。そしてHは《降神術の「精霊教スピリチュアリズム」》がアメリカで大変なブームになっており、サンフランシスコで盛んに行われていることを木村に話し伝えた。降神術とは、つまり人間の霊魂を呼び出して未来の預言や過去のことをあてさせる類の術である。Hは、狭い入り口に青い灯火をともして、ぞっとするような中でそんな心霊術を行うことが流行していること、そしてH自身が実際に降霊の現場を何度も見たということを伝えた。[15]

　また、Hはメリー・ベイカー・エディの設立した「クリスチャン・サイエンス」についても語り、そこでは病気の治療をしているのだと説明した。それを聞いた当時の木村は、宗教が病気の治療をするようなことは下品で大嫌いだと思ったらしいが、ただし人間の霊魂には関心があった。[16]

　その次にHは、神智学協会支部のオークランドの図書館で《印度のタントラと云ふ、秘密結社の監督》に出逢ったことを木村に告白した。そして決して他言しないように、と約束させたうえで、《神秘の力を見、神秘の力を得られる》から一緒に会いに行こうと持ちかけたのである。木村は「神秘の力」といった話には半信半疑であったようだが、「インドの秘密結社」という点には歓喜した。というのは、木村は熊本での幼少期、原抱一庵はらほういつあん（1866-1904）の「残月塔秘事」と題した秘密結社のエピソードが織り込まれた

15）　このあたりの経緯は『観自在宗』に詳述されており、神智学については「霊智学セオソフィ」と記されている。

16）　木村駒子『観自在宗』前掲注 2 、114-118頁。

新聞連載小説[17]を愛読していたからである。現代でも多くの少年
少女たちがSFに関心をもつが、木村秀雄もまた、神通力や心霊術
や秘密結社に憧れをもっていた。

そのような経緯で、木村とHが会いにいったのが《秘密結社の
監督》こと、フロックコートを着たピエール・アーノルド・バー
ナードであった[18]。(野口がオックスフォードでの講演に着て行き白眼
視されたフロックコートである。) バーナードは前述したように、謎
のハタ・ヨーガ行者ハマティから指導を受けてオークランドで開
業する叔父を補助しているうちに、霊術家として西海岸界隈で注
目されていった人物である。バーナードはインドを実際に訪れた
ことはなかったが、自分は20年間インドで修行をし、本当の年齢
は54歳だが修行によって若返ったのだ、などと説明した。木村た
ちはバーナードから神秘家の素質があるとそそのかされて、その
秘術に引き込まれた。

《神秘的憧憬に生きるもの》と見込まれたHと木村は、バーナー
ドから薬剤をつかったイニシエーションをうけ、幻覚作用(彼ら
の言うところの「イマジネーション」)を体験することとなった。そ
のような宗教的イニシエーションによって、《神境通(しんけいつう)》といった仮
死状態を続けることができると、彼等は教えられ信じたのであ
る。[19]

Hと木村は、実際のところ、その薬剤のせいで死にかけている。
薬の作用で幻覚が見え、発狂したようになって寄宿舎の友人らに
も相当の迷惑をかけた。しかし、生死をさまよいながらも幻覚を

---

17) これはコナン・ドイルの「クルンバーの謎」の翻案小説で、インドの僧が神
　　秘術で英国の武官を悩ますという話が出てくる点に、秀雄は惹かれていた。
18) オークランドの19番街ブロードウェイの裏手のアパートでバーナードが待っ
　　ていた。バーナードは毎回居住先を変えて秘密を守っていた。
19) 木村駒子『観自在宗』前掲注2、129頁。

経験したことが《普通の意識より外に、その意識より、全く別の
働きのある自分の力がある》[20] という〈霊魂〉の存在を確信する
境地に至った、という。

　当時の霊媒者や宗教家たちは、現在よりも自由に麻薬を使って
おり、トランス状態に入ったり、無意識とトランスの往き来を体
験したといえる。（神智学教会の始祖ブラヴァツキーも、阿片や大麻
を使用したといわれている。）木村秀雄は、《確かに神秘的英霊たる
の自覚を得ました、いままでの私の宗教的、芸術的生活に神秘的
生命を投入したやうなもの》[21] と述べていた。

　このようにバーナードからタントラの教え（「七段の修行」）を伝
授された木村は、日本での布教をするようにとの神託をうけて、
1905年11月に日本に帰国した。

日本における「観自在」の布教活動

　日本での布教を期待されていた木村秀雄は、日本にもどってす
ぐに黒瀬駒子（1887-1980）と恋におちる。生粋の舞踊家であった
駒子は、少女時代から霊的治癒力があったらしく、自らの霊力を
信じていた人である。そして、愛と情熱にあふれた、並々ならぬ
行動力ある女性だった。以後、秀雄にとっての駒子は、彼の霊力
と思想の源となり、なくてはならないミューズとなったのである。

　駒子については、秀雄よりもその活躍が知られている。とくに
初期フェミニズム運動や日本新劇史のなかで触れられる存在であ
る[22]。簡単に経歴を紹介しておくと、秀雄と同郷の熊本生まれの駒

20）　前掲注2、136頁。
21）　前掲注2、144頁。
22）　『第三帝國』という雑誌には、当時、岩野泡鳴、中村孤月、小川未明、浮田和
　　民、大隈重信、安部磯雄、後藤新平などの、政治経済をふくめた芸術・哲学
　　の新しい評論が掲載された。そのような面面に混じって木村秀雄が独自の思

子は、3歳のころから三味線の師匠であった祖母から本格的に日本舞踊や三味線を仕込まれて技芸を体得し、家の没落にともなって8歳ごろから「チンコ芝居」と呼ばれる子供歌舞伎の舞台に立って巡業もしていた。一方、舞踊の確かな技術を得ていながら、駒子は学習意欲も人並み以上に強く、学校生活に憧れて苦学し独学した。何度も援助者らに結婚を求められているが、断固拒否し、経済的自立をめざして、自由意志・自由恋愛を通そうとした〈新しい女〉でもあった。紆余曲折のなか、秀雄の叔父にあたる資産家・木村万作の後援を得て熊本女学校を卒業し、キリスト教や心霊学に関心を持っていたことから、さらに青山女学院の英文専門科で学んでいた。渡米に憧れていた駒子は、オハイオ州ミルズカレッジへの留学の夢が手に届く直前に、ちょうど帰国してきた秀雄（自分の教育援助者の甥）に逢い、恋におちた。高度な芸術は宗教性と融合したものであるという思想で二人は即座に意気投合したのである。駒子は、渡米よりも秀雄との恋を選ぶ。二人の恋は周囲の激しい反対にあったが、押し切って同棲しはじめ、駒子は子供を産んだ。[23]

　アメリカ帰りの木村秀雄は駒子と1906年に故郷の熊本で「日本心霊研究会」をおこし、神秘術（催眠療法のようなもの）と治療の布教を始めた。だが、旧弊な土地で噂の絶えない木村夫婦の活動

想体系を「観自在」として披露しているのである。

23) 川上貞奴や松井須磨子にも劣らぬ舞踊の実力と強烈な個性をもった木村駒子の人生については、もっと研究が進んでも良いと思われる。駒子については、松本克平による「浅草新劇の草分け」『日本新劇史──新劇貧乏物語』（筑摩書房、1966年11月、385-405頁）や『私の古本大学』（青英舎、1981年）があり、また藤田富士男による伝記小説（『もう一人の新しい女──伝記小説木村駒子』かたりべ舎、1999年5月）がある。

はあまりうまくいかなかった。駒子がそのころ『熊本評論』（幸徳
秋水に共鳴する社会主義者らの有力な地方紙）に革命劇などについて
の独自の論考を掲載したことで、内務省警保局から社会主義者の
レッテルを貼られたことも、故郷に居づらくなった理由のようで
ある。そして夫婦は1909年に上京して「観自在宗」を開設した。

　「観自在宗」は霊術治療をうたった新興宗教的な活動で、そのと
き木村秀雄は28歳、駒子は23歳であった。駒子は腕に針を刺して
も血も出ないし痛みも感じないという法術を公開して秀雄ととも
に布教活動をしている。「観自在」とは、なんのことだろうか。
1914年、木村秀雄は、茅原華山（1870-1952）が主宰した『第三帝
國』[24]のなかに「観自在機」と題して、宗教・哲学・芸術・科学上
の根本問題を論じている。それによると「観自在」とは「イマジネ
ーション（imagination）」の意訳であり、「仏典大仏碩首楞厳教」[25]
の擬人化されたものだと書いている。秀雄の「イマジネーション
（imagination）」に関する説明は、話があちこちに飛んで理論の本質
が不明瞭だが、彼のなかで重要視しているとみえるのは、釈迦牟
尼、スエーデンボルグ、そしてウィリアム・ブレイクの《神秘的
天才》である。とくにブレイクを自分と比較して評価し、ブレイ
クのいう《All things exists in the human imagination》が真理だと
言い、自分はそれを《万有は観自在に入つて意味を生ず》と捉え
ていると言う[26]。彼のいう「観自在」は、ウィリアム・ブレイクが
『地獄の箴言』（Proverbs of Hell）で語った《Imagination の人の目に

24）　雑誌『第三帝國』は「生活を基礎」として政治・経済・芸術・哲学を評論す
　　る思想運動のメディアで、宗教家の寄稿は木村秀雄のみである。
25）　「首楞厳教」とは、4〜5世紀に鳩摩羅什が漢訳した、禅法の要義を説い
　　た教である。「大仏頂如来密因修証了義諸菩薩万行首楞厳経」の略（『日本国
　　語大事典』）。
26）　木村秀雄「観自在機」『第三帝國』1914年6月16日、16頁。

は自然は Imagination それ自身である》といった強い意味での想像
であり、それをさらにおし進めて《此世界が Vision の世界》であ
り《Nature を超えて永遠に活躍する Imagination を考え》ると主張
したのである[27]。また、《真言密教を除いて、他の禅的修練、瑜伽
的観想は間違つて居る、殊に禅くらい馬鹿なものはない》[28]と書
いていたことにも注目しておきたい。木村秀雄の思想や宗教的指
向の源泉は、ブレイクであったりインド思想であったり、真言密
教にも近いものであると説明されたり、また、エマソンの哲学と
王陽明のそれを同一視して自らの宗教認識を説明していたような
面もある。それらは、一見ばらばらなようだが、当時の時代思潮
にある要素や思想家を総動員させた理論付けであったともいえる。

　また、松本克平によると、観自在を唱道する前後の秀雄は、『帝
王』という詩雑誌を 2 冊発刊していたこともある[29]（この詩雑誌に
関しては詳細が分からないが1911年頃だと思われる）。秀雄にとっての
「観自在」の宗教的活動が、詩や舞踊など幅広い芸術と宗教を霊的
に融合させる取り組みであったことは間違いがない。

　「観自在宗」という霊術的活動は、一時期は政治家から庶民まで
広く知られた[30]。各地の多数の新聞で、木村秀雄の観念的な施術が

---

27)　木村秀雄「観自在機」前掲注26、16頁。この秀雄が語る「観自在」の意味に
　　ついては、のちに駒子も記している（木村駒子『観自在宗』前掲注 2 、182
　　頁）。

28)　木村秀雄「観自在機」前掲注26、16頁。

29)　松本克平「浅草新劇の草分け」『日本新劇史――新劇貧乏物語』前掲注23、
　　387頁。この詩雑誌『帝王』については、欧米を放浪した島田清次郎（1899-
　　1930）の小説のなかに出てくる。秀雄をモデルにした登場人物を中心に木村
　　夫妻のニューヨーク滞在中の様子を描く島田の小説『我が世に勝てり』（新潮
　　社、1923年 2 月）は、秀雄の作った小冊子『帝王』を大幅に引用して創作さ
　　れているという。

30)　政治家の河野広中（1849-1923）や沢来太郎（1866-1922）が帰依していた（霊
　　界廓清同志会編『靈術と靈術家：破邪顕正』二松堂書店、1928年 6 月、42頁）。

取り上げられている。ただし、「観自在宗」の心霊術を懐疑的にみて非難したり嘲笑したり、若き美貌の駒子をスキャンダラスな女として好奇の目で捉えている記事も少なくはない[31]。

　ただ、駒子をスキャンダラスな広告塔にしてしまっていたのは、秀雄自身だったかもしれない。1915年には知識人層の思想雑誌『第三帝國』に「木村駒子論」を連載し、《男の情欲をそゝる顔》、《肉の味》といった妻の性的な話題を綿々と書き、非打算的な性格や突進的に熱烈な性格など、駒子の〈脳〉を理性的ではないとする分析を子細に論じている[32]。自分は童貞であったが駒子には他に二人の男との肉体関係があったことや、自分と出逢う前には同性の友人と恋仲になっていたことなどの暴露は、何のために必要だったのか。秀雄にとっては、妻という存在を真剣に研究している一環だったのだろうが、スキャンダルとして受け取られることは避けられなかった。〈新しい女〉であった駒子の名誉のために、秀雄の書いていることから2点だけ挙げておくと、結婚しても生活できないかもしれないと躊躇う秀雄に、自分があなたを養うからと駒子が宣言したこと。また秀雄は《駒子は舞踊に活くべき女である》と何度も主張し、《霊魂と肉体を材料として渾然たる芸術を創造せよ。》と妻に再三のエールを送っていることである。二人は相互に必要な存在だったのだろう。秀雄は駒子の性格を次のように捉えている。

31）　駒子を《千里眼婦人以上の神通力ありて人間の諸病を全治せしむなどと馬鹿ばかしき事》と評したり、神仏の暗示があるという白木綿の単衣を着た熊本出身の少年を取り立てているとして《馬鹿臭い山師》（「東京朝日新聞」1910年6月11日）と称するなど、非難や嘲笑の向きもあった。

32）　木村秀雄「木村駒子論・論の緒」（『第三帝國』1915年5月15日、22頁）、「木村駒子論（顔の形）」（『第三帝國』1915年5月25日、24頁）、「木村駒子論（肉の味）」（『第三帝國』1915年6月5日、25頁）、「木村駒子論・悩の渦1」（『第三帝國』1915年6月15日、25頁）、「木村駒子論・悩の渦2」（『第三帝國』1915年7月5日、24頁）。

　かく東洋的な薫育を保ちながらそれを静かに楽しむことが出
来ない脳髄の旋渦は次へ次へと転移する駒子は趣味を味わっ
て静かに人生を感ずる底の東洋的哲学的の深みを欠いてゐる。
けれども駒子は直感的性能を具してゐる東洋的の純なる直観
性を具有する女である。駒子は真言密教の天部の一たる伎芸
天女の法を修した。そして全く狂者のやうな幻覚に捉へられ
て苦んだ。駒子は自ら日本に於ける唯一の女神秘家を以て居
り、幻想より幻想を辿つて現身無感の境に入つた駒子の直観
性は現意識の作用を超越して或る神秘的霊魂を創造しやうと
してゐる。[33]

　東洋的、伝統的な女性美を表現する技芸を体得しながらも、駒子
の直観による行動力は、次々と新奇に向かって進み、ひとところ
に収まることができないということである。また秀雄がいかに妻
を神秘のミューズに奉ろうとしていたかも分かる。夫・秀雄が非
常に嫉妬深かったことも当時の新劇界の噂であった。夫・秀雄は、
駒子がいてくれてこその〈宗祖〉であったようにみえる。

駒子の独特な実践活動

　大正期は、新興宗教や宗教家・宗祖がつぎつぎと出現した時代
であるが、それらのなかでも、木村夫妻の存在を本書で取り上げ
るのは、とくに駒子という女権運動や舞踊を宗教とともに意識し
ていた存在のためである。駒子は子供二人（息子・生死のほかに、
夭折した娘・愛子がいた）を抱えながらも舞台芸術への強い意欲を
見せ、山田源一郎の音楽学校へ通い、柴田環（のちの三浦環）に個

---

[33]　木村秀雄「木村駒子論・悩の渦 2」『第三帝國』1915 年 7 月 5 日、24頁。

人指導をうけて帝国劇場歌劇部の募集に応じた。（帝国劇場歌劇部
は、欧米各地での公演で有名になって帰国した川上貞奴が創設を企画
した女優養成所である。）芸術的な面（とくに舞踊や三味線）でも知
性の面でも、経験豊富な駒子は他の女優の卵たちよりも優れてい
た。だが、子持ちの駒子に対しては批判が起こって内部衝突があ
り、また夫も駒子には観自在の布教や育児に専念してほしいと考
えていて反対したため、駒子は入団を辞退せざるをえなかった。
要するに、さまざまな社会的圧力を受けて、正統派ともいえる帝
国女優にはなれなかったのである。

　じつは、同じ時期に柴田環の元で学んでいたのが、伊藤道郎であ
る。第一章で述べたように[34]、東西融合のモダンダンスの舞踏家と
して国際的に注目された日本人である。伊藤はその後、ニューヨ
ークで駒子と再会し、彼女の舞踊活動の継続を助けることになる。

　帝国女優になる道は閉ざされたが、駒子は夫の嫉妬や反対にも
めげずに浅草で舞台にあがり、社会主義者の女優として評判をと
った。また舞台への意欲とともに、女権運動の先頭に立って社会
活動にも尽力し、1913年に西川文子や宮崎光子とともに「新真婦
人会」を設立している。これは、独身女性で構成される「青鞜」
に対抗した、既婚女性たちによるフェミニスト運動だった。「新真
婦人会」メンバー合同執筆の『新らしき女の行くべき道』（1913）
のなかで、駒子は《劇場は私にとつて美の宗教の殿堂であり、演

34）　伊藤はこの後19歳で渡欧して、ベルリンで偶然にイサドラ・ダンカンの舞踏
　　を見て目覚め、ドレスデン郊外のエミール・ジャック＝ダルクローズの学校
　　に入学。第一次世界大戦でロンドンに避難しているとき、パウンドやイェイ
　　ツらとともにフェノロサの能の遺稿の編集に携わる。そしてイェイツが能に
　　インスピレーションを受けて書いた戯曲「鷹の井戸」を演じたことから人気
　　を博す。その初演は1916年4月。第一次大戦後はニューヨークで活躍し、木
　　村夫妻らのニューヨーク滞在時に交友する。伊藤は野口とも親しく、野口の
　　息子・イサムを父の代わりに世話した人物でもある。

劇は美の宗教の宣布である》[35]と書いている。《東海の辺土我が日本に偉大な活劇が起る》といい、それは《帝国主義も民主主義も唯物論も唯心論も満天の大波に一洗し、人間本来の面目を赤裸々に露呈し来つて人文の極地を原型せしむる一大活劇》だという[36]。駒子独自の宗教・芸術・女性論の融合の論理には、注目すべきところがある。

　　観自在に達した人が事実上の神であります、女性は天来、神秘的研究者として又、之を発現するに適当なる観念に富んで居ります。過去の宗教に慊（あきた）らない現代の婦人は自覚し、修養して自ら想像した宗教をしんじなければなりませぬ、一度科学を通り越して錬磨されたる思想は遂に観自在境に達して心霊の曙の光を観る、ゼームスの流るる意識か、ベルグソンの刹那時間の連鎖か、心霊の高潮何処まで其の澎湃（ほうはい）の流を続くるのでせう。（中略）事新らしく一仏蘭西の哲学者を傭ひ来る必要はない、三千年前に大聖釈迦牟尼は既に已に諸行無常と喝破して居るではありませんか、この諸行無常の四字中に、進化論も、創造論も胚胎して居ます、西洋の学者は印度哲人の一言一句に大なるヒントを与へられて居ると云はなければなりません、私は此婦人問題の如きも自ら心霊に依つて創造されたる解釈や批評を下し、西洋の此の学者がこう云つた、彼の学者がああ云つたなどと、誰かのするやうな真似はしたくない、[37]（ルビ、著者）

35）　西川文子、木村駒子、宮崎光子『新らしき女の行くべき道』洛陽堂、1913年4月、125頁。
36）　前掲注35、118-119頁。
37）　前掲注35、133-134頁。

心理学者ウィリアム・ジェームスの「意識の流れ」理論や、ベルグソンの時間と空間の哲学をあげながらも、フランスなどの当世哲学やインド哲学に関心を寄せている西洋人たちに倣う必要はない、日本人としての自分たちの見識によって、宗教と芸術を樹立できると説いているのである。また、女性にも心霊の特権として、男性とは別の、女性独自の宗教・哲学・芸術がある、と駒子は主張していたのである。夫の唱道する「観自在」を持ち出しながら説明する駒子の哲学と主張は、宗祖である秀雄の文体よりも優れていたように思われる。

> 私は女性は男性よりどうしても、神秘的性能が 夥 いやうに考
> へます、けれども、古来、大なる神秘家は男性に多く女性に
> 少ない、それは本来の性能を発揮しないからだと思ひます。[38]

駒子は人間の神秘的性能の修練のために〈舞踊〉という芸術のなかで本気で取り組もうとしていた。しかしこの時代、何か新しいことを主張する女性たちには好奇の目が向けられ、実質的にも精神的にも自由が制限されたのは事実である。「青鞜」がそうだったように、日本の女権運動家はスキャンダルを引き起こすものとして嘲笑的に扱われた。とりわけ、宗教や舞踊という観点での駒子の活動が、好奇の視線を向けられることは避けられなかった。駒子のような経歴の女性の舞踊活動や〈女優〉という職業が、日本社会のなかで軽視された時代であったことも忘れてはならない。

　1917年5月23日、木村秀雄は、駒子と9歳の生死を連れて再びアメリカに渡り、心霊研究や霊媒研究などを講演して巡業する。

---

38)　前掲注35、162頁。

ニューヨークについてからの2年間は、ブロードウェイ通りのホテル暮らしであった[39]。駒子は、霊媒師（正確にいうと現地では「神秘治療家」"mystic healer"）として、また舞踏家として女権運動家として活躍することになる。

　なぜ舞踊家であった駒子が、霊媒師のような振る舞いをしたり、社会主義や女権運動につながっていったりするのだろうか。ここで、アメリカで駒子が目指していたものが何であったかを考えてみたい。結論からいうと、駒子はアメリカの思想に触れて、ダンスによる宗教性の復活と女性の解放を体現しようとした初期日本人だったといえるのである。駒子は《真の芸術家は予言者であり得る》[40]と語っている。

　では20世紀初頭のアメリカで、舞踊（dance）はどのような位置にあったのか。木村秀雄が1904年に渡米して滞在した頃のオークランドのボヘミアン・コミュニティでは、舞踊は重要な革新的な芸術として注目されていた。もともと社交ダンスはアメリカの中流階級の少年少女にとって必須の習い事だったが、当時、社交ダンスに勝るとも劣らず人気になりつつあったのがバレエや表現舞踊（"Interpretive dance"）であった。とくにオークランドは、当時世界的な寵児として有名になっていたイサドラ・ダンカンが幼年期

39）　木村生死の回想によると、ニューヨークに到着してから2年間は、94th St. Broadwayの Hotel Bonta に住んでおり、最初はそのあたりの上品な地区の公立の小学校に通った。同じホテルに、マダムバタフライで有名になっていたオペラ歌手の三浦環も住んでいた。その後2ヶ月間、貧民街の安アパートに住んで、非常に環境の悪い区域の小学校に通い、その後またリバーサイドの高級な界隈に引っ越した。その結果、英語の階級方言を体得し、それからの人生で役立てている。（「幼時から環境に恵まれて」『英文記者：ベテラン十人の体験』研究社出版、1965年4月、63~64頁。）

40）　木村駒子『舞踊藝術教程』建設社、1937年2月、7頁。

を過ごした地であり、新しい表現舞踊が流行していたのである。[41]
ダンカンは、古典的なバレエシューズやタイツを脱ぎ、自然と人間を賛美するかのように、感情のままに即興的で自由な表現をすることから「裸足のイサドラ」とよばれた舞踊家である。それは因襲や伝統から身体を開放する象徴的存在であり、神秘なる女性の自然的表現でもあった。彼女は自伝のなかで、真のアメリカ人は、《本当は理想家で神秘主義的なのだ》といい、《ダンスによる宗教の復活をもたらすため》、《動きによって人間の体の美しさと神聖さを知らせるため》踊る、との自説を語っている[42]。裸足で踊るダンカンの新しいスタイルと舞踊哲学は、当初はスキャンダラスだともみなされたが、その後のモダンダンスや舞台芸術に多大な影響を与えていったことはいうまでもない。

　イサドラ・ダンカンや20世紀のモダンダンスの世界的流行を牽引したものとして、身体表現の教育者ジュヌヴィーヴ・ステビンスがサンフランシスコにいた点も付け加えておきたい。ステビンスの教育活動が19世紀末のアメリカ女性の身体表現や芸術文化に大きな影響をもたらし、ダンカンのような世界的成功者が生まれるのである。前述したように、ステビンスの表現芸術は、同時にヨーガの呼吸法を含むものでもあり、東洋の神秘やブームと重なり合った新潮流であった。

　ダンカンは、アイルランド人の両親のもと舞踊や音楽を学び、

---

41)　1915年にはバークレー市の管理リストに六つのダンススクールがあり、オークランドにはさらに多くのダンススクールができている。ダンカンの兄たちもオークランドでダンスを教えたり、ギリシャ芸術やパリの手工芸クラフトを学ぶ学校を作っていた（Henry, Rideout and Wadell, *Berkeley Bohemia*, pp. 94-96.）。

42)　イサドラ・ダンカン、山川亜希子訳『魂の燃ゆるままに──イサドラ・ダンカン自伝』冨山房インターナショナル、2004年5月、101、107頁。

貧しいなかで幼い頃からあちこちの舞台で踊った女性である。木村駒子も同様に、幼くして日本舞踊をたたき込まれて貧しい幼少期から舞台に立った舞踊家である。じつは駒子はダンカンに対しては、美的表現に対する新文明を代表してはいるが《我流のロマンチスト》であると述べて、それほどには高く評価していなかったように見受けられる。駒子はダンカンよりは、伝統技術の習得を重視し、自らの舞踊技術の細部に自信を持っていたようだが、客観的にみれば二人には共通する部分があったといえよう。

　つまり、舞踊が祈りであり宗教であると考えたのは、駒子の独自の発想であったわけではなく、当時の国際的なモダンダンスの最先端の傾向であった。アメリカで模索されていたモダンダンスのなかに、東洋の要素は個々の伝統にこだわらずに、混交的に取り込まれていた。アメリカのモダンダンスの祖であり、インドやエジプトなどの東洋の舞踊を研究したルース・デニス（1879-1968）は、クリスチャン・サイエンスや神智学を学び、バーナードにデルサルト技術を学んでいたことでも知られる。ヨーガ導師のバーナードも女性信者たちにヨーガと同時に舞踊の意義を説いた。踊るという芸術は、人間の魂を伝え宇宙の声を伝える〈霊媒〉として、女性たちに主導された芸術として、女性たちが身体を通して主体として語るという点で、声を獲得したフェミニストたちの活動でもあった。

　結論からいうと、アメリカで世界トップクラスの舞踊家たちと交流し、活躍の場を広げようとした駒子の社会理論や宗教性の融合は、渡米前も帰国後も日本国内ではあまり評価されなかったが、秀雄の霊術師と、駒子という役者＝舞踏家＝霊媒＝女権運動家の活動は、決して突飛な組み合わせではないのである。〈神秘〉

に大きな注目と期待をもった時代には自然に導かれる思想であっ
たといえる。理論的にはステビンスやダンカンのような当時の国
際的な先端的活動と比較して、再評価されるべき点があると考え
る。

アメリカにおける精神治療の布教活動

　1917年に再渡米した秀雄は、まずサンフランシスコで、駒子と
息子とともに円覚寺の釈宗演から紹介されていたラッセル夫人や
植原総領事らに面会して、西海岸の移民者たちの苦しい現状を知
り、その後すぐに、オークランドから寝台列車に乗って5日間の
大陸横断をし、ニューヨークに向かった。ニューヨーク到着後、
彼はすぐに詩人エドウィン・マーカム（当時アメリカ詩人協会の会
長になっていた）を訪問した。マーカムは木村秀雄の唱える「観自
在」を Creative Imagination と英訳して、その後4年間にわたり、
秀雄が英語でおこなう説法を一流の詩的なことばで端的に訳出し
て助け、また、駒子の舞踊公演には必ず訪れて、詩的讃辞を与え
て支えた。

　当時のニューヨークでは、かつての秀雄のタントラの師である
ピエール・アーノルド・バーナードが、数ヶ所の居住空間をもっ
て信者を増やしていた。バーナードは1909年からニューヨークで
ヨーガ指導を中心とした活動をはじめ、20年代30年代にはニュー
ヨークの中産階級の女性たちに信者を増やしていた[43]。そのうちの

---

43)　日米の禅の普及と交流を助けた紹渓尼ことルース・フラー・佐々木（1892-
　　1967）も、もともとは、シカゴの弁護士であった最初の夫エドワード・ワレ
　　ン・エヴェレット（1872-1940）とバーナードに学んで東洋の宗教に関心を持
　　ちはじめ、のちにニューヨーク禅堂の佐々木指月（曹渓庵）に師事するよう
　　になる。これらに関しては、紙面を改めたいが、指月は大正期後半の一時期
　　に米国帰りのモダニズム作家として作家活動に励み、野口米次郎を評価して

一人のバーナードを崇拝する女性が、駒子の最初の舞台マネージャーとなった。

　ブロードウェイのアスター劇場で駒子は人気を得て、雑誌などにも取り上げられた。また日本舞踊を学びたいニューヨークの若者たちが駒子のもとを訪れるようになっていた。

　1918年2月にはニューヨークのカーネギー・ホールで、ジャパン・ソサイアティ・シビックフォーラム主催の公演「スピリット・オブ・ジャパン」に出演している。そのときには、ミラーの「丘」時代の友人の詩人管野衣川に幽霊役を頼みこみ、無理矢理に舞台に上がらせている[44]。（管野もまたサンフランシスコを離れて、元妻ガートルードとかつての後輩芸術家石垣栄太郎が同棲するニューヨークに住み始めていたのである。）

　ニューヨークでの駒子は女権運動の側面でも引き続き活発な活動をおこなった。1917年10月には、婦人参政権のニューヨークの示威行列に日本代表として参加して、木村秀雄は甲冑、駒子は和服に丸髷という出で立ちで行進した。その行列には、社会主義者の片山潜[45]の娘安子もお姫様姿で行列に加わり、父の片山潜も日本服の正装である裃を着て、ぎこちない様子で行列に参加し

いた人であった。バーナードの人生と活動については、ロバート・ラブ（Lobert Love）の *The Great Oom*（2010, Viking, p. 30）がある。

44）木村駒子『舞踊藝術教程』前掲注40、341-342頁。

45）片山潜（1859-1933）は1884年から13年間苦学の米国留学をし、1903年にサンフランシスコ社会党を結成。日本に帰国して最初の労働組合運動を組織し指導していたが、大逆事件や投獄を経て、1914年9月にアメリカに亡命。1916年にニューヨークに移り、社会主義活動に参加し、トロツキー等と交流、アメリカの共産党結成に協力。1921年にモスクワに行き、コミンテルン中央執行委員となりモスクワで死去する。このころの片山は、声楽を学ぶ娘のために付き添うということを隠れ蓑にして渡米し、アメリカ人の家庭のコックをしたりしながら密かに社会主義の活動を続けていた時期であった。

た[46]。

　当時は、日本人の血統であるとか、日本を訪れたことがあるというだけの書き手がたくさんおり、日本的なものは何ら疑いを持たれずに注目され称賛された時代だった。金子光晴も、「日本人」という名を使って国外を《紋付きに羽織り袴でのしあるいている》似非日本人芸術家が多かったと回想している[47]。駒子一団のニューヨークでの活躍や生活も、そのような中の1例とみることもできるだろう。だが、同時代の舞踊家たちへの貢献の意義や、その時代の空気そのものを見直してみる価値はある。

　秀雄の妻としての木村駒子はやはり舞踊だけに集中させてもらえる環境にはなかったようである。秀雄は日本の神秘治療家（"mystic healers" of Japan）として、貧しい人々に心療行為をほどこす慈善医療活動を行って、それなりに現地で注目されており、駒子はその活動を支えていく。徳冨蘆花が夫婦で欧米を周遊して、1920年2月にニューヨークに滞在したとき、木村夫妻と交流した様子を記録している。当時の木村夫妻は息子の生死と、日本女子大学出身の若い弟子と、4人でマンハッタンのリバーサイド97丁目の建物の1階部分に部屋を数室借りて住んでいた。ニューヨーク生活3

---

46) これについては、徳冨蘆花が《嬢の為に真面目に上下姿をした父としての片山君が私の心を動かす》と同情的に書いている（徳富健次郎『日本から日本へ──西の巻』金尾文淵堂、1921年3月、1323頁）。片山潜については、野口米次郎も「片山潜に逢った話」（『話』文藝春秋社、1935年1月1日）を書いている。

47) 金子光晴『人よ、寛かなれ』青娥書房、1974年4月（『金子光晴全集』九巻、188頁）。金子はこのなかで、「日本」を喧伝して闊歩する海外の日本人の多くが《天下の士と交ったというだけで終わっている》のに対して、野口米次郎という人は《俳諧や、日本短詩の精神の沈黙の力の無限の広がりを紹介した功績》のある特別な人である、と評価した。このような当時の「日本」称賛の傾向はアール・マイナーも指摘している（Earl Miner, *The Japanese Tradition in British and American Literature*, Princeton UP, 1958, pp. 186-187.）。

心療治療家・木村夫妻。
【出典：*Evening Star*, 17, Aug., 1919】

年目の木村夫妻の精神治療は繁盛していたようである。羽織袴姿
で診療する秀雄は、医者に見離されたアメリカ人患者を元気にし
たり、手が動かない、足が立たないといった患者を治療したりし
ていた。梅毒などが疑われて精神的な治療での改善の見込みがな
さそうな患者には、初めから治療を断っていたという。

　現地で木村夫妻を訪問した徳冨蘆花は《米国人は実際的人間だ
から、治療の効果をさへ見れば、直ぐ信ずる。而して信じた上は
任せて、何週間でも何月でも云はれるままに通ふて来ると云ふ。》
と書いている[48]。木村夫妻にとっては、疑い深い日本人を相手にす
るよりも、東洋的神秘を信じやすいアメリカ人を相手にするほう
が、やりやすいだろうという意味である。しかし蘆花は、木村の

---

48)　徳富健次郎『日本から日本へ──西の巻』前掲、1322頁。木村生死によれば、
　　このころは 3 度目の住所で、Riverside Drive と West End Ave. の間の高級な界
　　隈だった（木村生死「幼時から環境に恵まれて」『英文記者：ベテラン10人の
　　体験』前掲注46、66頁）。

腕に針を刺す木村駒子。
《木村駒子夫人の腕に針を刺しても血も出
なければ痛みも起こさない。彼女は、集
中力に基づく哲学的な日本宗教の師で、
どんな病も治すことが出来ると願い信じ
ることで力を得る。木村夫人は現在ニ
ューヨークに滞在中で、なかなか治らない
場合の治療は無料。》との写真付き記事。
【出典：*New York Tribune*, 28, Sep., 1919】

治療や効果について、実際に
はどう考えていたのだろう
か。[49]

　当時のニューヨークには、
大きな組織になっている日本
人会もあり、女子留学生を含
めて多くの日本人が滞在して
いた[50]。徳冨蘆花のニューヨ
ーク滞在時には、アメリカ各
地を講演活動中の野口米次郎
もコロンビア大学での講演の
ためにニューヨークに滞在中
だった。蘆花と野口は1920年
1月31日の日本倶楽部での講

---

49)　徳冨蘆花は木村夫婦と同郷の熊本出身で、蘆花の叔母が経営した熊本女学校
　　　出身の駒子の舞台を観ていたし、『観自在術』を読んでいた。木村の《精神治
　　　療を疑わない》といった言葉も残してはいる。それが新宗教にも好奇心があ
　　　ったためなのか、同郷のよしみなのか、真意はわからない。クリスチャンの
　　　蘆花は、キリストの復活を信じてパレスチナへ旅をして世界一周をしていた
　　　人物なので、宗教に好奇心をもっていた。また、クリスチャン・サイエンス
　　　の熱心な日本人信徒がホテルに訪れて長時間の説得をしても、とくに気にし
　　　てはいない。蘆花は、キリストのラジウム治療を疑わなかったし、木村の精
　　　神治療のみならず、当時の日本で流行していた岡田虎二郎の静座法について
　　　も関心を示している。（徳富健次郎『日本から日本へ──西の巻』前掲、1324-
　　　1326頁。）
50)　女子留学生も多くおり、ジャーナリズムや女性学を学ぶ小橋三四子（1884-
　　　1922）、巌本善治と若松賤子の娘や、他にも心理学、児童研究、数学、助産学
　　　など様々な学問をする日本女性たちが、日本男子学生に臆すること無く生き
　　　生きと勉強していた（同前、1310頁）。野口の友人ホーレス・トラウベルを慕
　　　った長沼重隆や、ブルックリン美術館で日本語助手を務めていた竹友藻風も
　　　この時期のニューヨークに住んで居た若者である。

演会には一緒に登壇して演壇で握手をし、聴衆をどよめかせている。[51)]

5-2　宗教、舞踊、社会意識

舞踊家としての自負

　さて、駒子の舞踊家としての側面はニューヨークで十分に生かされなかったのだろうか。駒子の日本舞踊の技術と才覚はニューヨークの舞踊家たちの間で一定の評価を得ていた。1924年12月のネイバーフッド・プレイハウス[52)]での舞踊劇「日本の正月」は、駒子による創案だった。日本倶楽部からの依頼で作成した舞踊プログラムには、駒子も出演しているが、そこにはネイバーフッド・プレイハウスの若いアメリカ人ダンサーらも出演しており、現地の芸術家たちとの交流が深まっていたことがわかる。当時の駒子はニューヨークの中産階級の金満家たちが集うサロンやソサイアティに誘われる事も多かった。木村夫妻がニューヨークで対面したのは、コナン・ドイル、トルストイ、アインシュタイン、タゴール、イェイツなどそうそうたる著名人たちである。

　また1924年12月26日には、ニューヨークのホテルでアンナ・パブロワ（1882-1931）と面会して親しくなったことも注目される。当時の駒子は、カルカッタ生まれのインド系英国人のロシャナラ

---

51)　野口米次郎は、蘆花の人気小説「不如帰」や、蘆花のパレスチナ旅行に関する英文記事を、1904年、1907年と書いていた友人である。（Y. Noguchi, "Tokutomi's Namiko", *The Bookman*, May, 1904. "Tokutomi in Palestine", *Japan Times*, 23, Feb., 1907.）また、執筆時期は不明だが、徳冨蘆花の自伝である『おもひ出の記』の翻訳も試みようとしていた。

52)　1915年に設立されたオフ・ブロードウェイの小劇場で、現在は俳優養成学校としても知られている。

(1894-1926)[53)]と呼ばれるインド舞踊家に日本舞踊を教えていた。
ロシャナラは、伊藤道郎と同じ頃にデビューし、その頃インドの
歌をうたうラタンデヴィ・クーマラスワミ（1889-1958）[54)]とペア
で出演しており、ニューヨークで有名になっていた。ロシャナラ
は伊藤の紹介で、駒子から日本舞踊を徹底的に学ぶようになる。
駒子は、娘役の歩き方一つについても10回もの講義をおこない、
一歩一指の動きも丁寧に教授している。ロシャナラのほうも微細
に観察して駒子の踊りを科学的に体得したという[55)]。ニューヨーク
でインドの伝統と受け取られる舞踊に、日本の伝統舞踊の要素が
取り込まれ融合させられていたのである。

　過去にアンナ・パブロワの劇団に加入したことがあるロシャナ
ラは、駒子をパブロワに紹介している。駒子の回想によれば、は
じめてホテルを訪問した際、普段ならば、財閥や社交界のティー
パーティや晩餐会に招かれても席上ですぐに踊るようなことは殆
どしなかったが、パブロワの前では舞踊家同士の心境になり、《意
地も見栄もない二人は久しぶりに逢った友達のやうな気安さと懐
かしさ》[56)]を感じて得意とする日本舞踊をいくつか踊った。来日
巡業公演（1922年）をしたことのあるパブロワは、駒子と意気投合
して日本での体験や独自理論について語り合った。その後もパブ
ロワの公演終了後など楽屋に行って話し合ったりする仲となった。
　駒子はパブロワについては、《舞踊の神秘家で、数世紀の伝統を

---

53)　本名はオリーブ・キャサリン・クラドック。父がインド系英国人、母は英国
　　人で、幼少期からインド舞踊を学ぶ。ロイ・フラーやアンナ・パブロワの一
　　団に加わっていたこともあるが、1916年からニューヨークで活躍する。
54)　本名はアリス・エセル・リチャードソン。アーナンダ・クーマラスワミの二
　　度目の妻で、インド音楽を記録しヒンドゥーの歌や詩をうたって英米で活躍
　　した。タゴールやイェイツ、バーナード・ショーからも評価されていた。
55)　木村駒子『舞踊藝術教程』建設社、1937年2月、356頁。
56)　前掲注55、123頁。

もつ完成されたテクニクを通じ、またそれを超越して、個人の感情力に表現を与へた》[57]と尊敬していた。パブロワが古典バレエを個人的表現として輝かせて完成させた舞踊家という点で、高く評価していたのである。

　　舞踊は原始的形態に於て一種の魔法であります。ギリシャのバカナル（＝バッカナール）やイリジャン・ミステリィ（＝幻想的な神秘）に見る舞踊は神々への祈願です。合理主義者に言すれば自然の力、宇宙の不可見の律動力に捧げたものとされてゐました。（中略）舞踊が原始人の間で種族の宗教熱を煽つたやうにアナ・パブロヴァは彼女の魔法によつて文明世界の全般に一種の蠱惑をふり撒いたのです。[58]（括弧内、著者）

バッカナールとは古代ギリシアの渦巻き状の輪舞となって踊り収穫を祝う祭りで、神々への祈りである。自らも日本舞踊の伝統的な舞踊の基礎の上にあるものとして、パブロワには尊敬の念とともに親近感と共感を抱いていた。駒子は自らについて次のように書いている。

　　紐育在住当時は世界最高の舞踊家達と交友し、それ等の希望によつて西洋舞踊と私の日本舞踊と交換教授をしてゐました。勿論特に私の日本舞踊と言ふ所以は、日本の型を崩さず、より繊細により優婉に技法を深からしめ、それに西洋舞踊に於けるが如き統一したる全体のリズムを調和させ、且つ、舞踊

57）　前掲注55、112頁。
58）　前掲注55、105-106頁。

そのものゝ性質を了解するのでありますが、この了解が大切
なものでこの了解は舞踊家の個性となつて現はれるのであり
ます。(中略) 私の日本舞踊は、現今行はれてゐる所謂、新舞
踊の如き非芸術的な存在ではありません。四歳の頃から十四
歳まで毎日殆ど技巧一天張りに叩き込まれた十年間の苦行を
経て文学に入り、心霊問題研究によつて潜在意識の躍動が芸
術に及ぼす影響を知り、在米九ヶ年に亘る西洋舞踊の習得に
よつて錬へ上げた舞踊なればこそ、世界各国のスタアの中に
交り、紐育ブロオドエイの舞台に長期間の公演が続けられた
のであります。[59]

駒子が自らを、正統的な技術的訓練を身に付けた国際的な舞踊家
であると考え、かつ改革者であるとの自負をもっていたことを読
み取ることができるだろう。

帰国後の評価と活動

　1925年7月21日、木村一家は急遽ニューヨークを離れて日本に
帰国した。一家はヨーロッパへ渡ろうと計画していたのだが、駒
子の実弟が死に瀕しているという手紙が届いたためである。この
時またしても秀雄にとって渡欧の夢が阻まれたのだが、もし渡欧
していたら、木村駒子や生死にはまた違う後世の評価があったの
かもしれない。(だが、木村秀雄の気弱さと嫉妬深さは二人の足を引
っ張ったのではないかと思う。)

　米国の新聞では木村夫妻の〈神秘〉的活動や舞踊公演が比較的

---

59)　前掲注55、374頁。

好意的に紹介されていたが、日本では敬意というよりはやはり好奇の目を向けられたといったほうが正確だろう。特に駒子に対する嘲笑記事が多くを占め、《アメリカの放浪から帰国》した《活動女優の如く派手な駒子さん》が《洋装の腕をまくって》他人の降霊術を手品だとけんか腰になっている（『東京朝日新聞』1925年8月23日）とか、《例の木村駒子さんがまたどえらい宣言と運動をはじめた》（『東京朝日新聞』1926年10月27日）といった具合でセンセーショナルな問題児として扱われている。これは駒子自身が述べていることだが、名優の子弟であることが無批判に高く評価されること、民衆劇が低俗だと見られていること、「新しい女」は芸術家ではありえないといった保守的な考えがあることが、日本社会では濃厚だった[60]。

　8年ぶりに帰国した木村夫妻は何をしていたのだろうか。1928年の『靈術と靈術家』によれば、木村秀雄は心的生理学治療所長（巣鴨）と紹介されており、現代医学で治療が困難な疾病や悪癖の矯正を行っていると説明されている[61]。一方、駒子は一団を編成して全国各地で公演活動を行って資金調達を試みた。が、まったく思い通りにはいかず[62]、1929年12月からは憧れていた京都に移り住んで舞踊の指導や舞台の企画を中心とするようになる。とくに1931

60）　前掲注55、332頁。
61）　治療所では、心理生理学、精神分析学、催眠心理学、禅定奇蹟靈感、精神治療大系の理論科目、実習科目などを教えており、講座料（速成科50円、普通科80円、専門科300円）は日本の靈界では最高の額だった。そこには《夫人駒子が梨園の人として有名なことも読者の知らゝ通りである》と付け加えられている（靈界廓清同志会編『靈術と靈術家：破邪顕正』前掲注30、42-43頁）。
62）　1926年3月に「人生座」を結成して浅草の松竹座で公演、1928年6月に三河島（現在の荒川区）で映画・演劇・舞踊の研究実践のための芸術大学を創設しようとして、資金調達のために「木村駒子一座」を結成して全国で巡業公演するが、失敗して1929年9月に解散する（松本克平『日本新劇史──新劇貧乏物語』前掲注23、395-396頁）。

年からは、社交ダンス、舞台ダンス、古典舞踊、日本部舞踊など
の幅広い舞踊を教える学校（「芸術大学」）を設立しようとしたり、
「観自在舞劇殿」と名付けた住居で舞踊指導をしている。しかし、
次第に駒子の国際感覚や社交ダンスなどは軍国主義に向かう時代
風潮にそぐわなくなる。（駒子の社交ダンス教習所は1933年5月に何
とか許可がおりたものの、難しい時勢になっていた。）駒子の芸術に
関する言説にも〈大和民族〉を美化する民族主義的な言葉が挿入
されるようになる。

　1931年春にシカゴ・アート・クラブ会長のカーペンター夫妻が
娘と来日して京都に来たときには、滞日中のイサム・ノグチ[63]と
共に祇園を案内しており、それは懐かしく良い思い出であったら
しい。秀雄が1936年7月に逝去した後、駒子は満洲国の新京に渡
り、舞踊をおしえて暮らし、敗戦後日本に引揚げて晩年は一人で
東中野に住み、1980年に92歳で没した。

　駒子の渾身の大著『舞踊藝術教程』（1937年）は、同時代の舞踊理
論や舞踊家について体系的に論じた専門書で、とくに友人であっ
たアンナ・パブロワとミハエル・フォーキンを高く評価して謝辞
が記されている。この本の出版の斡旋をしたのが野口米次郎だっ
た。芸術文化活動に幅広く関与していた野口は、能や狂言の海外
向け紹介だけでなく新劇や舞踊オペラについても評論活動をし

63）　野口米次郎の息子イサム・ノグチが13歳で渡米したときにはスウェーデンボ
　　ルグ派の家に寄宿している。1923年ニューヨークのコロンビア大学で医学を
　　志したイサムは、1924年からはニューヨークのレオナルド・ダ・ヴィンチ美
　　術学校で彫刻を学びはじめてアトリエを構えており、これは木村一家の紐育
　　滞在時期と重なっている。イサムも父の友人・伊藤道郎と関わりをもち、舞
　　踊や舞台芸術などの芸術活動と重なっていた。モダンダンスの舞台美術への
　　関与はイサムの芸術活動の初期から長年続けた仕事であった。

右から木村駒子、ミハイル・フォーキン、木村秀雄、ヴェーラ・フォーキン。
【出典：木村駒子『舞踊藝術教程』建設社、1937年2月】

て[64]、海外の名女優や俳優たちに関する印象記も多数ある。野口は1920年前後のニューヨークの舞台の演出に、日本の〈所作事〉や〈出語り〉が模倣されている、影響を与えている、と喜んでいる[65]。アメリカの舞台芸術が日本や東洋（オリエント）の影響を受けながら発展していたことには、駒子による技芸の個別教授の影響や、滞米日本人らの影響があったといえる。

　ちなみに野口は、1944年に伊藤道郎が企画した「大東亜舞台芸術研究所」という日本のダルクローズ学院といえるような芸術の国際的学校を作る計画のメンバーでもあった[66]。また野口は、国際的に人気を博したインド舞踊家ウダイ・シャンカール（1900-1977）

64)　たとえば、日本の新劇について紹介する野口の初期の英文評論のなかには、バーナード・ショーの脚本が日本の新劇でいかに受け取られるのかを示して、日本の社会状況を批判的に報告したものがある（拙著『「二重国籍」詩人　野口米次郎』第六章1-f）。

65)　野口米次郎「日本の劇場から米國の劇場へ」『新演劇』早稲田大学、1923年3月、12-14頁。この評論のなかで、コスモポリタン・オペラハウスで観たアドルフ・ボルム（1884-1951）の舞台は、それまでの西洋にはなかった舞台演出が日本の舞台の影響を受けて取り入れられていると書いている。

66)　それは、アジア諸民族の舞台芸術を一つに束ねる東洋の芸術学校を瀬戸内海の島に建設するという夢のような計画で、実現はできなかった。これについては、拙著『「二重国籍」詩人　野口米次郎』第十五章2節〔d〕に詳述した。

のカルケチャの舞踊を絶賛していた[67]。繰り返すが、シャンカール
やインド舞踊への当時の国際的な関心とは、東洋の神秘、その地
域の伝統的舞踊への関心であり、貞奴や伊藤道郎らの日本の舞踊
家へ向けられたまなざしと共通している。それはモダニズムの開
拓者としての欧米の芸術家たちに影響を与えたし、また逆もあっ
た。東洋の神秘と20世紀の伝統とモダニズムは、これらの融合の
なかで醸成されたのであり、アメリカという新大陸はその融合と
実験の現場であったといえよう。

　最後に付け加えておくと、木村秀雄・駒子の夫婦だけでなく、
その息子の木村生死もニューヨークでは優れた才覚の少年として
有名であった[68]。一流大学の特待生として入学できる矢先、両親と
ともに日本に帰国したのが生死17歳のときであった。日本の新聞
にも《米人を驚かした天才少年作家・木村所次君かへる》(『朝日
新聞』1925年7月22日)と紹介されている。
　生死も帰国当時は日本語より英語のほうが自由自在になってい
た。帰国直後からジャパンタイムズに入社して英文記事記者とな

---

67) シャンカールは、もともとアンナ・パブロワに見出されて共演し一躍著名に
　なったインドの舞踊家で、パブロワの劇団を離れたのちはインドに戻って、
　廃れかけていた伝統的な民族舞踊を独学で再構築し、自らの劇団を率いて世
　界各地で公演して人気を博した。大英帝国支配下ではインド舞踊は軽視され
　ていたが、20世紀前半期にヨーロッパやアメリカで関心が高まり、とりわけ
　シャンカールが世界的に人気を博したことはインド舞踊再興の機運をもたら
　した。これについては、拙著『「二重国籍」詩人　野口米次郎』第十三章4節
　〔e〕に書いたことがある。
68) 彼は12歳で英語の小説を書きはじめ、「ニューヨークヘラルド」の優秀賞受
　賞、ニューヨークで在籍した高校でも文芸の最優秀賞を得ている。ピアノの
　技術や作曲にも優れており、駐米フランス大使や多数の音楽家のまえで自作
　を演奏して驚嘆させたことも新聞で取り上げられた。また、自分で製本した
　本をチャップリンに献上したことも知られている。

り、同時に駒子の芸術面の活動も助
けた。1927年には、直接の友人であ
ったアメリカの社会主義者アプト
ン・シンクレアの評論『拝金藝術』
の翻訳書を刊行している[69]。しかし時
代が厳しくなると、日本の対外文化
宣揚に協力している。ジャパンタイ
ムズやジャパンアドヴァタイザーに
執筆した記事を中心にまとめた冊子
*A Japanese Scrapbook: A Snapshots of
Japanese Culture*（1940）を、野口米次
郎の英文の序を付けて刊行し、また
1941年8月には、外国人の取引管理
規制に関する財務省令の英訳なども
行っている。従軍を免れようと努力

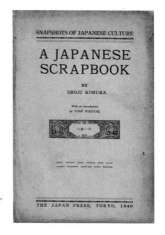

A Japanese Scrapbook の表紙。
【出典：*A Japanese Scrapbook: A Snapshots of Japanese Culture,* The Japan Press, 1940】

していたようだが、1944年に特殊技能があるため中国戦線に赴く。
ただし戦地では二等兵としての地獄のような軍隊生活においても
その抜群の英語力が身を助けた。

　戦後はジャパンタイムズやフランス通信社に勤めながら、英語
学研究の雑誌への寄稿や実務英語の出版などを多く行っている。
また特筆すべきは日本のSF小説の戦後の出版史に貢献しているこ

69)　その「序」のなかでは、社会主義を道徳組織として考えるために、哲学の根
本問題や形而上学的問題を解決する必要があることを述べ、かつ、芸術が社
会的・道徳的な問題に連結していることを明らかにするために本書は有益な
一冊であると述べている。また語感レベルの翻訳についても、文化翻訳に関
しても重要な指摘をしている（木村生死「訳者の序」、シンクレア作・木村生
死訳『拝金藝術』金星堂、1927年10月、5-9頁）。

とである[70]。「神秘なる日本」をかたった渡米日本人たちの生んだ申し子としての木村生死の、戦後に架橋する活動については、改めて再考する必要があろう。

霊性思想と詩、宗教

　20世紀転換期、この時代の英米の霊性思想は、宗教と詩、音楽、舞踊といった文化的展開も付随して展開している。近代日本が取り入れた秘教・心霊思想は、宗教学者、教育学者、社会改革論者、女権運動家、さまざまな面で密接に組み合わさりモダニズム芸術に繋がっていたのである。近代日本が欧米を経由して秘教思想と遭遇したことの意味は、文学や宗教といった枠組にとじこもることなく領域横断的に問い直さなければならないだろう。

　本書では、野口米次郎を中心にして、20世紀転換期にアメリカに渡って、詩人となった日本人の神秘への志向や、秘教思想や神秘主義的な教義に関わった日本人たちの姿を概説的に紹介してきた。神秘思想・心霊主義の出現と、社会改良運動や共同体理念の実践的活動には重なる部分が大きい。

　明治末から大正、昭和にかけて、同時代のアメリカ霊性思想が日本社会のあちこちに混入し、また日本からもアメリカに向けて禅や仏教の布教が行われて、現地文化と当世の思想にそう形で順応させられようとしていた。心霊や霊的世界を研究することは、人間の精神内部に潜む〈宇宙〉の根元や〈神〉と一体化するエネ

70）　生死は「Science Fiction 文学時代」（『時事英語研究』1954年8月号～55年4月）を連載し、また日本最初の科学小説専門誌『星雲』（1954年12月発行）の仕掛け人となり、日本科学小説協会の副会長兼理事であった。雑誌『星雲』と生死のSF短編小説『秀吉になった男』（1956）については長山靖生『戦後SF事件史——日本の想像力の70年』（河出書房新社、2012年2月）に記述がある。

ルギーを掘り起こそうとすることであった。それは神と人間との
あいだで預言的な役割をはたし、言霊をとりあつかってきた古今
東西の詩人たちが、本質的に普遍的にもとめてきたことでもある。
超自然的存在、霊的体験、宇宙と個人の交感を探求する欲求と関
心は、近現代的な文化思想潮流の源泉であり、モダニズム諸芸術
と結びつけられるものであった。のみならず、教育理論、社会改
革思想、人権思想やフェミニズムが、この時代の神秘主義や心霊
趣味の隆盛と関係し、僧侶も大学の宗教学者たちも、秘教や心霊
主義に結びつけられている。これが同時代の社会思想の創出・再
編とも密接に関わり、大英帝国などの〈中央（帝国）〉と対比され
る、地域ナショナリズム（そこにはアメリカの地方ナショナリズムも
含む）の展開と無関係ではなかった。また、人種問題や民族問題
を超えた思想の形成と流布にも関わっているのである。

本書に関連する年譜

（野口米次郎を中心に）

1830（天保元）年　ニューヨーク州フェイエットにモルモン教会が建設される（翌年追放、西部へ）。

1844（弘化元）年　ミズーリ州にベセル・コミュニティ（宗教的生活共同体）が建設される。

1848（弘化5・嘉永元）年　ニューヨーク州のフォックス家でポルターガイスト現象。ニューヨーク州にオナイダ・コミュニティ（宗教的生活共同体）が建設される。

　　　　　　　　　1850年代、アメリカの心霊術ブーム、アメリカの霊媒師や神秘主義者が渡英。イギリス、フランスにも心霊術・心霊主義の流行が伝播。アメリカの思想界では東洋の神秘主義や仏教に対する関心が濃厚になる。

1851（嘉永4）年　ロンドン万国博覧会。

1853（嘉永6）年　アメリカのペリーが浦賀に来航。（翌年、日米和親条約の締結）。

1855（安政2）年　ホイットマン *Leaves of Grass* 出版。パーシヴァル・ローウェル、ボストンで生まれる。

1859（安政6）年　トマス・レイク・ハリスがロンドンに渡って支持者を増やす。

1861（安政7・万延元）年　ハリスがニューヨーク州に「新生同胞団」Brotherhood of New Life を創立。

1863（文久3）年　長州藩の若者（「長州ファイブ」）がイギリスに密航。

1865（慶応元）年　薩摩藩の若者一団がイギリスに密航（3月）。

1866（慶応2）年　福澤諭吉『西洋事情』（〜1870）出版。

1867（慶応3）年　パリ万国博覧会、日本が出品参加（4月）。大政奉還

（10月）。ハリスが「日本の預言」を語って薩摩藩の若者たちが心酔し、オリファントと日本の若者らが渡米する。

1870（明治 3 ）年　ウォーキン・ミラー *Pacific Poems* をロンドンで自費出版し、好評につき増補版 *Songs of Sierras* を出版。

1871（明治 4 ）年　岩倉具視らの米欧回覧使節団出発（〜1873年）。新井奥邃が森有礼に導かれてハリス教団に入信（ 1 月）。

1872（明治 5 ）年　学制の発布（ 8 月）。以後、初代文相・森有礼の主導した欧化主義の影響もあり、全国的に英語教育奨励の機運が高まる。

1873（明治 6 ）年　バジル・ホール・チェンバレン、来日（〜1911）。ウィーン万国博覧会に日本政府が初の公式参加、大好評。

1874（明治 5 ）年　アメリカ時代のラフカディオ・ハーン（24歳、シンシナティ・インクワイヤラー社の社員）、"Modern Spiritualism"「現代心霊術」（ 1 月 4 日）、"Occult Science"「オカルトサイエンス」（ 1 月11日）、"Among the Spirits"「霊に交わりて」（ 1 月25日）などの記事を執筆。

1875（明治 8 ）年　野口米次郎、愛知県（現在の津島市）で第 4 子として生まれる。母方の伯父は鵜飼大俊（釈大俊）。第 3 子鶴次郎はのちに祐眞と改名し、神奈川県常光寺の住職。ピエール・アーノルド・バーナードがアメリカ中西部アイオワ州で生まれる。ハリス教団がカリフォルニア州ソノマのサンタローザに拠点を移し、長澤鼎が葡萄園経営を開始。ヘレナ・P・ブラヴァツキーとヘンリー・S・オルコットがニューヨークに神智学協会を創設。

1876（明治 9 ）年　フィラデルフィア万国博覧会（ 5 月〜11月）、日本の美術工芸品が熱い注目を受ける。

1878（明治11）年　アーネスト・フェノロサ来日。ハーン（28歳）、ニュ

	ーオリンズ・アイテム社で副編集者の職につく。管野衣川が宮城県で生まれる。
1879（明治12）年	木村秀雄が熊本県で生まれる。メアリー・ベイカー・エディがボストンでクリスチャン・サイエンスを設立。エドウィン・アーノルド *The Light of Asia* 出版。ハーン、"Unfolded Mysteries"「神秘の正体」（1月24日）、"The Oneida Community's Announcement"「オナイダ共同体の宣言」（9月3日）など執筆。
1882（明治15）年	ハーン、東洋関係の神話や文学に深い関心を寄せる。
1883（明治16）年	パーシヴァル・ローウェル、初訪日（5月、以後1893年まで行き来する）。
1884（明治17）年	ニューオリンズで、万国産業綿花博覧会が開かれ（12月～）、日本館に美術及び教育に関する展示多数。ハーン "The Buddhistic Bugaboo"「仏教へのおびえ」（1月10日）、"What Buddhism Is"「仏教とは何か」（1月13日）、"THeosophy"「神智学」（8月10日）など執筆。
1885（明治18）年	野口、10月、津島小学校中等科六級を終える。サンフランシスコでジュヌヴィエーヴ・ステビンス *The Delsarte System of Expression* 出版。ハーン、"Recent Buddhist Literature"（3月1日）執筆。
1886（明治19）年	野口、高等小学校で、漢詩の学習と同時に英語学習に熱中する。ハーン、"The Shadow of the Light of Asia"（4月12日）、"Confused Orientalism"（10月5日）、"Joaquin Miller"（9月12日）などの記事を執筆。
1887（明治20）年	釈宗演、セイロンで学び、オルコットの『仏教問答』に出逢う。木村駒子、熊本で生まれる。
1888（明治21）年	野口、国際的な宗教学者・南條文雄による遊説に影響を受け、浄土真宗大谷派普通学校（仏教系の中学）に通う。パーシヴァル・ローウェル *The Soul of the Far East* 出版（12月）。

1889（明治22）年　野口、名古屋の県立中学校に入学するも英語学習に不満。森有礼、暗殺される（2月）。

1890（明治23）年　野口、県立中学校を中退、親の許可なく四日市から航路上京。第一高等中学校への入学を希望し、神田駿河台の英学塾・成立学舎に学ぶ。ラフカディオ・ハーン来日（4月〜横浜から松江へ）。このころから、日本人移民のアメリカ渡航が急増。

1891（明治24）年　野口、慶應義塾に入学。トマス・レイク・ハリスは性的スキャンダルのために、カリフォルニア州を去る。エドウィン・アーノルド *Japonica* 出版。ハーン、熊本へ（11月〜）。

1892（明治25）年　野口、俳句や禅に興味を持つ。芝山内の老宗匠・其角堂永機（穂積永機）を訪問する。初めて能楽を鑑賞する。正岡子規の「獺祭書屋俳話」連載がはじまる（6月〜）。

1893（明治26）年　透谷ら「文学界」同人が芭蕉や禅に注目（2-3月）。野口、春頃から志賀重昂宅に寄寓し、渡米を決心。渡米の数日前に福澤諭吉を訪問し、渡米の意志を伝えて激励をうける。野口、横浜を出航し、カリフォルニア州サンフランシスコに到着（11月）。志賀の紹介状を携えて菅原伝を訪ね、「日本人愛国同盟」に100ドル弱の持参金の全額寄付。邦字日刊紙『桑港新聞』の配達員となり、その後スクールボーイとして白人宅何軒かに住み込みで働く。バーナードが中部アメリカからカリフォルニア州オークランドに移る。シカゴ万国博覧会（5〜10月）、シカゴ万国宗教会議（9月）ではヴィヴェカーナンダ、ダルマパーラ、釈宗演らが講演。ローウェル "Esoteric Shinto" 発表。ローウェル、日本からアメリカに帰国。

1894（明治27）年　日清戦争勃発（8月）。ローウェル、アリゾナに天文

台を建設、*Occult Japan* 出版（12月）。

1895（明治28）年　野口、カリフォルニア・オークランドのミラーの
　　　　　　　　　　「丘」に住み始める（4月）。ニューヨークに最初の
　　　　　　　　　　ヴェーダンター協会が開設される。イサドラ・ダン
　　　　　　　　　　カン、オークランドを離れる（以後、シカゴ、ニュ
　　　　　　　　　　ーヨークを経て1899年にイギリス渡り名声を得る）。

1896（明治29）年　野口、サンフランシスコの詩雑誌 *The Lark*（7、9、
　　　　　　　　　　11月）に初めて英詩が掲載される。野口、初詩集 *Seen*
　　　　　　　　　　and Unseen: or Monologues of a Homeless Snail 出版
　　　　　　　　　　（12月）。キャサリン・ティングレーの率いるアメリ
　　　　　　　　　　カの神智学協会がサンディエゴにポイントロマを創
　　　　　　　　　　設。ハーン、東京帝国大学文化大学の講師に就任（8
　　　　　　　　　　月）。

1897（明治30）年　野口、「帝国文学」や「早稲田文学」にサンフランシ
　　　　　　　　　　スコから原稿を送り、英詩が掲載される。野口、エ
　　　　　　　　　　ドウィン・マーカムと親しくなる。サンタローザの
　　　　　　　　　　新井奥邃を訪問。ヨセミテ渓谷まで徒歩で旅行（4
　　　　　　　　　　月）。第二詩集 *The Voice of the Valley* 出版（12月）。
　　　　　　　　　　ハーン、*Gleanings in Buddha-Field* 出版（9月）、な
　　　　　　　　　　かに "Nirvana"（涅槃）収録。

1898（明治31）年　野口、同人誌 *The Twilight* を主宰・発行（5月、2号
　　　　　　　　　　で廃刊）。アメリカ合衆国によるハワイ併合（7月）、
　　　　　　　　　　1900年に準州となる。サンフランシスコ市内に『仏
　　　　　　　　　　教青年会』が創設される。ハーン、*Exotics and Retro-*
　　　　　　　　　　spectives 出版、なかに "A Question in Zen Text" が収
　　　　　　　　　　録。

1899（明治32）年　新井奥邃、日本に帰国。野口、カリフォルニアを離
　　　　　　　　　　れ（5月下旬）、シカゴに数ヶ月滞在後、ニューヨーク
　　　　　　　　　　へ。ハーン *In Ghostly Japan* 出版。エドウィン・マー
　　　　　　　　　　カム *The Man with the Hoe* 出版。新渡戸稲造 *Bushido:*

The Soul of Japan 出版。

1900（明治33）年　パリ万国博覧会。

1901（明治34）年　野口、英語校正者を求める広告を掲載し（『ニューヨ
　　　　　　　　　ーク・ヘラルド』2月1日付）、レオニー・ギルモア
　　　　　　　　　（のちのイサム・ノグチの母）が応じる。

1902（明治35）年　野口、朝顔嬢（Miss Morning Glory）のペンネーム
　　　　　　　　　で *The American Diary of a Japanese Girl* 出版。日英
　　　　　　　　　同盟締結（1月）。
　　　　　　　　　11月、英国へ出発。ロンドンで画家の牧野義雄と再
　　　　　　　　　会、ロンドン市内の出版社に詩を持ち込むが不成功
　　　　　　　　　に終わる。

1903（明治36）年　野口、ロンドンで3冊目の英詩集 *From the Eastern
　　　　　　　　　Sea*（16頁、全8篇、200部）を自費出版（1月）し、
　　　　　　　　　英国文化人らから絶賛される。2ヶ月後、英・ユニ
　　　　　　　　　コン・プレスが増補版 *From the Eastern Sea*（36篇、
　　　　　　　　　全73頁）を出版。10月には日本の冨山房が再版。ボ
　　　　　　　　　ストン経由でニューヨークに戻る（3月）。イェイ
　　　　　　　　　ツ、講演旅行で渡米、野口とニューヨークで再会（11
　　　　　　　　　月）。永井荷風、野口のような国際的作家になること
　　　　　　　　　を親に期待されて渡米（3月）。詩人になりたい木村
　　　　　　　　　秀雄、家族に求められて渡米、ミラーの丘に直行す
　　　　　　　　　る。

1904（明治37）年　ハーン、*Kwaidan* 出版（1月）。日露戦争開戦（2月
　　　　　　　　　～）。E・アーノルド、ロンドンで逝去（3月）。野口、
　　　　　　　　　帰国を決意（8月）、いくつかの新聞雑誌社と日本通
　　　　　　　　　信員としての契約を締結して帰国（9月）。ハーン、
　　　　　　　　　急死（9月26日）。野口、ロンドンとニューヨークの
　　　　　　　　　新聞や雑誌に、日本の時事問題、日本文化・文学・
　　　　　　　　　美術の紹介に関する寄稿を継続執筆。冨山房から
　　　　　　　　　The American Diary of a Japanese Girl（11月）再版、

『帰朝の記』出版（12月）。山中商会がニューヨークにアメリカでの最初の店（仮店舗）を出す。

1905(明治38)年　野口、慶應義塾で教鞭を執り始める。木村秀雄、オークランドでピエール・A・バーナードの名前を聞き対面して入信。ミラーと野口、共著の詩集 *Japan of Sword and Love* 出版（3月）。日露戦争擁護がテーマの一つ。海外での暮らしをまとめた『英米の十三年』出版（5月）。蒲原有明『春鳥集』出版（7月）、野口「世界の眼に映じたる松尾芭蕉」発表（9月）。上田敏が『海潮音』出版（10月）。木村秀雄、帰国（11月）。野口、『邦文日本少女の米国日記』出版（11月）、英詩集 *The Summer Cloud* 出版（12月）。「英詩と発句」『太陽』発表（12月）など。上海へ旅行（12月）。アストン *Shinto: The Way of the Gods* 出版。

1906(明治39)年　野口、上海より帰国（1月下旬）。野口、「日本を代表する国民詩人出でよ」発表（1月）。ボストンの雑誌 *The Poet Lore* に狂言の翻訳を寄稿しはじめる（3月）。トマス・レイク・ハリス逝去（3月）。野口、「ステフエン、マラルメを論ず」（4月）、「米国における滑稽劇」（5月）など多数発表。日本と英・米の詩人たちによる詩結社「あやめ会」創設（詩集『あやめ草』（6月）、『豊旗雲』（12月）出版後、解散）。サンフランシスコ大地震（4月）、排日の機運が高まる。岡倉天心 *The Book of Tea* 出版。

1907(明治40)年　野口、*Ten Kiogen in English* 出版（5月）。能に関する英語での執筆を *Japan Times* などで開始。"Yeats and the Irish Revival"（4月）、"Mr. Yeats and the No"（11月）など多数発表。

1908(明治41)年　野口、鎌倉円覚寺の蔵六院にて詩作にふける。フェノロサがロンドンで急死（9月）。蒲原有明『有明

集』出版（1月）。野口、「近世英詩に顕れたる東洋」（1月）、「英詩を味ふについて」（2月）など多数発表。

1909（明治42）年　北原白秋『邪宗門』出版（3月）。野口、英詩集 *The Pilgrimage* をニューヨークとロンドンで出版（5月）。野口、"A Japanese Appreciation of Lafcadio Hearn"（5月）、"歌麿のもつた夫人美・涙と喜びを物語る幽霊"（6月）など。木村秀雄、東京で「観自在宗」を開設。

1910（明治43）年　野口、"Undiscovered Kamakura"（1月）、"The Japanese Mask Play"（10月）、"The Hachiman Shrine"（12月）など多数発表。*Lafcadio Hearn in Japan*（9月）ならびに *Kamakura*（11月）出版。『白樺』創刊（4月）。大逆事件。韓国併合。

1911（明治44）年　野口、"The Artistic Interchange of East and West"（2月）、"Japanese Temple of Silence"（4月）、"A Japanese Note On Yeats"（12月）発表。チャールズ・キーラーが野口を頼って来日。チェンバレン *Japanese Poetry* 出版。

1912（明治45・大正元）年　野口、"Nervous Debility of Japanese Art"（3月）、"Nô Mask"（6月）など発表。神智学協会のアディヤール派がロサンゼルス・ハリウッドにクロトナを開設。

1913（大正2）年　イェイツの序文を付したタゴールの英詩集 *Gitanjali* 出版（3月）。木村駒子ら『新らしき女の行くべき道』出版（4月）。タゴールのノーベル文学賞受賞（11月）。野口、マルセイユ経由での渡英（10月）。ロンドンのハロルド・モンローの書店で講演会（12月29日）。木村駒子、東京で仲間と「新真婦人会」を設立。

1914（大正 3 ）年　野口、英・オックスフォード大学モーダレン・カレッジで「日本の発句」の講演、ロンドンの日本協会で「日本の詩歌」、王立アジア協会で「能楽について」など、各地で講演し、パリ、ベルリン、モスクワ経由で帰国（ 6 月）。イギリスでの講演は、*The Spirit of Japanese Poetry*として出版。英・ロンドンのChatto & Windus 社から、*Through the Torii* ならびに*The Story of Yone Noguchi, Told by Himself* を出版。片山潜、大逆事件や投獄を経て、再渡米（ 9 月）。第一次世界大戦勃発（ 7 月）。

1915（大正 4 ）年　野口、*The Spirit of Japanese Poetry* の邦訳版『日本詩歌論』（10月）、ならびに *The Spirit of Japanese Art* 出版。米・フィラデルフィアから *The Story of Yone Noguchi Told by Himself* 出版。野口、「海外における英語文学の中心点」（10月）、「米国上流社会の心理的研究」（12月）などを発表。サンフランシスコで桑港世界仏教大会が開催される。

1916（大正 5 ）年　野口、『欧州文壇印象記』出版（ 1 月）。マンダラ詩社による『マンダラ詩集』出版（ 3 月）。イェイツの戯曲 "At the Hawk's Well"「鷹の井戸」を伊藤道郎が演じて大絶賛（ 4 月、ロンドン）。野口、謡曲専門雑誌『謡曲界』に英文欄を設けて能楽について毎号執筆（ 7 月〜翌年 8 月）。エズラ・パウンド *Noh or Accomplishment: A Study of the Classical Stage* 出版。神智学徒ポール・リシャールと妻ミラが来日。ローウェル、死去（11月）。

1917（大正 6 ）年　木村秀雄、駒子と息子を伴い再度渡米（ 5 月）。萩原朔太郎が『月に吠える』（ 2 月）を出版し、野口は『三田文学』（ 5 月号）でそれを絶賛。ロマン・ロラン『民衆芸術論』が大杉栄によって翻訳される。デ

モクラシーの風潮とともに民衆芸術論が盛んに論じられる。野口、「戦争と英國詩壇」(『現代詩歌』7月号の特集「戦争詩歌號」の筆頭)が掲載される。

1918(大正7)年　木村駒子、ニューヨークで公演「スピリット・オブ・ジャパン」(2月)。

1919(大正8)年　野口、米国講演のためポンド・ライセム・ビューローに招聘され(10月)、全米各地の大学で講演(ニューヨークではイェイツや伊藤らと再会)。

神智学徒ジェームズ・カズンズを慶應義塾大学に招聘(9ヶ月間)。

1920(大正9)年　徳冨蘆花、ニューヨーク訪問(2月)。野口、アメリカから帰国(3月)。ボストンのThe Four-Seas Company 社から Japanese Hokkus 出版。

1921(大正10)年　野口、初の日本語詩集『二重国籍者の詩』(玄文社)出版。

ロンドン、ボストンから Selected Poems of Yone Noguchi, Selected by Himself やニューヨーク、東京から Hiroshige, Japan and America 出版。Through the Torii, New Edition、および Hiroshige なども出版された。

1922(大正11)年　野口、日本語詩集『林檎一つ落つ』(1月)、『最後の舞踏』(4月)、『沈黙の血汐』(5月)など出版。

1923(大正12)年　野口、日本語詩集『山上に立つ』(1月)、『わが手を見よ』(5月)など出版。

1924(大正13)年　野口、アメリカ、日本、イギリスで Utamaro 出版、神智学協会のインド本部(アディヤール)から英評論集 Some Japanese Artists を刊行。アメリカで「排日移民法」成立(5月)、抗議運動。木村駒子、ニューヨークで公演「日本の正月」(12月)。

1925(大正14)年　木村秀雄・駒子、日本帰国(7月)。野口、「野口米次郎ブックレットシリーズ」(第一書房、全35篇)出

版（11月〜）、『表象抒情詩』出版（12月）。

「治安維持法」制定（3月）、「普通選挙法」（25歳以上の男子に選挙権・被選挙権）公布（5月）。国内向けに東京放送局がラジオ放送を開始。野口の友人チャールズ・キーラーがコスミック・ソサイアティを設立し、バークレーで学ぶ浄土真宗の沼田恵範と交流。

1926（大正15・昭和元）年　詩雑誌『日本詩人』が、30周年記念特集号「野口米次郎記念号」出版（5月）。野口、『神秘の日本』（4月）、『詩の本質』（5月）、『真日本主義』（6月）、『海外の交友』（12月）など、多数出版。

1927（昭和2）年　野口、「野口米次郎ブックレットシリーズ」（第一書房）最後の5篇を出版、『藝術の東洋主義』を以て全35篇出版完了（6月）。『表象抒情詩』第3、4巻を出版。「秩父宮入学のモーダレン大学」（1月）、「日本独特の神秘劇」（1月）、「米国の幽霊物語」（8月）などを発表。

1928（昭和3）年　野口、3月、随筆集『私は現代風景を切る』（新潮社）、6月『放たれた西行』（春秋社）、7月『日本美術読本』（平凡社）出版。評論「詩歌の地方主義（米國詩壇を論じて）」発表（1月）。

1929（昭和4）年　野口、9月、友人ゾナ・ゲイルの *Romance Island* を翻訳、『世界大衆文学全集31』に「幻島ロマンス」として所収。

1930（昭和5）年　雑誌『蠟人形』（1930年5月）創刊。

1931（昭和6）年　イサム・ノグチが来日、父米次郎と再会。（イサムを高村光雲や高村光太郎などの芸術家に紹介。これがイサムとは最後の面会。）

『抒情英詩集』出版（3月）。

満洲事変が勃発、ラジオ放送も国策への協力の宣伝

　　　　　　　色が強まり始める。翌1932（昭和7）年には、日本
　　　　　　　国家の立場を英語によって放送するための英語ニュ
　　　　　　　ース放送「カレント・トピックス」が開始される。

1933（昭和8）年　野口、『魂の記録読本』出版（3月）。ニューヨーク
　　　　　　　にて、レオニー・ギルモア死去（12月31日）。ニュー
　　　　　　　ヨークで、ルース・フラー・エヴェレットが佐々木
　　　　　　　指月に出逢う。

1934（昭和9）年　野口、「世界に於ける日本文学の地位」『日本文学講
　　　　　　　座』出版（10月）。

1935（昭和10）年　野口、インドへ講演周遊旅行に出発（10月〜翌年2
　　　　　　　月）。
　　　　　　　一般的な日本の海外放送が6月1日に開始され、さ
　　　　　　　らに、いくつかの段階を経て、満洲、朝鮮、台湾な
　　　　　　　どの植民地、アジア各地の占領地からも、海外放送
　　　　　　　が行われるようになる。

1936（昭和11）年　野口、女流詩人サロジニ・ナイドゥ訪問（1月）。
　　　　　　　『インドは語る』出版（5月）。
　　　　　　　上海で刊行された月刊英文雑誌『天下』*T'ien Hsia
　　　　　　　monthly*（1935〜1941年刊行）に、日本人として唯一、
　　　　　　　"Prose Adventures"（2月）、"This and That"（翌年2
　　　　　　　月）を発表。

1937（昭和12）年　野口、『人生讀本　春夏秋冬』（第一書房）出版（9
　　　　　　　月）。盧溝橋事件（7月）、日中戦争（支那事変）の
　　　　　　　勃発。木村駒子『舞踊藝術教程』刊行。

1938（昭和13）年　野口、詩集 *The Ganges Calls Me*（教文館）、『われ日
　　　　　　　本人なり』出版（9月）。

1939（昭和14）年　野口、『強い力弱い力』（第一書房）出版（11月）。ニ
　　　　　　　ューヨーク万国博覧会（4月〜翌年5月）。ノモンハ
　　　　　　　ン事件。

1941（昭和16）年　野口、*Emperor Shomu and Shosoin* 出版（9月）。日

　　　　　　　　　本軍による真珠湾攻撃（12月）。

1942（昭和17）年　野口、『藝術殿』（3月）、『宣戦布告』出版（3月）。

1943（昭和18）年　野口、『詩歌殿』『文藝殿』『想思殿』（野口米次郎選
　　　　　　　　　集、全4巻）出版。5月『伝統について』など出版。
　　　　　　　　　伊藤道郎、2年間の日系人強制収容所抑留のあと、
　　　　　　　　　第二次捕虜交換船で日本に帰国（11月）。イサム・ノ
　　　　　　　　　グチ、ニューヨークで在米インド同盟会へ出入りす
　　　　　　　　　る。

1944（昭和19）年　野口、『八紘頌一百篇』出版（6月）。「仏陀の冥想」
　　　　　　　　　（9月）、「神火」（10月）など発表。伊藤道郎、野口
　　　　　　　　　らと「大東亜舞台芸術研究所」を設立（9月）。

1945（昭和20）年　日本無条件降伏、第二次世界大戦終結。

1946（昭和21）年　野口、『小泉八雲伝』（8月）、『西行論』（8月）など
　　　　　　　　　出版。

1947（昭和22）年　野口、『能楽の鑑賞』（6月）、『自叙伝断章』（8月）、
　　　　　　　　　『芭蕉礼讃』（9月）など出版。7月13日、胃がんの
　　　　　　　　　ため、疎開先で永眠。自宅焼跡で告別式後、神奈川
　　　　　　　　　県藤沢市藤沢本町の常光寺に埋葬。

おわりに

　本書のめざしたテーマは当初「野口米次郎の神秘なるアジア」であった。が、執筆しているうちにアメリカの秘教思想にであったその他の日本人、野口米次郎の周辺で活躍した渡米日本人の姿にも触れておくべきではないかと思うようになり、とくに第五章は野口米次郎から完全にフォーカスをずらすことにした。野口米次郎やその周辺の日本人たちが活躍した時代の雰囲気を感じ、さまざまな人々の生き方に興味をもってもらえれば幸いと思う。

　渡米日本人を論ずるのならば、他にも注目すべき人物は数多く存在する。野口米次郎の周辺の渡米日本人には、1906年に渡米した佐々木指月、1907年に渡米した翁久允、1908年に渡米する長沼重隆や明石順三なども文学と宗教というテーマで注目されなければならないだろう。これらは、木村秀雄と駒子夫妻の問題以上に、ひとりひとり丁寧に検証される必要があろう。そのほかにも、たとえばアメリカにおけるニューソートやヨーガの流行を批評的に紹介した曹洞宗の禅僧・忽滑谷快天は、野口米次郎と同じ慶應義塾の卒業生で、同時期に慶應で教鞭も取っていた人である。忽滑谷が芭蕉俳句を国際的に禅哲学で紹介した方法などには、野口の詩論と相互の影響関係があると考えられ、重要である。

　ただ、本書では、日本の伝統芸能である能楽の海外紹介に貢献のあった野口米次郎と繋げる意味で、また神秘なる日本の射程の広がりを考えるために、木村秀雄と駒子について紙面を割いた。この夫婦の活動についても、大正期心霊療法の流行や、東洋の舞

踊やジャポニズム演劇、世界のモダニズム演劇とあわせてさらに
論じていくことが必要である。つまり、「神秘なる日本」というテー
マからすると、他にも紹介しなければならない神秘主義者や詩
人は数多く、ここで触れていない大正昭和の時代状況もたくさん
残っているのである。しかし本書では、渡米者たちの詩と宗教の
融合した活躍についてイメージをひろげるための波紋のひとつが
見いだせればと思っている。日本の神秘性を語り、国際的に知ら
れていたとある詩人とその周辺の人々が活躍した時代について、
さらなる好奇心がわいてくるような、ラフなスケッチになってい
ればと思うのである。

　本書でアメリカの神秘主義者や木村秀雄・駒子について執筆し
た部分に関しては、2017年度に科研Ｂ「神智学運動とその汎アジ
ア的文化接触の比較文学的研究—東西融和と民主主義の相克—」
（代表：安藤礼二）に参加したこと、とりわけ吉永進一先生からご
教示をうけながら、成果論文（「アメリカで秘教思想に出会った日本
人たち」『神智学と帝国（仮題）』青弓社（近刊））を2018年に執筆し
たことが、本書のなかでも活かされている。その他にも多くの先
生がたから勉強会や研究会などで、ご指導やご示唆をうけてきた。
ひとりひとりのお名前を挙げることは省略するが、心より御礼を
申し上げたい。
　また本書には、2017年度大阪市立大学のふるさと寄付金を財源
とした「グローカル人材育成事業」の「女性研究者短期留学助成
金」を受けてオックスフォード大学に３週間滞在して調査したこ
との成果も反映している。本書で紹介したモーダレン・カレッジ
の書簡について、また本書ではあまり触れていないがオックスフ
ォード大学の日本とインドの初期留学生の問題と〈宗教〉〈詩〉〈教

育〉の関連については、まさに新しい発見であった。加えて、科研C『20世紀転換期の渡米者による詩学と宗教意識の融合と伝播：佐々木指月を軸に』（代表：堀）の調査や、科研B『禅から Zen へ——世界宗教会議を通じた禅のグローバル化の宗教史・文化史的研究』（代表：守屋友江）のメンバーとの勉強会（分科会）成果の一部も反映している。

　最後に本書刊行に際しては、陰に陽にご助力くださった大阪市立大学文学部の諸先生がた、とりわけ大阪市立大学人文選書の企画に携わってこられた歴代の地域貢献委員長と本書執筆を推薦してくださった小林直樹教授に深く感謝の意を表したい。和泉書院の編集の皆様には温かくサポートしていただき、丁寧な編集校閲をしていただいたこと、心より御礼申し上げる。最後に、遠隔地ながらいつも勇気を与えてくれる家族と友人に、愛と感謝を伝えたい。

　　　2020年 8 月15日
　　　　　コロナ禍の大阪にて　　　　　　　　堀　まどか

◇著者紹介

堀 まどか (ほり　まどか)

山口県生まれ。

現　在：大阪市立大学文学部文化構想学科アジア文化コース准教授、博士（学術）。

専　門：国際日本研究、境界者の文学と思想の研究。

著　書：『「二重国籍」詩人　野口米次郎』名古屋大学出版会2012年（第34回サントリー学芸賞受賞・芸術文学部門）。

共　著：『わび・さび・幽玄──「日本的なるもの」への道程』（鈴木貞美編、水声社、2006年）、『講座小泉八雲 1 ──ハーンの人と周辺』（平川祐弘編、新曜社、2009年）、『バイリンガルな日本語文学──多言語多文化のあいだに』（郭南燕編、三元社、2013年）、『近代日本とフランス象徴主義』（坂巻康司編、水声社、2016年）、『映しと移ろい──文化伝播の器と鋏変の実相』（稲賀繁美編、花鳥社、2019年）他。

共訳書：『詩集明界と幽界：Seen and Unseen』（亀井俊介監修、彩流社、2019年）。

人文学のフロンティア
**大阪市立大学
人文選書　8**

野口米次郎と「神秘」なる日本

2021年1月30日　初版第1刷発行

著　者　堀まどか

発行者　廣橋研三

発行所　和泉書院

大阪市天王寺区上之宮町7-6（〒543-0037）
電話 06-6771-1467／振替 00970-8-15043

印刷・製本　遊文舎

ISBN978-4-7576-0978-5 C0395